푸른사상 평론선　33

환경의 재구성

푸른사상
평론선

33

The Reconstruction of Environment

환경의 재구성

현대시의 현실주의적 지향과 비판적 기능성

박윤우

푸른사상
PRUNSASANG

VOD 다시보기 – 인간답게 살기 위하여

솔직히 말한다. "내게는 다시 또 한 권의 평론 묶음이 목을 기다랗게 뺀 채 기다리고 있다."고 정확히 기록된 그 말을 10년 만에 현실화한다고. 이제 내게 10년 세월은 언뜻 하루와 같다.

나의 본분을 잊고(?) '서정'이란 이름에 상당한 알레르기 반응을 보이던 시절이 있었다. 흔히 '리리시즘'이라고, 은은한 바이올린 선율에 맞추어 왈츠를 추며 청명한 소리로 붉은 와인 잔을 부딪거나, 언어의 조탁을 이유로 심미와 사색을 철학화하는 그런 '고상함'과 '은밀함'의 성찬을. 허나 기실 이는 이미 1930년대 현대시조의 논리를 개진한 정인보에 의해 '격조시(格調詩)'라는 이름의 정신으로 '창달'되어 이어온 한국시의 전통이기도 한 것을 보면, 그것은 결국 '시 짓기'의 권위와 성스러움을 대신하는 말이자, 동시에 '특별함'과 '희소성'을 가진 자로서 시인에게 부여한 '낭만'의 권리장전과도 같은 말이었음에야.

처음부터 이 두 번째의 평론 모음을 펴내는 목적은 말 그대로 '환경의 재구성'에 있었다. 1부는 그 뜻을 거칠게나마 응축한다. '알레르기'의 반대말 찾기. '새로운 생성'이라 이름붙인 그것은 사실상 시인들에게 있어서는 그리 마땅치 않을지 모른다. 대중가요적인 표현을 따르자면 '환생'이라고, 그러나 시인에게 그것은 결코 종교적 회개나 정치적 전향의 생색과는 전혀 다른 자리에 있어야 할 성질의 것이다. 그들은 그렇게 삶을 끈질기게 탐색해온 것일 뿐이니…… 해서 현재 우리의 사회적 삶이, 그 환경 조건이 마땅히 가져야 하고 누려야 할 상황이나 모습, 그리고 지금껏 그렇지 못한 데 대한 반성과 전환의 전망을 현실문화의 맥락에서 살펴보고자 한 것이다. 2부는 그리하여 나도 그들처럼 '서정'이 무엇인지에 대해 다시금 탐색하고자 한 편린들을 모았다. 여기에는 사람과 사람 사이의 대화와 소통, 생명에 대한 현실적 사색, 욕망에의 인간적 수용, 참여와 실천을 통한 치유에의 지향 등의 문제들이 '새로운 생성'에 값하는 나만의 화두로 자리하고 있다. 3부는 그러므로 다시금 삶에 대한 현실적 사유로서 시적 리얼리즘이 어떻게 이 시대에 재구성되어야 하는지를 탐색해본 결과로 보면 될 것이다. 현실적 삶의 주체가 발을 딛고 있는 자리가 도시 건물더미 속이든, 화전밭이든 그것은 마음의 문제일 뿐, 누군가께서 말씀하셨던가, "삼인행(三人行)이면 필유아사(必有我師)"라고. 4부는 결국 남아 있는 우리 시대 삶의 과제로서 분단 극복의 문제를 떠올리면서 구성하였다. 민중과 민족을 다시금 말해야 하는 이유, 그리고 역사 속에서 시적 상상력을 대해야 하는 이유를 생각해본 것이다.

딴에는 분주하게 살림을 건사하는 시늉을 내던 길에 몇몇 시인들과 아쉬운 이별을 했다. 책의 마지막에 따로 묶어두었거니와, 평론집에 시인과의 대담을 싣는 이유는 역사를 기록하는 일의 소중함을 나 스스로 일깨우기 위함이다. 김규동 시인과는 오랜 침묵 끝에 새롭게 작품 활동을 시작하던 시점에서 긴 이야기를 나누었고, 윤삼하 시인과는 병상에서 비장한

환경의 재구성

대담을 육성 녹음하고, 영결식에서 비평적 만가로 조의를 대신하기도 했었다. 그러고 보면 나의 대담은 그분들 인생의 결정적 지점에서 생성되었고, 그러기에 더욱 소중하고도 아련하다.

시인은 사실 인생에 대해 말할 매우 많은 권리가 있다. 감히 말하거니와 이 또 다른 도저한 4차 산업혁명의 시대에 (창작 AI의 존재 유무와 관계없이) 시인은 이 시대를 살고 있는 수많은 대중들 속으로 들어가 끊임없이 말을 걸어야 할 필요가 있다. 그가 '낭만닥터 김사부'여도 좋고, '열혈사제 김신부'여도 좋다. '우편배달부'로서의 겸손함도 좋지만, 길거리 버스킹의 과감함도 외면하지 않아야 한다.

큰딸이 건강을 위해 차편도 힘든 강원도 산골의 디톡스 캠프에 다녀왔다. 목소리가 커졌다. 내가 챙겨주던 밥상 대신에 건강식으로 식탁을 꾸려낸다. 편백나무 베개도 새로 장만해주고. 간만에 숙면을 취하고 있다. 외롭고 낮고 쓸쓸하더라도, 환경은 다시 만들어야 한다. 다만, 하지만 나의 "망북한청수(望北漢清水)"는 20년을 넘어 계속되고 있다.

바라다보는 산수도 이젠
사라진 진달래꽃 향기만큼이나 색이 바랬겠으나,
아직 돌아갈 길을 찾지 못했으니,
시쳇말로 "끝날 때까진 끝난 게 아니다."

望北漢清水
일갑자(一甲子)의 해를 맞아
저자

차례

환경의 재구성

제3부
삼인행(三人行) - 인간·자연·사회

제4부
분단 시대의 현실 인식

환경의 재구성

사회적 삶과 환경의 재구성

현실의 한실에 대한 시인의 비판적 인식은 국가' 혹은 지구' 개념에 대한 재정의를 통해 구체화되어 나타나고, 개인이자 지구적 인간인 화자 자신의 무지한 실존성에 대한 고백적이며 신랄한 자각과 자기표백은 곧 국가 개념의 경직, 로투타벗어나려는 요구이자 동시에 전 지구적인 공동체적 삶의 재구성을 향한 희구의 목소리에 해당한다. 그런 의미에서 시인이 환

새로운 생성을 위한 시인의 자기 물음

― 최두석, 최영철, 백무산의 시

1. 다시 민중시를 말하다

일찍이 우리 근대시사의 찬연한 꽃을 피웠던 시인 김소월은 영원불멸의 시혼을 말함으로써 서정의 깊이와 울림, 그리고 진리를 찾아가는 시인의 길에 대해 성스러운 가치를 부여하고자 한 바 있지만, 정작 그의 시는 스스로 '심정'이라는 좁은 굴레를 벗어나지는 못하였다. 소위 중심이 사라진 시대라는 이유에서 일상의 작고 내밀한 틈바구니를 파고들어 개인적 욕망의 실체를 들여다보거나, 끊임없이 변화하는 삶의 주변 현실에 대한 소재적 글쓰기로써 현실인식을 대신하고 있는 오늘의 시적 현실에 비추어 볼 때 심혼의 세계란 너무도 초라하기 그지없는 것일는지도 모른다. 아니 오히려 저 도저한 심혼의 경지를 새삼 돌이키고 그것을 현실적 서정의 목소리로 구현하려는 의도는 어쩌면 물신의 외피에 감싸인 채 자신도 모르게 또 다른 정신주의의 달콤한 유혹에 굴복하는 일과도 같은 것이 될 수 있기 때문이다.

그러기에 오늘의 시인은 그 일상과 물신의 안에 깊숙이 들어서서 그 너머의 것을 볼 수 있는 마음의 눈을 필요로 한다. 시적 언어가 사유하는 시인의 현실적 존재를 품어 안고 드러내줄 때 비로소 시의 심혼은 살아 있는 것이 될 수 있다. 이런 의미에서 지금은, 새로운 세기의 한국시에 부여된 진정한 주소 찾기는 무엇이 되어야 할지에 대한 본원적인 성찰의 시선이 필요한 시점이다. 최근 간행된 시집들 중 지속적으로 현실에 대한 비판적인 관심을 보여온 몇몇 시인들의 시집을 통해 이 시대의 내면적 사유가 일구어낼 수 있는 현실인식의 가능성을 찾아보게 되는 것은 무척이나 소중한 일이다.

최두석 시인의 『꽃에게 길을 묻는다』(2003), 최영철 시인의 『그림자 호수』(2003), 그리고 백무산 시인의 『초심(初心)』(2003)은 모두 지난 세기를 거치면서 소위 현실주의 시의 위상을 대표한 시인이 새로운 세기를 맞아 간행한 시집이라는 점에서 공통점을 가지고 있다. 그렇듯 최두석 시인의 리얼리즘 시학은 이야기시의 형태로 구현되었으며, 최영철 시인의 사회적 약자에 대한 비판적 시선은 현실주의적 자아의 성찰공간을 창출하였고, 백무산 시인의 『동트는 미포만의 새벽을 딛고』(1988)는 노동시의 가장 순연한 전형을 보여준 바 있다. 그런 의미에서 어쩌면 이들 세 시인의 소위 '노선'들은 이전 세기 1980년대 이후 한국시의 민중시적 전통을 굳건하게 뒷받침해온 소중한 자산이라는 데 이견은 없을 것이다.

그러므로 우리에게 이들 시집은 이 변화된 신자유주의 시대를 관통하면서 다시금 민중시를 말하지 않을 수 없도록 한다. 그것은 어쩌면 시집의 제목이 암시하는 것처럼 삶의 터전에서 타자를 통해 새삼 길을 찾는 일일 수도 있으며, 어두운 호수 위에서 윤동주의 거울 이미지를 다시 비추는 것일 수도 있고, 보다 근본적으로 초심으로 돌아가자는 자기다짐이

　　　　　　　　　　　제1부 사회적 삶과 환경의 재구성

될 수도 있다.

2. 자연적 삶과 길 찾기의 역사 — 최두석

최두석 시인은 시집 『대꽃』(1984)에서부터 지금까지 일관된 목소리로 고유의 시적 형상을 보여주었다. 그것은 '이야기시'에 대한 그의 지속적인 탐구 과정에서처럼 항상 우리의 삶을 지탱해온 역사에 대한 포괄적 성찰이기도 하며, 일상을 영위하는 사람들의 현실에 대한 구체적 인식이기도 하다. 그러므로 그의 시에 자주 등장하는 '꽃'의 소재는 소월의 '진달래'나 영랑의 '모란'에서 보는 낭만적 미의식이나 김춘수식의 절대주의적 존재 형상과는 엄연히 구별되는, 역사와 현실이라는 시적 인식을 위한 객관적 상관물로서의 상징성을 지닌 것이었다는 점에서 시인 고유의 상상력의 산물임을 부인할 수는 없다.

그런 그가 새삼스런 '꽃'과의 정면승부에 나선다. 은둔고수의 내공을 예기치 않은 시간과 장소에서 날카롭게 드러내는 순간이다. 시집의 서시와도 같이 제시된 첫 번째 시 「시인과 꽃」은 어찌 보면 당연한 시인의 시작, 또는 그것의 본질에 대한 평소 믿음의 표백과도 같이 읽힐 수도 있지만, 그래서 흔히 낭만주의적 시관이 신화처럼 의지하는 우화등선의 존재로서 시와 시인의 위의를 장자의 꿈에 빌려 관념화할 수도 있겠으나, 내가 보기에 사실 보다 중요한 사유의 지점은 씨 뿌리는 존재로서 충분한 시인과 그에 의해 자라나는 꽃나무의 시간, 즉 견딤의 미학과 흐름(그것을 인생유전처럼 치부해도 좋다.)의 자연성이 의미하는 살아 있는 현실성과, 그에 따른 미래지향적인 삶의 공간을 창출해내고자 하는 과정적 믿음의 언표라 할

수 있다,

> 말이 씨가 된다고 믿고
> 씨앗의 발아를 신뢰하는 농부처럼
> 마음속 묵정밭 일구어
> 꽃씨를 뿌리는 이가 있다
>
> 가뭄과 장마를 견디고
> 꽃나무가 잘 자라
> 환하게 꽃술을 내미는 날
> 그는 나비가 되어 날아오르는 꿈을 꾼다
>
> ─「시인과 꽃」 전문

　말하자면, '환하게 꽃 피는' 순간이나 그 꽃의 형상, '나비 되기'가 전부가 아니라, 씨 뿌리는 농부의 땀 흘리기와 하루하루 몰라보게 자라나는 그 시간의 흐름이 더 중요한 것이다. 이 대목에서 우리는 굳이 저 근대의 여명에 문학적 선구가 되었던 신경향파 시인들의 애독지『씨뿌리는 사람』을 떠올리지 않아도 충분하다. 그러므로 산전수전 다 겪은 시인에게, 이미 저 힘겨운 20세기의 뒷문을 지나온 그에게 시와 시인은 '꽃'이 아니라, 세월의 자연스런 삶의 흐름이자 나아가는 도정에 있는(혹 그래서 일신우일신 할 수 있는) 열린 시간의 길이 된다.

　그런 의미에서 시집『꽃에게 길을 묻는다』(문학과지성사, 2003)에서 시인은 유독 자연의 미물들, 산천초목과 계곡, 시냇물에 산재한 자연물들에 섬세한 관찰의 시선을 집중하는 모습을 보여준다. 1부에 소재화된 바다국화, 달롱개, 엄나무, 회양목, 느티나무, 호박꽃 등 꽃나무 외에도, 2,3부에서 노루귀, 열목어, 망둥어, 마타리, 구절초, 금강초롱, 동고비, 도토리,

사슴풍뎅이, 동박새, 나비, 개구리, 매실, 탱자 등 소소한 자연물들이 살아 있는 물상으로서 시인의 눈에 무수히 포착되어 나타난다.

> 산책길에 늘 인사하는 나무가 있다
> 아직 어리지만 의젓한 느티나무
>
> ―「어린 느티나무」 부분

> 봄이 오는 소리
> 민감하게 듣는 귀 있어
> 쌓인 낙엽 비집고
> 종긋종긋 노루귀 핀다
> 한 떨기 조촐한 미소가
> 한 떨기 조촐한 희망이다
>
> 지도에 없는
> 희미한 산길 더듬는 이 있어
> 노루귀에게 길을 묻는다
>
> ―「노루귀」 전문

시인이 이들에게 마음의 손길을 내밀지 않았다면 그 의젓함과 조촐한 희망이 그에게 다가올 수 있었을까? 따라서 그의 산행은 비록 탐색의 미지를 전제하지만, 종착지 없는 열린 대화의 길이 된다. 그렇다면 이렇게 시인이 여전히 호젓한 산행을 계속하는 까닭은 무엇인가? 그의 길 걷기는 "길이 끝나자 여행이 시작되었다."는 루카치식의 서사적 거시담론으로서 역사철학적 사유와는 결이 다르다. 시인이 걷는 길은 지평선을 향해 있지 않으며, 그저 무성한 숲 사이로 언뜻언뜻 작은 하늘이 보이는 서늘한 산길이다. 그리고 그곳에는 대개 무너진 돌무덤과 같은 몹시도 한국적인 산성이 있다. 그것은 곧 이 땅에 발 딛고 사는 현존재가 감수하게 되는 개인과 공동체의 삶의 역사에 대한 기억을 되새기고 환기하는 일과 통한다. 이때 시인에게 부여된 사유의 공간은 삶의 시간을 성찰하는 것으로 구현된다.

> 신을 잃어버린 꿈을 꾸고 나서
> 새삼 살아오면서 닳아 없앤 신들과
> 습관처럼 자주 잃어버린 신들을 생각한다
> …(중략)…
> 이미 걸어온 길 때문에 가지 않은 길과
> 가지 않은 길 때문에 계속 걸어온 길을 되새긴다
>
> ―「신발」 부분

> 어떤 이들의 어떤 시간이
> 성벽 아래 잠들어 있나 생각하며
> 아득히 불어오는 바람을 맞는다
>
> ―「독산성에 올라」 부분

지나온 과거의 삶이 만들어낸 역사의 실체는 항상 대타적 존재로 인해 의미화되는 한, 시인에게 보다 중요한 것은 그 가치에 대한 되새김질이다. 그것이 비록 "완강한 산성 쌓기"(「돌무덤」)로 귀결되거나 "사라진 역사의 그늘"(「담양 읍내리 오층석탑」)에 대한 자조적 눈길을 동반하더라도, 시인은 자신의 발길이 지닌 시간적 역사성, 말하자면 단순한 족적 찾기가 아닌 발내딛기, 혹은 그 과정 속의 성찰과 사유의 형성을 귀하게 여기고자 한 것이다. 이때 비로소 시인에게 삶의 역사는 "자갈밭에서 털어낸 들깨알 같은 시간을 가로질러"(「삼인산」) '솟아오르고', 이내 '쭈그려 앉는' 긍정적 가치의 역설로 자리잡는다. 말하자면 최두석 시인의 자기 물음은 비록 현재진행형일 것이나, 물음의 행위는 시간을 관통하여 열린 미래형이다.

3. 현실의 비극성과 사회적 전망 – 최영철

최영철 시인의 시는 항상 도시 서민들의 고달픈 일상생활의 한복판에 자리해왔다. 그의 시 속에 대상화된 현실은 모두 평범한 이웃들의 일상적인 삶의 현장으로 그려지며, 이러한 현실을 들춰보는 시적 사유의 의미는 사회적 소외의 문제를 현장의 목소리로서 그려내는 데 그 출발점이 놓여 있었다. 그의 시에는 언제나 물질주의적 현실 속에 우울하게 왜곡되는 보통 사람들의 비극적 삶과 그에 대한 강한 비판의 시선이 숨겨져 있다.

시집 『그림자 호수』(창작과비평사, 2003)에서도 역시 덧씌워진 현실의 이면을 들추어보고자 하는 시인의 날카로운 시선은 사소한 주변 일상 곳곳을 파고들면서 드러냄의 목소리로 갈파되고 있음을 본다. 특히 시집 1부의 시편들에는 이러한 현실의 비극성을 사회 전반에 가로놓인 구조적 문제로 접근하고자 하는 시인의 사회적 인식과 전망이 드러나 있다는 점에서 눈길을 끈다.

> 하반신 없이 손으로 기어가는
> 동냥치 수레 위로
> 하늘에서는 한바탕 폭설이 쏟아졌지만
> 땅에서는 한바탕 동전이 쏟아졌죠
>
> ─「눈」부분

먹고사는 일의 고단한 치욕이
있는 대로 움츠린 노숙의 어깨가
애처롭게 떨고 있다 식욕은 저런 것

—「노숙 공원」 부분

눈먼 어머니 하루 천원 벌이 쪽파 다듬는 옆에
말 못하는 정신지체 아들
슬그머니 다가와 거들고 있군요

—「유유자적」 부분

이들 시에서 보듯 사회의 어두운 한켠에서 시인이 관심을 집중하는 장애인이나 노숙자들의 삶의 모습은 상당히 직설적이고도 선명한 영상으로 전경화되어 그려진다. 그렇지만 한편으로 현실을 바라보는 시인의 시선은 비판과 회의가 교차되는 자기모순적인 모습으로 나타나기도 하는데, 시인은 바로 이 아이러니의 국면을 통해 왜곡된 욕망으로 덧씌워져 있는 도시인의 내면적 현실 역시 들춰내고자 한다.

말하자면 시인은 이러한 자기비판을 통해 물화된 현실의 욕망 덩어리 속에 자꾸만 편입되어 가는 도시인의 존재 현실을 비판적으로 들여다보려 한 것이다. 최영철 시인의 시에 독특한 이 들여다보기의 상상력이야말로 공감의 가치를 확산시키고, 굳은 장막처럼 드리워진 우리 사회의 막힌 현실을 뚫고 나갈 수 있는 힘이 된다. 사회적 약자에 대한 이러한 새로운 인식은 근본적으로 물신화된 욕망 덩어리로 점철된 도시적 삶의 구조적 모순에 그 원인이 있다는 것이 시인의 관점이다.

낮 동안 숨기고 있던 시뻘건 눈을 밖으로 매단 불빛들이
지나간다 반짝거리며 한번 신나게 지나갈 때마다

제1부 사회적 삶과 환경의 재구성

인두로 지지듯이 도시의 가랑이가 주욱주욱 찢어진다
산을 오를 때까지는 없었던 층층의 불빛들이
납작한 벌레처럼 꾸물꾸물 땅에서 기어나온다 많이 먹어
빵빵해진 배가 요동치며 한바탕 토사곽란을 일으키고

—「야경」 부분

　여기서 보듯 시인에게 도시의 야경이 빚어내는 불야성의 모습은 인두 지진 길의 형상이며, 벌레의 토악질 같이 그로테스크한 꿈틀거림이다. 이처럼 적나라하게 살아 움직이는 도시의 삶의 현상적 국면들을 냉혈하고 비인간적인 괴물의 형상으로 묘파함으로써, 정서적 흥분과 비판적 거리 두기가 교묘하게 교차될 수 있는 인식적 공간을 창출한다.

　이러한 낯섦의 인식적 효과는 감각적 이미지의 극대화를 통해 보다 확대된 상상력을 가능하게 하기도 한다. 그것은 곧 촉감의 세계를 전경화하는 것이며, 이에 따른 감각과 물질의 무차별한 형상화 과정은 사실과 현상을 동물적이며 육체적인 방식으로 의미화됨으로써 습관적 관념들을 전복시키고 새로운 자각의 기능을 부여하는 것이다.

두부처럼 스스슥 순식간에 관통해간 전파가
전화를 받고 있는 남자의 몸이 익었나 안 익었나
쑥쑥 찔러보면서
금방 뚫고 지나갔다

—「전파들」 부분

구제역을 까고 구제역을 기르며 꼬물꼬물 구제역을 내보내고
말았네 불룩한 돼지 무덤 네 엄마 불룩한 젖가슴

—「유유자적」 부분

아세요 그대 아침 운동 페달 돌리고 있을 때, 아직 곤히 잠든 아래
층 여자 아랫배 위를 허덕거리며 넘어가고 있다는 사실,

—「유유자적」 부분

여기서 우리는 새삼 최영철 시인이 전면화하여 내세우는 소위 '모더니
티'야말로 가장 현실주의적인 것이며, 그 내부에 드리워진 '그림자'만큼
그로테스크하고 비극적인, 벤야민식의 시대적 우울의 소묘는 사실상 가
장 사회적인 언술이자 적극적인 실천과 참여의 인간적 포즈임을 확인하
게 된다. 그것이 풍자나 풍유, 패러디 형식으로 언급되면 될수록 현실의
비극성에 대한 각성과 비판적 인식은 하나의 암시적 형상으로 정서화되
며, 의미화되기 때문이다.

4. 새로운 기획과 자기발견을 위한 성찰 — 백무산

백무산 시인은 우리에게 '동트는 미포만'의 그 뜨거운 투쟁의 기억을 되
살려준다. 그의 시는 항상 우리 시대에 보기 드물게 서정적 단언의 형식
을 가진 언어를 구사하여 정치적 전위조직을 통한 노동자 권력 획득의 이
념과 이상을 추구해왔다. 그러한 시인이 시집 『初心』(실천문학사, 2003)에서
지금까지와는 전혀 다른 기획과 모색을 보여준다. 그리고 이러한 일종의
정신적 새로움을 시집의 시작에서 서시와도 같은 작품인 「길은 그리움으
로 열린다」를 통해 고스란히 제시하고 있다.

생활은 물 아래 낮고
꿈은 저만큼 높이 걸어놓은 듯

제1부 사회적 삶과 환경의 재구성

길은 쉼 없이 일렁입니다

이 도시에서 오래 내가
탈없이 숨을 쉬고 살 일을 걱정하는 것은
생활은 하늘 높은 곳으로 치솟고
길은 한없이 낮고 순탄하기만 한
곳으로만 흐르기 때문입니다.
                                    ―「길은 그리움으로 열린다」 부분

 역시나 윤동주의 시 「길」의 언표들을 연상케 하는 '흐르는 길'과 '일렁이는 바다'의 심상은 현실과 삶을 대하는 시인의 태도가 일정한 유연성을 가지고, 자연스러움에 대해 새삼스런 인식을 확보하고자 함을 추측케 한다. 특히 그것은 낮은 곳을 지향하며, 지향의 주체는 또 '생활인'으로서의 사유에 부심하고 있다는 점은 주목할 필요가 있다.
 시인에게 생활인으로서의 사유란 사실상 반성적 성찰과 자기고백의 언술을 담담하게 드러내는 일과 통한다. 그는 생활하는 순간순간에 "연민이 아니고서/우리를 구할 물건이 세상에 몇이나 있을까"(「연민이 아니고서」)라거나, "그 마음이 말에 갇힐까 봐/말을 막았네"(「말에 갇힐까 봐」)라고 고백함으로써 거대담론의 정치적 관념화로부터 자유롭고자 하는 열린 사유의 태도와 생활하는 인간과 현실의 세부에 대한 믿음과 의지의 중요성에 대한 실천적 자각을 드러낸다.
 그런데 정작 시인이 이를 실천하는 시적 방식은 현실에 깊숙이 발내딛는 서술적 태도와는 일정한 거리를 갖는다. 그리고 어떻게 그 실천적 인식의 내용을 스스로 내부에서 창출해낼 것인가에 대해 시인은 명상적인 태도로 담담하게 자연송을 읊조리면서 또 다른 의미의 정신주의적 경지를 일깨울 따름이다.

　　투둑, 이마를 치는
　　눈송이 몇
　　몸을 깨우는 천둥 소리

　　아 마음도 없는데
　　몸 홀로 일어나네
　　몸도 없는데
　　마음 홀로 일어나네

　　천지사방 내리는 저 눈송이들은
　　누가 설하는 무량법문인가

　　　　　　　　　　　　　　　　　—「초심」 부분

　이와 같은 불교적 명상의 내면세계를 내보이는 이유는 무엇보다 자신에게 존재와 현실이 어떤 의미인가를 진지하게 물음으로써 그 내면공간을 새롭게, 기존의 관념이 아닌 새로운 인식으로 채우기 위함이다. 시인은 유독 시집 전체를 관통하여 사찰이나 석탑 등 불교적 소재와 관련된 장소에 대한 애착을 보이는데, 이를 통해 자신의 반성적이고 성찰적 태도를 강화하려는 의지를 형성하는 한편, 새로보기와 다시보기를 통한 발견의 시학을 구축하고자 하는 지향을 드러낸다.

　"옛사람들은 거울보다 먼저/마음을 비춰보는 돌을 발명하였습니다"(「창림사지」)에서의 새삼스런 발견의 순간이나, "아는 만큼 본다는 건/아는 만큼 보는 것//누가 저를 천문대라 하여/천년을 잠재웠나"(「첨성대」)라는 자각적 재인식, 그리고 "아, 내가 아니라 그가 아닌가/내 덫을 풀고 있는 것

은 그 눈빛이 아닌가"(「덫」)와 같은 자기각성과 내적 반성의 사유에 이르기
까지 시인의 사유는 온전히 시간의 흐름에 대한 선명한 자기인식과 현실
적 존재성에 대한 투명한 지평의 의식을 통해 구체화된다. 그런 의미에서
아래 인용하는 세 편의 시는 어쩌면 시인이 스스로 찾아 나선 '초심의 길
찾기'를 이끄는 기-서-결의 완결구도를 보여주기에 충분하다.

> 어스름에 잠겨 있는 너른 가을 들녘을
> 우우 쓸고 지나가는 몇 다발의 가을바람 소리뿐
> 내 기억이 길을 잘못 찾아왔던가
> 내 몸이 시간을 잘못 들었던가
> ─「탑을 찾아서」부분

> 천지사방 흩어진 몸들은
> 나무를 통해 마음으로 돌아오고
> 세상에 지천으로 흘린 마음들은
> 나무를 통과해 몸으로 들어오는데
> ─「마음에 심는 나무」부분

> 예전엔 내가 저 풍경 속에 있더니
> 언제부턴가 풍경을 벗어났네
> 아무래도 나는 다시 저 풍경으로 가려네
> 내가 담긴 풍경을 내가 보고 살 궁리 하나
> 설날 아침에 작정을 하네
> ─「설날 아침에」부분

시인은 시집의 마지막 편인 5부에 이르러서야 그가 처음 환기한 도시생
활자, 현실인의 모습으로 우리 앞에 나타난다. 유독 산문시 형식을 위주

로 쓴 이들 작품에서 시인은 조선소 노동자로서 일했던 자신의 과거 삶의 역사를 기억하기도 하며(「꿈은 이루어지지 않았다」, 「라디오」, 「완산동」), 여전히 지금여기의 노동현실을 현실인이자 사유자의 모습으로 드러내기도 하면서(「욕망의 분배」, 「욕망을 생산하는 공장」) 자신의 삶의 현실을 열린 지평으로 시간의 연속성 속에 공간화한다.

그런 의미에서 백무산의 화두로서 '초심'은 세상을 새롭게 보거나 현실적 자아로서 시인의 거듭나기만을 의미하는 것이라기보다는, 스스로 우리 현실의 민중적 역사를 역사화함으로써 바로 그 '초심'의 의미를 새롭게 정초해내고자 한 의도의 소산이자 결과물이라 하겠다. 다음 시구는 스스로 던진 화두의 마무리로서 또 다른 화두를 감춘 채 담담히 제출되고 있다.

> (전략)… 해가 또 가는데 나는 역사를 얼마나 믿고 있는 것일까 나
> 의 이 낡은 믿음을 지고 어디까지 가야 하는 것일까
> ──「섣달 그믐」 마지막 연

5. 맺음말

윤동주에게서 보듯 '서시'란 일종의 일기처럼 쓴 자기다짐의 명제와도 같다. 그런 의미에서 보면 최두석, 최영철, 백무산의 시집은 모두 새로운 출발점 앞에 선 시인들의 진지하고도 호기로우며 냉철한 자기천명을 한 가지씩 지니고 세상에 나온 셈이다. 세상은 언제나 만인에게 이해의 대차대조표를 강권하며, 이 새로운 세기는 더 이상 사람들을 기다려주지 않는다면, 인간적인 삶과 세상을 위해 분투하는 시인들에게 주어진 새로운 과

제란 곧 사람들에게 이로운 환경을 다시 구축하는 일이 될 것이다.

최두석 시인은 그것을 산행과 풀꽃, 나무들과의 대화 속에서 탐색의 길 찾기로 보여주었으며, 최영철 시인은 기괴한 동물적 형상의 꿈틀거림이라는 아이러니의 형식으로 드러내었다. 또한 백무산 시인은 초심의 환기를 통해 다시보기, 새로 보기의 발견과 통찰의 길을 제시하였다.

그럼에도 불구하고 이 시대의 시인은 윤동주의 경우처럼 "슬픈 천명인 줄 알면서 한 줄 시를 적어볼까"의 포즈를 통한 염결성만으로는 현실적 존재성을 가지지 못한다. 뉴미디어의 전방위적 영향 아래 시문학의 기능적 변신이 필요함을 역설하기도 하지만, 그러기에 이 새로운 시대의 시인들은 진짜배기 정면승부의 길이 무엇인지를 더욱 힘겹게 찾아나서야 하는 것이다. 물론 그렇다고 '힐링'의 가면으로 포장한다고 해서 정신적 헬스 트레이너가 되는 것도 아니다. 이들 시인에게서 보듯, 이 시대의 시인은 오히려 보다 큰 성찰의 내면공간과 끊임없는 자기 물음을 스스로 던지는 모습을 만인에게 보여줄 필요가 있다. 그것이야말로 수용자의 인식적 자발성과 공감능력을 일깨울 수 있으며, 이를 통해 시인의 성스러움은 다시금 새로운 출발점에 설 수 있다.

인간적 환경과 담론의 재구성

― 김진경 시집 『지구의 시간』론

1. 사변(思辨)의 시가 이르는 길

> 김진경에서 있어 '지구의 시간'은 멈춰버렸다. 자본주의적 문명의
> 시간은 이미 무덤에 다다른 것이다. 따라서 그는 경계를 찢는 새로운
> 시간을 꿈꾼다. 그는 그것을 천둥 번개의 신이 살아 있는 신화의 시간
> 에서 찾기도 하고, 붕새가 구만리 허공을 나는 장자의 시간에서 찾기
> 도 한다. 또한 대홍수 이후 남은 인간 오누이의 순수한 사랑에서 찾기
> 도 하며, 산과 구름과 달과 별이 식구처럼 둘러앉아 '밥 끓이는 시간'
> 에서 찾기도 한다. 그러나 이 모든 것이 '희망의 냄새'로 읽히는 것은
> 살아 있는 모든 '영혼'과 그것들이 짊어진 '슬픔'에 대한 그의 지극한
> 사랑과 연민 때문이다.
>
> ― 윤재철, 시집 발문

시집의 해설도 아닌 것이 면구스럽게 울타리 바깥(시집 표지 뒷면)에 적
나라한 모습을 보인 채 시인을 말한다. 그 말을 모른 척 시작부터 인용하
는 나는 더욱 어색한 듯, 꼼수 아닌 의도를 드러내는 셈이다. 동료 시인의

눈으로 시인의 인류애적 자장과 깊이를 말하지만, 오히려 동료 시인이 아닌 나의 입장에서 김진경의 시집『지구의 시간』(실천문학사, 2004)은 그가 미리부터 한 계단, 한 계단 예비하고 밟아 올라온 치밀한(혹은 치열한) 사회적 사유의 1차 결과보고서와도 같이 읽힌다. 그것은 그의 또 다른 시집『슬픔의 힘』(문학동네, 2004)에서 생명을 가진 것들에게 전환의 필요성을 소삭인 그의 은밀한 '기획'의 목소리를 통해 엿볼 수도 있겠다.

어찌 되었건 시인 김진경은, 그가 청년 시절 김수영과 윤동주를, 그리고 그들의 시에서 '거울'의 내밀한 의미를 탐구할 때부터 이미, 그리고 또 5월 광주를 말하고, 함께 대학로 뒷길 닭곰탕집에서 통금시간을 아껴 비장한 소줏잔을 기울일 때부터 김수영의 커다란 눈망울과 해쓱한 두 볼을 몹시도 닮아 있었음을 나뿐 아닌 그 누구도 눈치 채고 있었음에랴.

그렇게 보면 김진경 시인은 철저히, 뼈 속 깊은 곳까지 모더니스트임에 틀림없다. 하지만 그것은 결코 그의 포즈를 염두에 둔 의미에서가 아니다. 그는 사물을 냉정하게 바라보고 분별하며, 현상의 이면과 그 의미를 탐색하는 주체의 사유를 솔직담백하게, 또는 매우 강도 높은 상징적 우의를 통해 펼쳐나가기를 선호한다. 말하자면 그는 아고라의 시인이자 아크로폴리스의 후예이며, 비록 어두운 변두리 뒷골목의 선술집에서라도 기울이는 소줏잔에 넘치도록 치열한 끝장토론을 즐겨 하는 대화적 상상력의 달인임에 틀림없다는 뜻이다. 그것은 과학적 근대주의자의 속성이자, 시민사회의 현실인으로서 마땅히 지향해야 할 덕목이기 때문이다.

2. 우의적 상상력의 신성공간과 현실서사의 세계

시에서도 이야기는 필요하며, 그 고유한 정서적 설득력을 지닌다. 최두석 시인의 지론인 이야기시론을 굳이 거론하지 않더라도, 타자에 관하여 말한다는 일 자체는 화자로서 시인의 객관적 관찰과 그에 대한 주체적 성찰을 일정한 거리감을 유지한 채 보여줌으로써 독자로 하여금 읽을 권리, 즉 생각하고 수용하며 구성할 수 있는 공간을 확보할 수 있도록 해준다.

김진경 시인이 이야기하는 방식은 인식 주체로서 화자의 목소리가 좀 더 적극적으로 시의 전면에 나타난다는 점에서 두드러질 뿐, 현실의 이야기가 때론 상황이나 장면으로, 때론 요약된 서사로 서술되고 묘사된다는 것은 일반적인 양상과 동일하다. 오히려 시인은 독자들에게 그 화자의 시선이 택하는 시적 대상의 특징을 주목하도록 유도한다.

> 염소는 문득 할아버지 생각이 나는지
> 서리에 시든 배춧잎을 뜯다
> 개울 건너를 바라다본다.
> …(중략)…
> 염소는 할아버지가 자기에게 기대어 걷는 동안
> 비와 바람을 불러
> 앞길을 말끔히 치웠을 게다.
> 그때 염소 바람이 아직 조금은 남았는지
> 목방울이 딸랑딸랑 희미한 소리를 낸다.
>
> ─「염소」 부분

혼자 살던 마을의 할아버지는 염소 한 마리를 키우며 서로 의지하며 살았지만, 이제 염소 곁에서 의지하던 할아버지는 이 세상에 없다. 다만 '염소의 바람'이라는 설화적 소재와 딸랑거리는 목방울 소리의 순간적 감각과 아련한 정서적 여운이 이 장면과 서사를 바라보는 이로 하여금 함께하는 삶의 의미와 평화로운 공동체적 공간, 그리고 세상의 아름다움에 대해 생각할 수 있도록 해준다. 말하자면 한 마디로 '동화의 세계'가 구현되는 것과 같은 형상이 된다.

> 그곳이 어디인지 알 수 없지만
> 이 세상에 천국이 있다면
> 마지막 수고를 다한 손들이
> 텅 빈 껍질처럼 가벼워진 모습으로
> 모여 사는 곳이리라
>
> ──「말벌을 기리는 노래」 부분

> 길이 가지를 뻗는 끝마다 놓인 지붕들 밑에는 사람들이 산다. 사람들의 가슴속 어딘가에도 계곡이 있어 잠신(蠶神)이 살고 있을 게다.
>
> ──「잠신」 마지막 연

말벌의 삶을 바라보는 이야기 서술자로서 화자는 그저 이렇게 이야기의 말미에 간혹 자신의 소회를 다 못한 후일담처럼 읊조린다. 그에게 말벌의 힘겨운 생애 동안의 노동의 신성함은 '향기'로 인식되며, 역시나 바람이 그들을 데려간 곳을 '천국'의 장소성으로 승화시킬 때, '그들이 모여 사는 곳'으로서 그곳은 생애 동안의 수고로움의 대가로 묘파된다. 이처럼 현실적 제약을 초월한 곳이자 이상적 공동체성이 새롭게 펼쳐지는 곳을 말할 때 시인은 변혁의 기획 제1보를 내딛게 된다.

그런데 사실상 이러한 '기획'의 의도성은 화자의 목소리 자체보다 묘파된 형상적이고도 상상적인 공간이 스스로 말하게 만들고 있다는 점을 주목할 필요가 있다. 당나귀 타고 눈발을 아이들 삼아 옛이야기를 떠올리며 흐뭇해하던 오랜 기억(「첫눈 오는 밤」)은 곧 동화의 세계이자 신화적 상상력의 구현으로서의 지족적 신성공간이다. 안개에 덮인 마을의 세계에서 고치를 뚫고 나비가 되는 세상을 꿈꾸는 상상력을 표출하고 있는 「잠신」에서 역시 새로운 공간에 대한 상상적 구현은 일종의 '숙원사업'과도 같은 인간적 가치를 담보하고 드러난다. 결국 이 세계에서 세상의 모든 물상들은 생명을 지닌 소중한 존재들로 그려지며, 시인은 여기에 애정 어린 화자의 시선과 언어, 동심 가득한 세상의 구현, 사람들 사는 공간의 온정을 담아냄으로써 자연스런 깨달음과 인식적 계몽을 기획하는 것이다.

그러므로 시인이 이처럼 신화와 역사의 시공간성을 동화적 세계의 상상력으로 인간화해놓는 또 다른 이유는 바로 이 '비인(非人)' 혹은 '초인(超人)'의 외장을 덮은 채 그 시공간성이 지닌 엄숙하고도 엄정한 인간적 삶의 실체를 역사화하고자 한 때문이라 할 수 있다. 이것은 곧 "사람들의 오만"(「길을 내며」)을 '머리가 땅을 향하고 있는 짐승들의 겸손함'에 대비시키면서 인간의 현실적 삶에 대한 반성적 성찰을 유도하며, '저 너머'를 향한 경계 초월의 공간 사유를 가능케 할 수 있는 인식적 자장을 형성시킨다.

> 콩 속에는 콩 속에 갇히는 것을 싫어하는
> 흙과 거름 속에는 흙과 거름 속에 갇히는 것을 싫어하는
> 작은 무언가가 살고 있어
> 이 작은 것들이 콩과 흙의 경계를 가까스로 뚫고 나와
> 조금씩 조금씩 흰 뿌리를 만들어내는 것이리라
> …(중략)…
> 그때 우리는 눈으로는 보지 못하지만
> 분명히 우리가 다치게 한 그 작은 영혼들을 보고 있음에 틀림없다.
> ― 「뿌리」 부분

이 집에는 서로가 서로를 정해진 틀에 집어넣지 않으면서도
잘 어울려 살 줄 아는
작고 가벼운 영혼들이 많이도 있다.
— 「집이 비어 있는 동안」 부분

여기서 보듯, 시집 전체에 걸쳐 그가 전적으로 소중히 여겨 언급하는 말벌, 집게벌레, 노린재, 무당벌레, 고라니, 염소 등등의 '작고 가벼운 영혼'은 기성의 사회적 관념의 굴레에 갇혀 있는 인간 사회의 현실적 삶의 한계를 넘어설 수 있는 새로운 생명적 존재이자, "이제 더 오랜 기억을 가지고 살아가야 할 어린 것들"(「마른 풀을 태우며」)로 재구성된다.

그런 의미에서 누에고치에서 변태하는 나비든, 콩에서 비집고 나오는 실뿌리든 시인이 말하는 '어변성룡(魚變成龍)'의 경지는 결코 장자(莊子) 류의 초월론적 낭만주의적 태도의 소산에 머무는 것이 아니다. 그것은 새로운 현실적 '이상국가론'이자, 동시에 인간 역사의 현실주의적 인식에 뿌리한 채 감추어졌던 진실의 실타래를 지상의 새로운 공간에 끌고 나와 명료하게 재인식할 수 있도록 나서는 일과 같은 것이 된다. 그것은 아래 시에서 보듯, '슬픔'이란 말로 압축된 현실서사의 세계에 대한 확인이자, 함께 나누는 삶에의 권유로 읽힌다.

아마도 먼 옛날부터 무엇인지 알 수도 없고
대답할 수도 없는 슬픔이 가슴을 가득 채울 때
사람들은 이렇게 불을 지펴 밥을 끓였겠지요
그게 사람이 할 수 있는 마지막 대답이라서
둘러앉은 식구들과 따뜻하게 데워진 슬픔을
말없이 나누었는지도 모르겠습니다.
— 「밥 끓이는 시간」 부분

인간적 환경과 담론의 재구성

3. 경계의 해체와 사회적 환경의 재구성

그렇다면 시인이 바라는 새로운 지구의 삶은 무엇인가? 시인은 한동안 치악산 산속에서 세상을 떠나 살았다. 실제 화전을 일구며 거친 삶을 살기도 한 어떤 시인도 있었지만, 그에 비하면 김진경 시인은 그가 한때 역설적인 자조로 스스로를 빗댄 것처럼 '베짱이'의 생활을 한 것일는지도 모른다. 그럼에도 불구하고 그의 시에 자리한 자연적 삶의 공간은 어쨌든 '지구의 시간'이자 인간의 시간 속에 위치한다. 그렇기에 우리의 질문은 마땅히 '무엇이 인간다움인가?'로 옮겨갈 필요가 있다.

> 나는 아침밥을 먹는 가겟집 식구들 곁에 앉아
> 다른 별의 시간으로부터 갑자기 나타난 외계인처럼
> 하릴없이 아침 뉴스를 본다.
> 그곳에선 전쟁을 외치는 어느 나라 대통령의 연설과
> 어둠을 찢는 폭격이 시작되고 있다.
>
> ─「지구의 시간」 부분

시인은 신이 아니며 또 하나의 지구인일 뿐임을 자각하는 순간, '외계인'같은 자의식은 '외계'를 꿈꾸기 위한 지렛대 역할을 할 수 있다. 하지만 김진경 시인의 '별유천지'는 "깔쭉대며" 세상을 떠나려는 모습을 보였던 황지우식 해체의 꿈과는 매우 다른 자리에 존재한다.

> 태풍은 거대한 우주의 새, 하루 종일 그 잿빛 날개가 하늘을 스치고 지나갔다. 밤늦게 밖이 환해 나가보니 하늘에 커다란 은빛 알 하나 낳아놓았다. 하늘의 한끝으로 사라져가는 기다란 꼬리 깃털에 수은처럼

달빛이 묻는다.

—「홍수」 부분

  이 시에서 보듯 "폭풍 지난 아침의 신선한 냄새"는 곧 시인에게 희망의
냄새가 되며, 산골의 지형을 바꾸어놓은 홍수야말로 '외계인'을 일깨우는
각성제가 된다. 그리고 그것은 "새로 인간이 시작되었다는" 오누이 신화
의 우의적 서사를 통해 원군을 얻는다. 이렇게 새로운 시간과 세상 꿈꾸
기는 다시금 예의 동화 같은 신화적 상상력에 의해 경계의 해체를 이루어
낸다. 마치 '별똥별 이야기'의 현실세계에의 구현과도 같이 시인은 환상적
세계를 그려내지만, 기실 이 세계는 우리가 옛날부터 삶 속에 보고 겪었
던 장마철 큰 물 진 뒤의 무화(無化)지경의 현실과 그리 다르지 않다. 그러
므로 시인의 진정한 해체 욕망은 초월과 해체의 목적이 아니라 재건과 환
생의 의도를 위해 구축되어야 마땅한 성질의 것이 된다.

  오, 인간이여/너는 이제 오랜 부재와/휴식으로서만 여기에 이를 수
  있구나.//
  거기 오랜 어머니처럼/자작나무 한 그루/쌓인 눈에 가지를 늘어뜨
  린 채/서 있다.

—「성가족」 부분

  흰 쌀알들 속에 추수 뒤 텅 비어 얼음도 조금 비치는 논바닥, 그 논
  바닥처럼 허허로운 손이 보인다.

—「손」 부분

  「성가족」에 나타난 눈 덮인 겨울 산 계곡의 적요와 신성함의 형상은 속
세와 절연된 절대공간을 말하고자 함이 결코 아니다. 그것은 '허허로운

손'의 공간적 부재와 「이팝나무 꽃 피었다」에서 보는 소멸과 꺼져감, 그에 대한 슬픔의 정서와 맞닿아 있는 성질의 것이다. 그러므로 시인은 가장 겸손한 자세로 세상살기의 문제의식에 대한 성찰을 자신의 해체 욕구와 정면에서 맞부딪도록 한다.

> 무심히 젖어서
> 내리는 빗속을 보고 있노라면
> 돌아오는 양 떼처럼 첩첩한 산들이 지워지고
> 나무들이 지워지고
> 기와지붕이 하나 둘 지워지고
> …(중략)…
> 마지막 빗방울 툭 떨어져
> 파문 일 듯 열어놓은 텅 빈 공간으로
> 무량수전 한 채 소슬히 솟아오른다
> ―「빗속에서 무량수전을 듣다」 부분

> 차라리 맹렬하게/쏟아져 내리고 싶다/맹렬하게 쏟아져 내려/일어서고 싶다.//
> 몸을 벗어 던진 길들이/절벽을 거슬러오르고/이윽고 절정에서 웅웅거리며/둘레도 깊이도 없는 허공을/하얗게 솟아오른다.
> ―「폭포」 부분

지우고 소멸된 뒤 다시 새롭게 일어서는 일, 그리고 지구중력으로부터의 탈출함으로써 그 경계를 소멸시키는 일이야말로 시인의 상상력이 잠재한 날카로운 현실인식을 활성화시키도록 유인한다. 그런 의미에서 "폭주하는 폭포"는 어쩌면 우리 현대시사에서 김수영과 이형기 시인이 알아채지 못한 제3지대의 형상을 고스란히 담아낸다.

여기까지 이르면 우리는 다시금 시인을 향한 질문의 정당성을 되묻게 된다. 앞서의 질문은 이제 '무릇 희생이란 무엇인가?'로 한 번 더 바꾸어야 하지 않겠는가. 그것은 시인이 보여주는 '소멸'의 세계야말로 '죽음(희생)'으로부터 '환생'으로 결실맺음이 이루어지는 경지이자, 보다 정확히는 '짊어져야 하는 생'으로서 이 세상 살아가기를 가리키고 있기 때문이다. 이것은 마치 "성자들의 표정 없는 슬픔처럼"(「봄나무」) 겨울을 나는 나무들의 '손끝'과도 같은 것이며, 어둠 속 별 찾기의 견딤과 인내, 고통을 수반하는 것이다.

> 이 나무/다 기울어지면/별들은/어디서/다시 태어날 수 있을까//
> 한 세계가/지상에서/조용히 소멸하고 있다.
> ―「고사목」 부분

> 밝은 곳으로부턴 눈을 돌려야지
> 어둠 속에서 어둠이 스스로 빛을 낳을 때까지 기다려야지
> 작고 희미하다고 버리지 말아야지
> ―「별을 보기 위한 세 가지 주의사항」 전문

이 '별'의 심상은 산속의 불빛과 같은 본질을 지닌 것이자, 곧 미륵불의 세계에 대한 지향, 즉 정밀함의 세계이며, 생의 내면적 깨달음을 위한 명상의 화두를 이끈다. 그런 의미에서 시집의 3부에서 시인이 유독 불교적 상상력을 중심으로 한 사유를 다양하게 펼쳐보인 것도 결국 경계를 넘어서기 위한 기획에 있어 어둠 속 작은 불빛의 소중함에 대해 재확인하기 위한 방법적 과정임을 엿보게 해준다.

시인은 결국 하산하였다. 그 사이 텅 빈 학교 운동장의 수돗가에서 방울져 떨어지는 물방울로부터 '오랜 휴식'과 '비어 있음의 무게'(「무지개」)를

느끼기도 하였으며, 어머니의 죽음에서 "먼 세상에서 이편으로/ 가까스로 가지 뻗어"(「이팝나무 꽃 피었다」, 「개화」) 경계를 찢고 몸 일으켜 핀 하얀 이 팝나무 꽃과 목련 꽃을 보기도 하였다. 시인이 적어 가지고 내려온 기획 서의 초고 마지막장은 아마도 리트머스 시험지처럼 가려진 득의의 씽긋 미소가 그려져 있지 않았을까.

4. 변혁의 인문학, 혹은 희망의 지평

불현듯 김진경 시인이 시집 『지구의 시간』을 통해 말하고자 한 것을 정 리해야 할 시간이 되었음을 깨닫는 것은 그만큼 독자로서 나 역시 시집읽 기에 진력하기가 만만치 않았기 때문인 듯싶다. 무엇보다 이 시집에서 시 인의 상상력을 견인한 것은 산골마을의 삶이라는 현실적 공간성과 우화 적이고도 신화적인 공간의 형상을 통한 인간 삶의 현실적 서사성을 구현 하고자 한 방법적 인식이라 할 수 있다. 그만큼 이 시집의 시편들은 실재 적 현실로부터 일정하게 거리를 둔 시인 고유의 사변적 담론성이 극대화 된 모양새로 드러난 셈이다. 왜 그래야만 했는가는 원점에서 모든 것을 다시 보려는 '순수열정' 그 이상도 이하도 아니라고 본다.

그런 의미에서 시인에게 '새 술은 새 부대에'라는 말은 말 그대로 관용 적 어법이 안고 있는 맹점을 고스란히 보여줄 따름인 것으로 치부된다. 사회적 환경의 변혁은 다른 장소로 옮겨가기만 한다고 저절로 이루어 지는 않는다. 김진경 시인이 보여준 울타리 벗어나기의 실천은 단순한 자 연적 삶에의 지향만도 아니며, 황지우식의 냉소적 거리두기의 방법론적 인식형태도 아니다.

시인이 우리 사회의 현실을, 그리고 인간의 삶을 바라보는 가장 중요한 뿌리는 그의 시구에서의 표현처럼 '짊어져야 할 것으로서의 생' 그 자체다. 그는 그 누구보다도 고달픈 삶의 역사와 슬픔과 어두움에 대해 너무나 잘 이해하고 있으며, 따라서 그의 '새판짜기'를 위한 기획은 어쩌면 예상보다 더 싱거우리만치 소박한 것일는지도 모른다. 그것은 그러한 생(生)의 현실적 역사를 살아가는 '작은 영혼'들의 소중함과 신성함을 바탕으로, 그리고 모든 것이 소멸되고 죽음을 거친 환생의 시공간성을 획득함으로써 가능한 것이라는 점에서, 김진경 시인의 인간에 대한 곡진하고도 순수한 애정을 확인할 수 있는 것이다.

그러므로 시집의 제호로서 '지구의 시간'은 결코 그저 버리고 떠나야할 구태의 유산이 아니라, 새삼 반성적으로 환기하고 본령에 준해서 회복해야 할 대상이며, 화전을 일구는 마음으로 백지에 새로 구축해야 할 온누리의 시간을 의미한다고 할 것이다. 그것은 사실상 태초의 인류와 신성가족과 하늘의 별과 바람, 그리고 바오밥나무와 폭포가, 길가의 고라니와 새들이 교류하고 땅을 딛고 사는 원초적이고 공동체적인 공간이자, 끊임없이 계몽되고 이 시대의 사람들 모두의 자각을 통해 일깨워져야 할 준엄한 가치와 같은 것이다.

그러기에 굴레와 경계를 넘어서고자 하는 시인에게 진정한 '지구의 시간'은 마치 "죽음을 두려워하지 않는 젊은 시인의 영혼", 혹은 자기희생의 소중함을 통해 슬픔을 넉넉히 견딜 수 있는 '살아 있는 눈'과도 같은 존재 인식을 요구한다. 이것이야말로 이 시대에 새로움을 실현시킬 수 있는 희망의 전언이며, 그런 뜻에서 미래지구의 시간은 우리 모두에게 찬연한 별빛처럼으로도, 또는 희미한 낮달처럼으로도 밝게 열려 있다.

다문화사회와 탈제국론으로의 계몽

— 하종오의 다문화시

1. 다문화론과 우리 사회의 현주소

최근 다문화주의 혹은 다문화 교육에 대한 필요성의 인식이 확대되고, 문학과 문학 교육, 한국어 교육, 사회과학 등 학문 분야와 정부 부처 등 공공 기관의 주요 과제와 정책으로 자리 잡고 있다. 이는 무엇보다 IMF 이후 현재에 이르기까지 신자유주의 경제구조가 일반화된 한국 사회 구성원들의 현실적 삶의 조건에 대한 첨예한 인식의 소산이라는 점에서 매우 본질적인 현상이라 할 수 있다. 특히 외국인 이주민과 노동자들의 급격한 증가로 인해 여러 가지 사회문제가 나타남과 병행하여 다문화사회에 대한 대응과 처방은 정부 부처를 중심으로 한 주변 이해집단 간의 과열 양상으로까지 치달을 정도로 첨예화되어 있는 바, 오랫동안 단일민족 국가로 살아온 한국인으로서는 이러한 현상이 감당하기 어려운 커다란 문화적 충격으로 다가왔음을 보여주는 것이다.

그렇다면 이러한 현상의 문학적 수용이 의미하는 것은 무엇인가? 최근 우리 현대시에서 특히 이러한 다문화사회로 급격하게 이동하는 한국 사회의 현실을 형상화한 작품들이 두드러지게 나타나는 것은 무엇보다 이러한 사회현상이 인간의 현실적 삶의 문제를 근원에서 위협하고 있다는 위기의식의 소산인 동시에, 현대적 삶의 질곡으로부터의 해방을 추구하는 지향적 의식의 표현이라 할 수 있다.

그것은 곧 문학이 지닌 계몽적 본질과 맞물려 시의 통찰력이 사회교육적 효용을 획득할 수 있는 공간을 마련하는 데 기여한다. 이러한 점에서 보면 이 시대의 시문학에서 보이는 다문화사회에 대한 인식은 인간적 삶과 사회적 평등을 목표로 한다는 점에서 다문화 교육이 추구하는 일련의 교육적 지향과 보조를 같이하는 것이기도 하다. 그러나 다른 한편으로 다문화 교육이 소수자들의 교육 기회 확대와 그로 인한 사회 · 정치 · 경제 차원의 향상을 도모하는 것이야말로 자유주의적 다문화주의 진영과 보수주의적 다문화주의 진영이 원하는 '다문화 교육'일 가능성이 크다. 자본주의 국가체제 속에서 기회의 평등은 퇴색될 수밖에 없으며, 국가가 경제적인 위기에 처하게 될 때 다문화 교육은 후퇴할 수밖에 없다. 더구나 자본주의 국가는 주류 집단과 소수집단 간의 갈등을 봉합하고, 다국적 자본에 기반한 제국을 전 세계에 실현하기 위해서는 다문화 교육을 필요로 하기 때문이다.

그런 의미에서 하종오의 최근 시편을 통해 나타나는 한국 사회의 다문화적 현실의 형상은 다문화사회론이 인권, 인종, 국적 문제가 계급 문제를 도외시한 국민국가 경계 안에 이루어지는 한계를 새삼 인식하고 이를 벗어나 보다 국민국가의 장벽과 전 지구적 자본의 지배라는 현대사회의 보다 본질적인 구조적 문제에 대한 비판적 성찰을 제기하는 중요한 지침이 될 수 있다.

2. 이주 노동자의 삶과 관찰자로서 화자의 시선
：『국경 없는 공장』, 『아시아계 한국인들』

하종오가 오늘의 현실이 이루는 다양한 문제들에 대해 또다시 생생한 시선을 돌리기 시작한 것은 시집 『반대편 천국』(문학동네, 2004)에서부터이다. 이 시집의 시들은 서울을 주된 거주지로 하되 강화도 불은면에 마련한 땅과 집을 오가며 겪은 체험을 담고 있어 훨씬 더 현장감을 준다. 그 중에서도 제2부에 수록되어 있는 일련의 연작시 「코시안 가족」 및 「코리안 드림」은 한국에 거주하고 있는 외국인 노동자들의 삶과 아픔을 담아내고 있는 바, 그러한 현실을 드러내는 중요한 표현 기제는 관찰자로서 그들을 바라보는 화자의 응시의 시선이다.

> 면목동 한갓진 골목길 걸어갈 때
> 거무스름한 한 아시안 다가와 말을 걸었다
> 파키스탄이나 스리랑카나 네팔 말로 들려서
> 나는 손 내젓고 내처 갔다
>
> 일요일 낮에 이따금 국제공중전화 부스에
> 줄 서서 통화하던 외국인 노동자들이
> 평일날 밤에는 목재공장 일마치고 거리에 나와
> 서로 알아듣지 못하는지 손짓발짓하며
> 내가 더욱 알아들을 수 없는 말들을 했었다
> 같은 말을 하는데도 달리 듣는 이방인 때문에
> 평생 슬퍼한 사나이 지저스 크라이스트
> 젊은 한때 집을 떠나 다른 나라 떠돌며
> 나무를 다듬다 지치면 저렇게 떠들었을 거라고

오래전 내가 워싱턴 다시 번화가에 갔었을 때
백인에게 말을 걸자 두 손 펴 보이고 가버렸었다
발음 틀리게 주절거렸던 영어 단어가
한국이나 일본이나 중국말로 드렸었겠다 싶으니
거무스름한 한 아시안 너무 서툴게 우리말을 해서
내게 파키스탄이나 스리랑카나 네팔 말로 들렸다는 걸
큰길에 나와서야 알았다
다시 돌아가니 한 아시안 이미 없었다

　　　　　　　　　　　　　　　　—「한 아시안」 전문

　이 작품은 서술자 역할을 하는 화자가 '한 아시안'을 취재한 일종의 기록과도 같이 진술되어 있다. 텍스트 내에서 '말을 건네는' 청자의 목소리는 결코 존재하지 않지만, 그 '희미한 존재성'을 화자인 '나'의 행동과 사변적 진술들이 암시적으로 형상한다. 이는 특히 화자의 독백적 어조와 그로 인한 반성적 성찰의 태도가 드러남으로써 구체화된다는 점에서 주목할 필요가 있다. 자신의 모습을 들여다봄으로써 타자의 존재성을 이해할 수 있으며, 그 과정에서 '이주 노동자가 우리에게 무엇인가'라는 그 존재 의미에 대한 인식이 가능해짐을 생생한 화자 자신의 목소리로 표면화시키고 있는 것이다.

　이러한 문제의식은 외국인 노동자의 차원에서 이주 노동자의 차원으로, 나아가 다문화 이주민의 차원으로 심화·확대되어 왔다. 시집 『지옥처럼 낯선』(랜덤하우스, 2006), 『국경 없는 공장』(삶이보이는창, 2007), 『아시아계 한국인들』(삶이보이는창, 2007) 등이 그 구체적인 예라 할 수 있다. 이들 시집에서도 알 수 있듯이 그는 다양한 시적 사유를 통해 우리 사회의 소외된 삶을 줄곧 응시해왔다. 이러한 응시의 시선은 『국경 없는 공장』에서 힘들고 어렵게 살아가고 있는 이주 노동자의 삶을 그려내는 방향으로 나타났으며, 『아시아계 한국인들』에서는 내국 식민지화된 차별 속에서 고통을 겪고 있는 다문화가정의 이주 여성들의 삶과 그들의 아이들의 생활 주변을 형상화함으로써 보다 구체화된다.

> 변두리 지하철역 근처 새로 조성된
> 공원에 분수대가 만들어져 있었다
> 물줄기가 솟구쳤다가 떨어지고
> 아이들이 들어가
> 그 물보라 받고 있었다
> 나는 구경하며 천천히 걸어가다가
> 어느 지점에서 무지개 쳐다보았다
> 흩어지는 물방울과 내리비치는 햇빛이 부딪치는
> 위치가 시시각각 다르고
> 그때마다 또 다른 공중으로 무지개가 옮겨가도록
> 아이들이 물장난 쳐 바꾸고 있었다
> 나는 재미있어서 공원길 왔다 갔다 하는데
> 아이들 속에서 피부색 다른
> 한 아이가 섞여서 잘 놀고 있었다
> 무지개가 더는 뜨지 않는 해질녘
> 동남아인 어머니가 와서 데리고 가고
> 아이들도 흩어져 떠났다
> 분수가 꺼질 때까지
> 나는 공원에서 떠나지 못하고
> 그 모든 아이들이 무지개 쳐다보며
> 같이 놀았을 성싶어 들떠 있었다
> ―「분수」 전문(『아시아계 한국인들』)

"놀이하는 아이들 속 피부색 다른" 한 아이는 물론 다문화가정의 아이임에 틀림없다. 그 놀이하는 아이의 배경에는 결혼 후 한국에 거주하게 된 동남아인 이주 여성의 삶이 자리 잡고 있을 것이나, 이 시에서 그 아이는 그저 즐거울 따름이다. 보다 정확히 말하자면 화자의 시선에 타자로서 그 아이가 그렇게 보이는 것이다. 그런데 역시나 담담한 그 응시의 시선에 포착된 물상의 형상은 색다르다, 즉 "물보라", "흩어지는 물방울", "내리비치는 햇빛"과 같이 화사한 이미지의 영상들은 인종 다양성을 함의하는 "무지개"의 아름다움과 조화를 이루며 가시화되는 바, 이것이 화자의 인식과 성찰을 주도한다. 화자는 그 아이의 존재가 사라진 뒤에서, 그 이후에 그와의 소통 의지를 드러낸다. 그리고 그것은 일종의 기쁨이자 소망이 된다. 이 합일에의 의지와 그 경지의 형상이야말로 '나'의 타자 이해를 통한 가치인식의 출발점으로 작용한다.

3. 시적 주인공의 체험 서사와 공감의 시학 :『입국자들』

위에서 언급한 시집들을 통해 확인할 수 있는 것은 한국 사회가 제국주의적 면모를 갖기 시작한 지 이미 오래되었다고 하는 점이다. 이들 제국주의적 면모에 대한 시인의 비판적 시선은 시집『입국자들』(산지니, 2009)을 통해 전면적으로 확대되어 나타난다. 시집『입국자들』은 모두 4부로 구성되어 있다. 탈북과 그 이후의 고난·가난·그리움 등 탈북자 문제를 소재로 하고 있는 '국경 너머'가 제1부를 이루고 있고, 몽골·중국 등에서 한국으로 이주해온 이들과, 현지의 가족들을 다루고 있는 '사막 대륙'이 제2부를 이루고 있다. 그리고 동남아시아에서 이주해온 이들의 한국 생활을 소재로 하고 있는 '이주민들'이 제3부를 이루고 있으며, 한국에서 고국으로 귀환한 자들과 한국에 간 사람들을 기다리는 현지의 가족들을 다루고 있는 '귀환자들'이 제4부를 이루고 있다.

　이주민들을 바라보는 이러한 시각이 주목되는 것은 너무도 당연한데, 이와 관련하여 정작 기억해야 할 것은 그가 이들 이주민 및 그 가족을 하나하나 깨어 있는 인격으로, 살아 있는 개인으로 호명하고 있다는 점이다. 이들을 일일이 호명하는 것은 그가 이들을 저 자신과 조금도 다르지 않은 동등한 존재로 받아들이고 있다는 것을 뜻한다. 그 외양, 혹은 외재성을 인식할 수 있는 기제가 '호명'이다.

　　　베트남인 트렁 씨와
　　　미얀마인 윙툰 씨는
　　　몽골인과 중국인이 부럽다

　　　다 같이 공장에서 잘렸어도
　　　다 같이 불법체류자가 되었어도
　　　한국인과 생김새가 닮은
　　　몽골인과 중국인은
　　　말을 하지 않으면
　　　건설현장에 막일하러 가도
　　　지하도에 노숙하러 가도
　　　거리에 무료 급식 받으러 가도
　　　알아보지 못하지만
　　　한국인과 생김새가 닮지 않은
　　　베트남인과 미얀마인은
　　　어디에서든 금방 드러나
　　　그런 일자리도 찾지 못하고
　　　그런 잠자리도 얻지 못하고

그런 먹을거리도 받지 못하고
불법체류자로 붙잡힐 수도 있어
공장 밖에 찾아가볼 데가 없다

베트남인 트렁 씨와
미얀마인 윙툰 씨는
스리랑카인 친구와 네팔 친구가
임금 체불 당하고도 다니는
기숙사 있는 공장에 취직한다

— 「외모」 전문

이 시에서 베트남인 '트렁' 씨와 미얀마인 '윙툰' 씨는 정확하게 제 이름으로 불리고 있다. 그가 이들을 이처럼 정확하게 제 이름을 부르는 것은 이들의 인격과 저 자신의 인격이 다르지 않다는 것을 강조하고 싶어서라고 생각된다. 하지만 이들은 삶의 현장에서 "한국인과 생김새가 닮"지 않아 몽골인이나 중국인과는 달리 차별을 받는다. "다 같이 공장에서 잘렸어도/다 같이 불법체류자가" 되지는 않는 것이 이들이다. 외모의 차이 때문에 먹고 사는 일에 차이가 생기는 것이다.

여기서도 알 수 있듯이 이 시는 나름대로는 커다란 차이로 존재하는 아시아계 이주 노동자들의 심리적인 소외감을 다루고 있다. 물론 그것은 "몽골과 중국"에서 입국한 이주 노동자가 "한국인과 생김새가 닮"아 베트남이나 미얀마에서 입국한 이주 노동자보다 취업에 유리하다는 데서 발생한다. 따라서 이들의 심리는 근본적으로 취업에 불리하다는 점에서 비롯되는 물질적인 소외감, 즉 경제적인 소외감에 기초하고 있다.

이 땅에서 불법체류자로 살아가다 보면 이주 노동자들은 아무래도 기계화되고 사물화될 수밖에 없다. 이 시에서 "한국인과 생김새가 닮지 않은 "베트남인 트렁 씨와/미얀마인 윙툰 씨"가 결국 "스리랑카인 친구와 네팔 친구가/임금 체불을 당하고도 다니는/기숙사 있는 공장에 취직"하는 것이 이를 잘 증명해준다. 기숙사가 있는 공장에 취직하지 않고 따로 숙식을 해결하다가 불법체류라는 신분이 밝혀지면 강제로 추방될 것이 뻔하기 때문이다.

이처럼 온갖 차별적 고통을 견디며 살아가고 있는 것이 이 땅에 거주하는 이주 노동자들이다. 물론 이들을 향한 모멸적 대우와 배타적인 차별 의식의 배후에는 천박한 경제적 식민지 의식이 자리해 있다. 우리나라보다 경제적으로 뒤떨어진 나라에 대한 터무니없는 우월감이 감추어져 있는 것이다.

이와 같은 '호명'의 시적 방법은 이주 노동자 개개인의 체험을 스스로 서사화하게 하는 방식을 통해 보다 적극적으로 의미화된다. 아래의 인용 시에 나타난 것처럼, "한국서 막일하다 다리를 다쳐 일할 수 없는", 지금은 강제로 추방을 당해 중국의 베이징을 떠돌고 있는 조선족자치주 출신의 박씨의 주인공화된 형상이 이를 잘 보여준다.

> 한국에서 막일하다 다리를 다쳐 일할 수 없는
> 박씨는 베이징에 와도 할 일이 없다
> 단칸방에서 한데 바람소리 듣는다
> 혼자 속울음 우는 시간이 깊어진다.
> 어머니는 저 세상 어디에 있을까
> 박씨는 한 번 더 건강한 몸으로
> 오로지 한국 가서 돈 벌어오고 싶다
> 다시는 조선족자치주에서 농사지으며
> 푸석한 흙바닥에 몸 부리고 싶지 않다
> 다시는 푸성귀나 키워 뜯어먹으며

평생 밭고랑 이끌고 다니고 싶지 않다
한국에서도 베이징에서도 무력한
박씨는 누구도 돈 벌려는 자신을
함부로 손가락질할 순 없다고 소리친다
바람소리에서 가느다랗게 흘러나오는
귀에 익은 속울음소리 들으며
생각해보면 박씨는 눈물 자주 흘렸다
오늘밤에는 절름거리는 몸속에서
유산 한 푼 남기지 않은 어머니가 와서 울고 가면
목돈 챙겨 집 나간 아내가 울고 가고
그 울음들에 겨워서 눈물 흘리다가
박씨는 바람 소리에 속울음소리 묻으며
밤 내내 저린 다리 주무르다 벌떡 일어선다

— 「속울음소리」 전문

이 시는 조선족자치주 출신의 떠돌이 노동자 '박씨'의 삶을 전형화된 성격으로 형상화하여 드러낸다. 이 시의 재미는 기구한 운명을 지닌 '박씨'의 인물과 삶을 읽어내는 과정에 발생한다. 이미 자본주의의 단물을 맛본, 그리하여 돈을 벌려는 욕구가 강한 것이 이 시의 서정적 주인공인 박씨이다. 박씨는 심지어 "누구도 돈 벌려는 자신을/함부로 손가락질할 순 없다고 소리"를 치기까지 한다. 돈에 대한 집착이 너무도 강한, 말 그대로 전형적인 속물인 이 인물에 대해서는 실제로도 누구 하나 손가락질하지 않는다. 그가 속물적 특성을 본질로 갖고 있는 자본주의라는 거대한 톱니바퀴의 일부에 지나지 않는 것을 잘 알고 있기 때문이다. 더구나 "한국에서 막일하다 다리를 다쳐 일할 수 없는" 사람이 그이다. "다시는 조선족자치주에서 농사지으며/푸석한 흙바닥에 몸 부리고 싶지 않"은 것이 그이기도 하다는 것을 잊어서는 안 된다. 이러한 그가 간절하게 "한 번 더 건강한 몸으로/오로지 한국 가서 돈 벌어오고 싶"어 하는데 어떻게 손가락질을 할 수 있겠는가. "절름거리는 몸속에" 들어와서 울고 가는 "유산 한 푼 남기지 않은 어머니"까지, "목돈 챙겨 집 나간 아내"까지 못 잊는 것이 그라는 것을 기억할 필요가 있다.

그러나 이처럼 박씨의 인물 형상을 살펴보는 일은 단순한 읽기의 흥미 이상의 의미를 갖는다. 이 시는 아시아 전체에 흩어져 살고 있는 조선족 동포들의 삶에 대한 성찰과 반성의 시선을 바탕으로 하고 있기 때문이다. 하종오의 시집 『입국자들』에는 북조선 출신의 이주 노동자들도 적잖이 등장하고 있는 바, 「재배하우스」, 「목련」, 「말투」, 「초청」 등 이 시집의 모두에 실려 있는 시들에서 살펴볼 수 있는 인물 형상이 그 구체적인 예이다.

이 시집에 객관적으로 형상화되어 있는 외국인 노동자들 중에는 고국으로 귀환한 자들도 없지 않다. 이들의 캐릭터와 삶을 객관적으로 그려내고 있는 예는 우선 위의 시 「속울음소리」에서부터 확인할 수 있다. 따라서 그의 시에 그려져 있는 인물 형상은 주체로서의 인물 형상보다 객체로서의 인물 형상이 좀 더 중심을 이루고 있다고 해야 마땅하다. 물론 이는 화자로서의 인물 형상보다는 대상으로서의 인물 형상이 좀 더 중심을 이루고 있다는 것이 된다.

여기서 말하는 대상으로서의 인물 형상은 이른바 '그'로서의 인물 형상을 가리킨다. 하종오 시의 인물 형상에 '나'로서의 인물 형상보다 '그'로서의 인물 형상이 좀 더 많다는 것은 그가 그만큼 이들 인물 형상을 객관적으로 받아들이고 있다는 뜻이 된다. 이는 무엇보다 그가 이들 인물 형상을 주관적인 감정보다는 객관적인 지성으로 수용하고 있음을 의미한다.

젊은 여자가 식사 주문을 받으러 와서
이북사투리를 쓰면
오십년 전 전쟁 때 월남하지 않았으니
탈북자라고 나는 단정한다
처음에는 수저를 갖다 놓고
다음에는 반찬 접시들을 갖다 놓고
마지막으로 밥과 국을 갖다 놓은
젊은 여자는 주방 앞에 손 맞잡고 서서
뭔가 바라본다
손님이 점심 먹든 말든 무관심한
젊은 여자의 눈길 따라
내가 창 밖 내다보니
왼팔로는 어린애를 들어 안고
오른손으로는 우유곽 잡고는
어린애에게 빨대 물린
허름한 한 어머니가 걸어가고 있다
젊은 여자가 북한에 두고 온 자식도 저만한가
갑자기 밥맛이 없어지는데도
끼니때 놓친 나는 숟가락 놓지 못한다

　　　　　　　　　　　　　　　—「젊은 여자」 전문

　이 시의 서정적 주인공은 말할 것도 없이 탈북자인 '젊은 여자'이다. "밥과 국을 갖다 놓"는 것으로 손님의 밥상을 다 차린 이 여자는 지금 "주방앞에 손 맞잡고 서서" "창밖을 내다" 보고 있다. 창밖에서는 "왼팔로는 어린애를 들어 안고/오른손으로는 우유곽 잡고는/어린애에게 빨대 물린/허름한 한 어머니가 걸어가고 있다." 이 모습을 바라보며 주방 앞의 젊은 여자는 "북한에 두고 온 자식도 저만한가" 하고 생각한다. 따라서 이 시는 탈북자인 젊은 여자에 대한 시인의 측은지심을 기본 정서로 하고 있다고 할 수 있다.

하지만 탈북자인 '젊은 여자'만 이 시의 인물 형상으로 그려져 있는 것은 아니다. 젊은 여자의 행동에 따라 반응하는 화자, 즉 '나'도 부족한 대로 인물 형상으로 존재하기 때문이다. 물론 이 시에 드러나 있는 인물 형상처럼 그의 시에 드러나 있는 인물 형상이 모두 점잖고 순수한지는 잘 알 수 없다. 귀환자들 중에는 한국의 고용주에게서 배운 나쁜 버릇을 자국에서 되풀이하며 개인의 욕심을 채우는 자도 없지 않기 때문이다. 더러는 서로 사기를 치기도 하고 위장 결혼을 할 한국 여자를 찾아 밤거리를 헤매기도 하는 것이 이들 이주 노동자들이다. 시인 하종오에 의해 그려지는 아시아의 떠돌이 노동자들이 모두 긍정적인 모습을 보여주지는 않는다는 것이야말로 그의 시가 비판적이고 냉정한 시선에 의해 형상화되고 있음을 말해주는 증거이기도 하다.

4. 탈이념과 민족인식의 해체 혹은 재구성
:『제국, 혹은 제국』

이와 같은 시인의 현실 인식은 시집 『제국, 혹은 제국』(문학동네, 2011)을 통해 자본주의의 전 지구적 지배에 대한 비판적 인식으로 확대되어 나타나게 된다. 특히 이 과정에서 해외 한국인 이주민들의 이산 과정과 그 후속 세대의 현실에 대한 문제의식이 드러나고 있는 점은 주목할 필요가 있다.

한국에선 땅이 없어 식솔들과 몇 날 며칠 걸어

자진해서 국경을 넘어 연해주로 간 할아버지는
다시 강제로 기차에 실려 몇 달 동안 달려
국경을 넘어서 카자흐스탄으로 이주하였다
농사를 잘 짓던 할아버지는
광활한 황무지에 내버려졌다.

거기까지는 고려인이라면
다 같은 가족사일 뿐이므로
젊디젊은 김예카테리나씨는
못사는 카지흐스탄을 떠나서
잘사는 한국으로 가고 싶다

살아갈 날이 더 많은 김예카테리나씨가
할아버지가 태어난 한국으로 가려는 건
좋은 직업을 가지고 싶어서다
자신이 태어난 카자흐스탄에서는
힘겨운 농업을 물려받아야 한다
학벌이 없는 김예카테리나씨는
한국에 가서 공장에 취직하는 것이
카자흐스탄에 머물러 밭농사를 짓는 것보다
훨씬 큰 목돈을 번다는 정도는 알고 있다

조상은 넘어왔으나
후손은 넘어갈 수 없는 국경을
김예카테리나씨는 두려워하지 않고
비자를 신청하고 기다린다

다른 고려인과 좀 다른 가족사가 있다면
할아버지는 일찍 돌아가시고

아버지는 농사를 잘 짓지 못하여
땅을 별로 넓히지 못했다는 점이다

　　　　　　　　　　　　　　　　　　　　　—「젊은 고려인」 부분

　다민족, 다문화사회에서 고려인들은 다문화를 수용하는 객체적 혹은
비주체적 입장에 놓여 있었다. 조선에서 연해주로, 중앙아시아로, 그리고
다시 연해주에 이르기까지 재이주의 디아스포라 과정은 유토피아로서 고
향 찾기의 여정이라 할 만하다. 고려인 할아버지를 둔 카자흐스탄의 '김
예카테리나'의 가족사와 그의 소망, 그리고 그를 바라보는 시인의 최종
분석으로서의 담담한 시선은 곧 다문화적 한국 사회론의 보고서에 이주
후속 세대의 장이 어떤 자리매김을 받게 될 것인지를 포괄적이고도 구체
적인 형상으로 보여준다. 김예카테리나의 소망은 한민족의 소망이 아니
며, 자본주의적 욕망 앞에 민족사의 아픔이 신속하게 상실됨을 여실히 노
정하고 있는 것이다.
　이러한 기존 근대국가의 정체성 형성의 주도 관념이었던 민족 이념에
대한 해체적 현실 인식은 시인 스스로 천명한 '제국(諸國)의 공존'과 '제국
(帝國)의 부재'라는 이율배반적 역설의 아포리즘을 통해 선명하게 드러난
다.

우즈베키스탄에서 사는 고려인들에게 지나간 시간은
한국에 사는 한국인들에게도 지나갔을 텐데도
나는 똑같게 살지 못한 이유가 몹시 궁금하다

　　　　　　　　　　　　　　　　　　　　　—「국가의 시간」 부분

인간이 지구와 함께 도는 시간 동안
가난한 나라에 원조된 곡식을

누가 먹는지는,
면 나라로 수출된 헌 옷이
무엇을 가려주는지는,
전장이 된 나라에서 집을 짓기 위해서는
누구와 같이 일해야 하는지는,
인간만 모른다.

— 「지구의 의식주」 부분

위의 인용시에서 보듯 이 역설의 현실에 대한 시인의 비판적 인식은 '국가' 혹은 '지구' 개념에 대한 재정의를 통해 구체화되어 나타나고 있다. '국가적 개인'이자 '지구적 인간'인 화자 자신의 무지한 실존성에 대한 고백적이며 신랄한 자각과 자기표백은 곧 국가 개념의 경직된 굴레로부터 벗어나려는 요구이자 동시에 전 지구적인 공동체적 삶의 재구성을 향한 희구의 목소리에 해당한다. 그런 의미에서 시인이 화자 자신을 이 역설의 당사자로 존재시키는 시선과 어조를 사용한 것이야말로 탈이념의 해체적 전략을 구현하기 위한 방법적 선택이라 할 수 있다.

조선족, 탈북인 및 고려인 이산의 문제 외에 특별히 시인은 이 시집을 통해 나이지리아, 티베트, 파키스탄, 방글라데시, 버마, 인도, 인도네시아, 베트남 등 동남아시아인은 물론 나이지리아, 과테말라 등 아프리카, 남아메리카인 등 말 그대로 '전 지구인'을 호명한다. 이들은 그야말로 시인의 「자서(自序)」에 천명된 아포리즘의 실천적 존재들이다. 이들의 이산과 이주는 곧 모든 인간과 지구의 삶의 '시간'이자 '의식주'이며 '일상사'라는 인식을 통해 시인이 끈질기게 추구한 다문화 현실에 대한 '시적 보고서'는 현실의 계몽적 가치교육을 위한 살아 있는 교재로 탈바꿈한다.

5. 소수자의 시학을 위하여

다문화주의에 대한 논의는 다문화 공존이 정치, 사회, 윤리적인 문제로 대두되었다는 인식에서 출발한다. 그런데 그것은 문화적 차이를 갖는 집단들이 존재한다는 사실을 전제하는 것이다. 이로 보면 우리에게는 인정해줄 만한 소수자들의 다문화가 존재하는가라는 근본적인 질문을 던질 수 있다.

아직까지 한국에서 아시아계 한국인으로서 당당히 살아가는 일은 몇 겹의 차별적 대우를 감내해야 하는 일이다. 여전히 피의 순수성을 고집하는 단일민족국가를 에워싼 한국 사회의 지배적 경향은 아시아계 한국인의 존재를 대단히 불편하게 간주한다. 특히 조선족 이주 후속 세대나 탈북자 가족들이 한국 사회 속에 편입되어 사는 일은 동일성 속의 이질성의 체험이라는 정신적 요인을 넘어서 문화적 정체성의 혼란과 그 이면의 정치적 상실감이라는 중층적 갈등을 유발한다는 점에서 문제적일 수밖에 없다. 그런 의미에서 이들을 바라보는 하종오 시의 시선은 한국 사회가 우리 민족이 그토록 경계하고 부정했던 아제국주의(亞帝國主義)를 답습하는 것과 다름없는 현실을 드러내고 있음을 증명해준 것이다.

하종오 시인은 피의 순수성을 맹목화하는 닫힌 민족주의에 의한 국민국가가 아니라 아시아의 다른 민족과 상생하며 공존하는 사회를 꿈꾼다. 다민족 · 다문화와 융합하여 어우러지는 이른바 통섭(統攝, consilience)의 국민국가로서의 새로운 가치가 생성되는 것을 바란다. 더는 배타적이며 동일자의 시선으로는 아시아와 인류의 평화적 가치를 나눌 수 없다는 게 하종오 시인의 시적 통찰이다.

제1부 사회적 삶과 환경의 재구성

하종오 시인은 '지금, 이곳'에서 일상적으로 일어나고 있는 아시아 여성들의 삶과 현실을 정직하게 응시해냈으며, 자본을 매개로 한 국민국가의 민족적·인종적·성적 차별의 내적 논리가 버젓이 우리의 일상 속에서 횡행하고 있음을 도시와 농촌을 망라한 한국 사회 삶 전반의 재현을 통해 날카롭게 묘파하였다. 이 과정에서 '이제 한국도 다른 제국주의 국가들이 구사했던 폭력의 양상을 재현해내고 있는 게 아닌가'를 묻는 시인의 냉정한 시선이야말로 이 시대 한국 사회에 대한 인식적 보고서와 같은 역할을 충실히 수행하고 있는 것이다.

대중 시대 시의 혁신과 문화의 교육

1. 왜 다시 '대중시'인가?

등단 시인이 1만 명을 한참이나 상회하는 '시인공화국'에서 보통 사람들에게 시는 여전히 다가서기 어려운 존재이다. 이미 울분으로 시의 위기론을 외치거나, 책 읽기 운동의 필요성을 역설하고 권장하는 사회적이고 공익적인 행위들은 막장과 꽃남 드라마의 홍수 속에 묻혀 제 목소리를 상실한지 오래다. 이미지의 시대요, 영상세대가 주도하는 시대에 대중들의 문화 향유를 위한 공간은 소위 '떠도는 담론들'로 유유히 넘쳐난다.

한때 시란 결코 이해할 수 없는 난해 담론이 아님을 강력하게 천명한 '신화'의 실제가 있었다. 그 시집은 출간과 동시에 문학사상 유례없는 베스트셀러의 행진을 계속하였고, 유독 청소년층의 여린 감성에 파고든 아련하고도 애틋한 시구들은 늘 그래왔던 연습장 표지의 시화처럼, 책받침의 인기배우 사진처럼, 그리고 아이돌 가수의 대형 브로마이드처럼 시대를 거슬러 입시로 찌든 대한민국 청소년들의 정신적, 정서적 위안이자 중요한 문화적 인식소로 자리 잡았다. 한껏 들떠 이것이야말로 우리 서정시의 고질적인 한계를 극복할 수 있는 새로운 지평이라느니, 시가 문화변동의 외곽에서 현실의 한복판으로 내려와 대중과 호흡할 수 있는 공간을 창출했다느니 호의로 치장한 평자들은 많았지만, 정작 맥락 부재의 모호한 진술의 나열이 빚어낸 감성적 호소력이 무엇을 의미하는지에 대해 솔직하고도 설득력 있게 파헤친 사람들은 없었다.

지금 다시 소위 '대중시'의 호황을 맞아 새삼 소비문화 시대에 직면한 시의 정체성에 대한 비판적 성찰의 공간이 필요한 시점이 되었다. 이런 현상은 시쓰기보다 시읽기의 문제에서의 접근을 요한다는 점에서 '소비문화'의 일환으로서 시의 향유 방식의 문제를 전면으로 부각시킨다. 「가벼운 시(詩)의 시대」라는 제목으로 독자들이 '예쁜 시 모음집'이나 '말랑말랑한 시'를 선호하고 있는 현상을 서술한 아래의 어느 신문기사는 이런 맥락에서 시사하는 바가 크다.

이젠 시집도 내용과 담는 방식이 바뀌어야 팔리는 시대가 되었다. 단적인 예가 시인 김용택 씨의 경우. 김 씨는 『섬진강』 등의 시집으로 많은 독자를 가진 이른바 '인기 있는 정통시인'이다. 그는 지난해 후반기에서 올해 중반기까지 시집 세 권을 냈다. 한 권은 '창작과비평사'(이하 '창비')에서 펴낸 시집 『나무』, 나머지 두 권은 '마음산책'에서 펴낸 『연애시집』과 『시가 내게로 왔다』. 창비에서 펴낸 시집은 이른바 전통적인 형태의 시집으로 '창비시선' 214번째다. 『시가 내게로 왔다』는 김 씨가 감명 깊게 읽은 시를 골라 뽑은 시모음집이다. 『연애시집』은 말 그대로 김 씨의 연애시만 모은 시집. 같은 시인이 펴낸 시집인데도 창비에서 펴낸 전통 형태의 시집 『나무』는 아직 초판을 다소화하지 못했다. 반면 '말랑말랑한 시'인 『시가 내게로 왔다』는 무려 5만 부가 나갔으며, 『연애시집』은 나온 지 3개월 만에 약 3만 부가 팔

렸다

크리스마스 선물과도 같은 시집, 그리고 연애담에 '꽂히는' 말랑말랑한' 시들을 선호하는 이러한 독자의 시 향유 방식의 변화는 이제 시인들로 하여금 이러한 소비자 계층을 그저 외면만 할 수 없도록 하고 있다. 그것은 어쩌면 산정에 외롭게 서 있는 존재로서, 혹은 세상의 비의를 홀로 통찰하고 예언자처럼 바람결에 속삭이던 자로서 서정시인의 고고한 위의를 전면적으로 바꾸어놓을지 모른다. 다만 중요한 것은 그 '소비자'가 누구인가에 대한 정의를 시인 스스로 다시 세우는 일일 것이다. 이제 조금은 우리 모두 '외로움'에서 벗어날 필요가 생긴 것이다.

2. 뉴미디어 시대에 시가 존재하는 방식

뉴미디어 시대를 맞이하여 시의 유통 방식이 변화하고 있다. 예전처럼 책 형태의 시집 속에만 존재하는 것이 아니라 전자게시판, 카페, 미니홈피, 블로그, 트위터 등 인터넷 공간상의 다양한 형태로 존재하며, CD-ROM 형식의 전자 시집으로도 만날 수 있다. 그간 인쇄 기술의 발달로 인해 음성언어를 대신했던 문자언어가 문학 텍스트 생산의 중요한 역할을 했던 것처럼, 디지털 기술의 발달로 도래한 미디어 시대에는 매체언어가 그 역할을 하리라는 예상이 가능하다.

인터넷의 발달이나 영상문화의 발달은 독자의 미적 지각 방식을 변화시킨다. 문자언어로 표현된 시를 읽으면서 다양한 영상 이미지들을 떠올리거나, 특정 텍스트를 댓글과 함께 읽으면서 의미를 공유하는 방식은 미

제1부 사회적 삶과 환경의 재구성

디어 시대 독자들에게 이미 친숙한 읽기 방식이자 소통 방식이다. 독자들은 무의식적으로 시 텍스트의 문자를 영상화하면서 읽고 있으며, 인터넷 게시판을 통해 활성화된 덧글은 시 텍스트에 대한 덧글 텍스트를 일상적인 방식으로 수용하는 데 많은 역할을 하고 있다.

미디어 시대를 맞이하면서 우리들의 미적 지각 방식에는 미디어 문화에 의해 형성된 다양한 영상 이미지들, 음향, 스펙터클 등이 영향을 미치고 있다. 특히 미디어 문화는 이미지와 음향, 그리고 스펙터클을 통해 일상생활을 구조화하고 여가 시간을 지배하며, 나아가 미적 지각 방식의 변화를 유도하고 있다. 일상적 감각을 새롭게 구성하면서 미적 감각 또한 새롭게 재편하고 있는 것이다. 이러한 변화는 자연스럽게 시적 취향, 시를 보는 방식의 변화도 수반하고 있다. 과거 지식층 독자들에게 「청노루」는 현실에 존재하지 않는 시의 세계에 대해 시적 공감을 느낄 수 없다고 비판의 대상이 되었지만, 지금의 독자들은 「청노루」의 자연이 현실에 존재하지 않는 것이기 때문에 오히려 현실적일 수 있다고 말한다. 감각의 변화가 이루어지고 있는 것이다.

독자의 미적 지각 방식의 이러한 변화는 최근 출판되는 시집 경향에서도 나타난다. 이미 하얀 종이에 문자언어로 출판된 시 텍스트가 다른 형태로 탈바꿈하여 새롭게 등장하고 있는 것이다. 시에 걸맞은 그림이나 사진을 같이 결합하거나, 시에 대한 다양한 글을 함께 결합하여 싣는 경우, 그리고 이미지, 배경 음악, 플래시 동영상, 목소리 등을 결합하여 하나의 영상시로 제작하는 경우 등이 그 예이다.

이는 궁극적으로 영상문화가 주도적인 미디어 시대의 문화 소비 경향과 관련이 있다. 물론 이러한 현상이 미디어 시대에만 존재하는 것은 아니다. 이전에도 이런 현상이 드러나곤 했지만 시집 판매의 주도적인 현상 그리고 시집 출판의 주도적인 경향으로 드러난 것은 미디어 사회의 미적 수용 방식과 밀접한 관련이 있다.

나아가 독자들은 이제 인쇄된 책으로서 시집이 아니더라도, 인터넷만 접속하면 어디서든 시 한 편쯤은 쉽게 읽을 수 있으며, 시인들도 적극적으로 전자 매체를 통해 시를 전달하는 일에 팔을 걷어부치고 나선다. 더군다나 시인들이 직접 시를 쓰는 대신 기존의 시에 대해 자기 나름의 해설 혹은 감상을 붙여 일종의 해설집을 내는 것이 또 하나의 추세이다.

이러한 현상은 한편으로 볼 때 시의, 그리고 시 읽기의 '키치화' 현상을 가속화시킬 수 있다는 점에서 비판의 대상이 될 수도 있다. 예쁜 시모음집을 선호하는 것, 쉽게 읽을 수 있는 '말랑말랑한 시'를 선호하는 것, 깊은 사고 과정 없이 시를 편하고 쉽게만 읽으려고 하는 것 등은 '키치화' 과정의 중요한 표지가 된다. 그러나 다른 한편으로 이는 숨 쉴 틈 없이 바쁘게 돌아가는 현대사회, 한 시도 놓을 수 없는 강도 높은 긴장의 연속에서 대중들에게 요구되는 긴장의 이완이라는 역할을 수행하는 긍정적 의미를 가지는 것으로 볼 수도 있다. 긴장의 이완을 위해 소비의 즐거움을 향유하고자 하는 것은 현대사회를 사는 대중들의 지극히 당연한 욕망이다.

문제는 변화의 중심에 선 시인들의 적극적(그리고 변화된) 창조 행위가 어떤 의미를 창출해내는가에 있다. 그것이 현실추수적이냐 미래지향적이냐의 관건은 일방적으로 단정지을 수 없다. 그 의미는 다만 문화적 실천으로서의 텍스트가 소통되는 현장에서 만들어질 뿐이다.

제1부 사회적 삶과 환경의 재구성

3. 텍스트의 다층성과 소통 영역의 확대

최근 출판되는 시집을 보면, 시와 그림(혹은 사진)을 결합하여 시집을 출판하는 경우를 빈번하게 발견한다. 정호승 엮음 · 박항률 그림, 『너를 사랑해서 미안하다』(2005), 김춘수 시 · 최용대 그림, 『김춘수 자선 시화집 : 꽃인 듯 눈물인 듯』(2005), 김남조 시 · 윤정선 그림, 『사랑하리, 사랑하라』(2006), 신경림 엮음, 『처음처럼 : 신경림의 소리내어 읽고 싶은 우리 시』(2006), 안도현 엮음 · 김기찬 사진, 『안도현의 노트에 베끼고 싶은 시 : 그 풍경을 나는 이제 사랑하려 하네』(2006), 안도현 엮음 · 박남철 그림, 『잠들지 않은 것은 나와 기차뿐』(2006), 김용택 엮음 · 선종훈 그림, 『언제나 나를 찾게 해 주는 당신』(2006), 양성우 시 · 강연균 그림, 『길에서 시를 줍다』(2007) 등, 그중 몇 권만 예로 들려 해도 손가락으로 다 꼽을 수 없을 정도이다.

시화집을 표방한 시집은 예전과 동일하게 그림이 시의 단순한 배경으로 존재하는 경우도 있다는 점에서 보면 물론 전혀 새로운 형식은 아니다. 하지만 그림이 시를 보조하기 위한 삽화(揷畵)나 배경으로 머물지 않고 문자언어와 동등한 하나의 기호로 존재하면서 문자와 결합하여 통합적인 새로운 의미 형성에 기여하는 경우가 많다는 점에 주목할 필요가 있다. 이 경우, 그림은 시의 의미를 보충하거나 이해를 돕기 위해 넣는 삽화로서의 기능이 아니라 독자적인 의미를 담은 하나의 기호로서의 역할을 한다. 문자언어와 그림 언어의 결합을 통하여 시 텍스트의 의미를 확장하는 역할을 하는 것이다.

김종삼 「묵화」의 시화 텍스트(신경림 엮음, 2006)

이 텍스트에는 양쪽 면에 걸쳐 그림이 펼쳐져 있으며, 왼쪽 면 위쪽에
시가, 오른쪽 면 위쪽에 시 감상을 위한 간략한 도움말이 실려 있다. 그런
데 여기서 그림이 단순히 시의 배경 화면에 그치지 않는다는 것을 쉽게
알 수 있다. 시의 의미를 또 다른 방식으로 구조화하고 있기 때문이다. 우
선 그림에는 시에 표현된, 물 먹는 소 목덜미에 손을 얹은 할머니의 모습
이 보이지 않는다. 서로 다른 페이지에, 일을 마치고 홀로 돌아오는 소와
할머니의 모습이 각각 그려져 있다. 문자로 표현된 시가 일을 마친 후 물
을 마시는 소와 소 목덜미에 손을 얹은 할머니의 모습을 표현한 것이라
면, 그림은 거친 노동을 마치고 집으로 돌아가는 소와 할머니의 모습을
각각 분리시켜 표현함으로써 문자로만 표현된 시와는 다른 관점에서 접
근하도록 유도하고 있다. 시와 그림의 이러한 구성 방식은 시에 표현된
소와 할머니의 상봉을 그리는 것을 독자의 몫으로 남겨두는 것으로 볼 수
있다. 즉 그 장면을 독자의 상상력을 통해 채울 것을 요구하는 것이다.

이런 시화 텍스트의 등장은 전통적으로 활자의 형태로만 출판하던 시집이 미디어 시대를 맞이하여 이루어낸, 일종의 매체언어를 활용한 자기 변신의 일환으로 볼 수 있다. 또 이런 현상은 분명 디지털 기술의 발달로 인하여 독자들의 미적 지각 방식이 변화한 데서 기인한 것으로 보아야 한다. 디지털 기술의 발달로 인한 독자의 미적 지각 방식의 변화가 시집 출판에 영향을 주고 있는 것이다. 디지털 카메라, 핸드폰 카메라, TV, 영화 등을 통해 다양한 이미지와 접하고 컴퓨터 화면을 통해 일상적으로 영상 이미지와 접하면서 독자들의 지각 구조가 문자언어로만 표현된 시보다는 다양한 그림이나 사진 등의 시각 이미지와 함께 결합되어 표현된 시를 선호하는 방식으로 변화하고 있는 것이다. 다시 말하면, 시화 텍스트는 문자언어와 그림이 결합하여 텍스트를 이룬 것이며, 문자와 영상이 결합된 텍스트를 선호하는 독자의 미적 감각을 고려한 텍스트로 볼 수 있다.

2000년대 중반 이후 최근까지 문학나눔사업추진위원회에서는 인터넷 홈페이지를 통해 지속적인 사업을 펼쳐 시 낭송에 영상과 음악을 곁들인 '영상시'를 독자들에게 전자우편으로 제공하고 있는 바, 이러한 시배달 사업(?)은 주로 기성 시인들의 시를 그림이나 사진, 애니메이션 등을 활용해 움직이는 이미지 플래시로 제작한 것인데, 시인의 육성이나 성우 등의 낭송을 곁들여 독자들이 보고, 들을 수 있도록 제작했다. 도종환 시인이 문학집배원을 자칭하면서 영상시를 올린 바 있으며, 이후 안도현, 나희덕 등 여러 시인의 소위 릴레이 시배달이 이어져 왔으며, 최근에는 급기야 문재인 대통령까지 참여하여 전임 문화부장관에 대한 예우(?)처럼 도종환 시인의 작품을 배달하기도 하였다.

한편 시를 배경음악과 함께 낭송한 낭송시집이 CD-ROM으로 제작되기도 했으며, 도종환 시인은 시 배달을 하면서 작성한 플래시 동영상을 모아 『꽃잎의 말로 편지를 쓴다 : 도종환의 시 배달』(2007)이라는 영상시집을 멀티미디어북(CD-ROM) 형태로 발간하기도 했다. 또 창비에서는 창간 40주년을 맞아 낭송시집 『언어의 촛불들이 피어날 때』를 제작했는데, 고은, 신경림, 김정환, 나희덕 등 25명의 대표작을 육성으로 담은 낭송시집 CD는 컴퓨터에서 영상이 담긴 플래시로 감상할 수 있고, 오디오에서도 음악과 어우러진 낭송을 간편하게 들을 수 있도록 되어 있다.

흑백사진—7월

정일근

내 유년의 7월에는 냇가 잘 자란 미루나무 한 그루 솟아오르고 또 그 위 파란 하늘에 뭉게구름 내려와 어린 눈동자 속 터져나갈 듯 가득차고 찬물들은 반짝이는 햇살 수면에 담아 쉽없이 흘러갔다. 냇물아 흘러흘러 어디로 가니, 착한 노래들도 물고기들과 함께 큰 강으로 헤엄쳐 가버리면 과수원을 지나온 달콤한 바람은 미루나무 손들을 흔들어물 아래까지 헤엄쳐가 누워 바라보는 하늘 위로 삐뚤삐뚤 헤엄쳐 달아나던 미루나무 한 그루. 달아나지 마 달아나지 마 미루나무야, 귀에 들어간 물을 뽑으려 햇살에 데워진 둥근 돌을 골라 귀를 가쳐다 대면 허기보다 먼저 온몸으로 퍼져오던 따뜻한 오수, 점점 무거워져 오는 눈꺼풀 위로 멀리 누나가 다니는 분교의 풍금소리 쌓이고 미루나무 그늘 아래에서 7월은 더위를 잊은 채 깜박 잠이 들었다.

이러한 형태의 시는 디지털 미디어가 인쇄 미디어의 문자언어를 구조적으로 변화시키면서 새로운 텍스트로의 변형이 이루어지는 현상을 보인다. 변형 과정에서, 문자언어로 시 텍스트를 읽을 경우 독자의 상상으로 이루어지던 시의 상당 부분이 음향이나 동영상 이미지로 채워지며 때로는 탈락되는 부분도 발생한다. 또 화면 구성을 위해 시행이나 연을 변화시킴으로써 텍스트의 특성이나 구조를 변화시키기도 한다. 이러한 특성

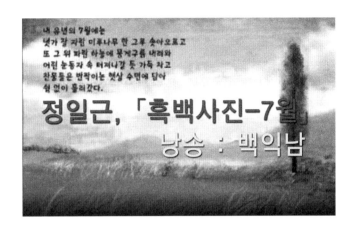

은 영상시를 감상하고 표현하는 데 관여하는 매우 중요한 특성이다.

앞의 인용은 인쇄된 시집에 문자언어로 표현된 시 텍스트이며, 위의 것은 '도종환의 시배달'에서 배달한 영상시로 '텍스트의 변형'이 이루어진 경우다. 문자화된 시 「흑백사진-7월」은 제법 긴 만연체의 3개 문장이 하나의 연으로 이루어진 산문시형으로서, 시적 화자의 유년시절 추억의 단편을 정감어린 독백의 어조로 표백하고 있다.

그런데 이러한 문자 텍스트는 영상언어로 표현되는 과정에서 몇 가지 형태상 변화를 보여준다. 우선 원 텍스트의 긴 호흡의 문장들은 플래시 영상이 제시되면서 각각이 몇 개의 행으로 분절되어 시각화되며, 그에 따라 새로운 그림, 즉 화면이 제시될 때마다 마치 독립된 별개의 연으로 이루어진 시라는 느낌을 받도록 유도한다. 물론 여기에는 시청자로서 독자가 낭송자의 목소리를 영상과 동시에 수용하면서 온라인 화면에서 시를 보기 편하도록 표현한 것이지만, 그 결과로서 새로운 수용텍스트는 원텍스트에서 받을 수 있는 것과는 다른 별도의 의미는 부가하여 창출하게 된다. 잔잔하게 흐르는 음악, 플래시 동영상으로 표현된 시골마을 자연의 고즈넉한 여름 풍경과 회화적 형상은 서정적 상상력을 관념적 이미지가 아닌 생생한 현실적 영상으로 가시화하는 역할을 하는 것이다.

이처럼 온라인상에서 배달된 정일근의 작품 한 편은 텍스트 변형을 거쳐, 또다른 텍스트가 되었다. 그것은 그만큼 인터넷을 통한 가상 네트워크 공간 속에 마주한 독자의 수용과 감상의 현장성과 그 감성적 실체가 시의 의미를 새롭게, 그리고 풍성하게 구축할 수 있게 되었음을 의미한다.

시와 '그 시에 대해 쓴 글'을 같이 실은 시집이 독자들로부터 꾸준한 인기를 끌고 있으며, 최근에는 일간지에서도 시와 그 시에 대한 글을 함께 소개하는 경우가 많다. 그 출발이라고 볼 수 있는 신경림의 『시인을 찾아서』가 1998년에 출판되었고, 현재 25쇄를 기록하고 있는 안도현의 『그 작고 하찮은 것들에 대한 애착』은 1999년에 출판되었다. 김용택이 엮은 『시가 내게로 왔다 : 김용택이 사랑하는 시』(2001)는 45쇄를 기록하고 있으며, 도종환의 『부모와 자녀가 꼭 함께 읽어야 할 시』(2005) 역시 제목 그대로 학부모와 청소년층에 함께 교육적 역할을 수행하고 있다.

이런 유형의 시집들은 우리가 통상적으로 '시 해설'이라고 간주해왔던 기존의 해설서와는 사뭇 다른 의미를 갖는다. 즉 아주 간략한 해설, 짧은 감상의 글, 시를 이해하기 위한 안내 글, 때로는 시와는 아무 상관없이 시와 관련된 떠오르는 생각을 적는다든지, 아니면 해설의 경우에도 시를 분석하여 알려주는 것이 아니라 시의 세계로 안내하고자 하는 또 하나의 텍스트인 경우가 많다. 몇 가지 예를 들면 다음과 같다.

김정환의 「유채꽃밭」

80년 초 그의 시 「황색예수」가 『실천문학』에 발표되었을 때, 나는 숙직실에서 그의 시를 밤새워 읽었다. 지금 생각해도 이상한 것은 그날 밤 정말 하얗게 잠이 오지 않았다는 것이다. 그 무렵 그의 사진은 신문마다 미소년이었다. 그를 본 지도 오래되었다. 지금은 배가 좀 들어갔을까. 머리는 왜 그렇게 배토벤처럼 하고 다니는지. 언젠가 그의 집에 갔을 때 영어로 된 책이 하도 많아서 "야, 영어책 진짜 많다인ㅡ" 그랬더니 형은 몰라도 돼. 이런 된장(?) 내가 몰라도 되다니 되긴 뭐가 돼. (김용택)

나태주의 「기도1」

외롭게 살 때가 있다. 춥고 배고프고 가난하게 살 때가 있다 비천한 모습으로 살아야 할 때도 있다. 힘들고 고통스럽고 원망스러운 마음을 감출 수 없을 때가 있다. 그러나 그런 날 만약 나보다 더 외로운 사람을 생각하며 그 사람을 위해 기도할 수 있다면 반드시 외로움에서 벗어나게 될 것이다. (도종환)

이렇듯 시에 곁들여 쓴 다양한 글을 보면 글의 특성이나 성격이 각기 서로 다르다는 것을 알 수 있으며, 단순히 시 해설로만 보기는 어렵다. 그러나 일차적으로 본래의 작품에 '대하여' 쓴 글로서 원 텍스트의 존재 없이는 의미가 없는 글이라는 점에서는 공통점을 가지고 있다. 또한 시에 대해 쓴 글이 대부분 이해하기 쉽고 편하게 읽을 수 있도록 배려하고 있으며 그 길이 또한 매우 짧음을 볼 수 있다. 시와 관련하여 떠오른 다른 생각을 곁들이는 경우 틀에 얽매이지 않는 자유로운 글쓰기를 보여주며, 시에 대해 해설을 한 경우에도 시 자체에 대한 분석이나 해석 내용을 서술하기보다는 글쓴이의 개인적인 감상 형식으로 쓰고 있다. 이런 특성들은 모두 독자들이 쉽고 편하고 재미있게 읽을 수 있도록 하기 위한 것이다.

이런 점을 고려할 때, 이런 글의 형식은 '시 해설'보다는 원래 글에 덧붙여진 글, 특히 시와 함께 덧붙여 읽는 글이라는 의미에서 '덧글'(혹은 '댓글')

의 성격을 지닌다고 볼 수 있다. 이제 독자는 이런 형식의 시집을 읽으면서 시와 덧글을 따로 분리시키며 읽는 것이 아니라 통합된 형태로 읽는다. 다시 말하면 '시와 덧글의 통합 텍스트'로 읽는 것이다. 덧글은 독자의 시 읽기에 많은 영향을 미치며, 독자는 시와 덧글의 통합을 통해 시만 읽을 때와는 다른 새로운 의미를 발견하게 된다. 그리고 시와 이상적 독자의 상호 소통 방식을 직접 바라보면서 시적 공감의 방식을 배우는 기회를 마련할 수도 있다.

4. 텍스트 생산 기반의 변화와 사회적 소통으로서의 시 창작

주지하다시피 인터넷을 매개로 한 새로운 매체의 확산은 누구에게나 자유로운 민주적 글쓰기 환경을 조성하였다. 그것은 이미 초기 컴퓨터통신 시대에 소위 채팅문화가 형성되기 시작하면서부터 예견된 것이기도 하다. 이 혁신적 글쓰기의 구조는 비로소 일기로서의 글쓰기, 혹은 나만의 은밀한 성채형 글쓰기로부터 편지로서의 글쓰기, 즉 누구에겐가 전하는 소통형 글쓰기로 쓴다는 것의 본질적 의미와 기능성을 근본적으로 변화시켰다.

인터넷상에서 독자적 사이트들이 만들어지던 그 시절 문학동호회 성격의 사이트들이 생겨나고, 일반 대중들의 왕성한 참여와 창작이 이루어진 것은 그런 의미에서 '작가'라는 호칭에 덧씌워진, 그리하여 그들이 생산해 낸 '작품'만에 이름 붙여진 신비감이나 고매함과 같은 자질들을 과감히 벗겨내기에 충분하였다. 말하자면 소위 '대중시'라는 명명과 그에 따른 고정

관념의 표지와 내용성이 비록 여전한 질적 시비와 통속성 논란에서 자유롭지 못함에도 불구하고, "나도 작가다"라는 긍정적 호명을 가능케 한 결과 참여민주주의의 문화적 실천으로서 문학창작의 위상과 자장의 혁신을 창출해냈던 것이다.

그런데 우리가 사실상 주목해야 할 초점은 소통적 글쓰기로서의 다양한 인터넷 소설이 유통되었던 구조상의 열린 참여 형식과 산문적 글쓰기의 양식성보다는 그동안 난공불락으로 인식되었던 시 장르에 대한 대중들의 거리 좁히기와 그에 따른 매우 다양한 형태의 양식적 창조로서 서정문학의 확대된 생산 형식에 있다. 그리고 그 중요한 자질이 '서정'에 대한 새삼스런 인식의 구축이라는 점은 '대중시' 논의의 진정한 핵심이 무엇이어야 하는가에 대한 역시 새삼스런 대답을 마련해주기에 충분하다. 이러한 변화된 문학생산의 기반에 뉴미디어의 환경이 큰 역할을 했음은 더 말할 필요가 없다.

흔히 'SNS시'로 명명된 새로운 형태의 시를 보여준 하상욱이라는 시인의 등장은 이 모든 새로운 현상이 가지는 의미와 의의를 함축한다는 점에서 매우 상징적이다. 우선 그의 모든 시작품들은 마치 요즈음 가수들이 곡 하나를 독립해서 미디 음원으로 발표하듯이, 한 편 한 편이 개체화되어 생산된다. 다만 그의 시는 '단편시집'이라는 이름 아래 쓰인 여러 편의 시들을 묶어서 온라인상에서 발표하였으며, 정식으로 시집의 모양새를 갖춘 것은 최근 『서울시』라는 제목으로 발행된 시집이 유일하다.

아래의 예시에서 보듯, 그의 시작품이 가지는 새로운 자질들은 매우 다양한 국면으로 나타난다. 우선 대체로 1연 2행의 2연시를 주로 하는 단형서정의 형태가 대부분이다. 이 형태적 자질은 마치 즉문즉답의 'Q&A'와도 같은 성격을 내포한 채, 시적 주체의 내적 성찰과 그 의미인식을 순간적 통찰, 아니 즉자적 대답을 만들어내도록 유도한다. 그런데 이 단형의 개인적 진술들은 온전히 그 상념의 표백과정만을 보여줌으로써 '은밀한 청자'로서 독자에게 가장 순연한 서정의 내용성만을 전달할 수 있도록 한다.

한편, 하상욱의 단형시편들은 단 한편도 예외 없이 표면상 이성 간의 서툰 사랑의 감정에 대한 고민과 상념들을 연상하도록 유도하고 있으며, 그 감정들이 생활의 일상에서 순간순간 자연스럽게 분출되어 나타난 사항들의 자기기록물과 같이 제시되어 있다. 메모와도 같이 기술되는 이 내용들은 일종의 프로토콜처럼 시적 주체의 내면을 마음의 영상으로 가시화시켜주는데, 이 과정에서 표면적 의미를 배반하는 언어유희적인 이면적 의미가 산출되며, 그것은 결과적으로 언어의 일상적 의미를 전복시키는 동시에 현실을 새롭게 바라보도록 하는 삶의 역설적 인식과 새로운 통찰의 지평을 만들어낸다. 말하자면 굳이 깨달음의 인식을 보이지 않아도, 독자로 하여금 깨달음의 공간을 창출해내는 것은 시적 언어 자체의 자율성(자율적 놀이)에 따른 것이 된다.

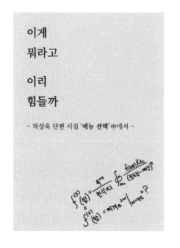

이게
뭐라고

이리
힘들까

- 하상욱 단편 시집 '메뉴 선택' 中에서 -

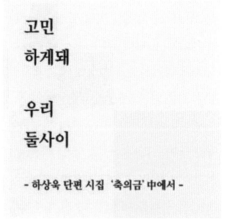

고민
하게돼

우리
둘사이

- 하상욱 단편 시집 '축의금' 中에서 -

니가/문제일까//내가/문제일까 ─ 하상욱 단편시집 '신용카드' 중
에서
끝이/어딜까//너의/잠재력 ─ 하상욱 단편시집 '다 쓴 치약' 중에서
너인 줄/알았는데//너라면/좋았을 걸 ─ 하상욱 단편시집 '금요일
같은데 목요일' 중에서

　위의 인용시에서 보듯, 그 '깨달음', 즉 A에 해당하는 대답은 제목에서
드러난다. 이때 시적 주체의 대화 상대는 시적 대상이며, 이 대상들은 모
두 현대인의 일상생활에서 누구나 겪게 되는 아주 소소한 문제들이다. 바
로 이 소소함이 삶의 근본적인 배려나 내면적 고뇌의 깊이를 가질 때 시
적 언어는 현실적 외장을 얻는다. 이 현실성이야말로 오늘의 대중들에게
'대중시'가 유의미하게 다가갈 수 있는 핵심이며, 그것은 공감과 위무의
기능성을 동반할 때 인식적 힘은 배가된다.

　SNS시대 글쓰기의 중심은 휴대전화의 문자와 인터넷 댓글로 집약된다.
2010년부터 포탈사이트에 '제페토'라는 이름으로 기사에 대한 댓글 형식
으로 올린 시적인 글쓰기가 결국은 『그 쉿물 쓰지 마라』(2016)라는 종이책
형태로 발간되었다.
　이 시적 글쓰기의 형식은 '[기사] 댓글보기─[답글]'과 같이 인터넷상 기
사 검색의 형태를 따른다. 이때 [기사]에 해당하는 소제목이 시의 제목이
되는 셈이다. 이 형식의 의미는 분명하다. 사실보도기사가 보여주는 오늘
날 삶의 일상적 현실에 대한 대중적 주체의 반응을 보여준다는 것이다.
　위에서 보듯 「잉꼬부부」, 「성큼 다가온 가을」이나 「겨울이 가장 무서운
사람」, 「가을비 내린 정동길」처럼 사진을 보고 느낀 감상의 형태로 쓰인
서정적인 글도 있지만, 대부분 사회면의 보도기사가 촉매가 되어 한 사람

의 일반인이 쓰는 '독자투고'와도 같은 비판적 성찰의 글이 주가 되어 있다. 서정의 언어가 견해 표명의 글이 될 때, 그 '댓글'은 또 다른 '답글'을 유도하면서 답글을 쓰는 수많은 익명의 대중 독자들과의 교감을 창출한다. 이 과정에서 글쓰기 주체의 상념은 '공유'의 형식으로 확대된 공감과 사유라는 문화적 계몽의 역할을 수행하게 된다.

5. 시적 상상력의 확산을 위하여

기술의 발전은 새 자연, 새로운 환경을 제공한다. 기술의 발전에 따른 문화 현상을 '문화산업'이라는 이름으로 비판했던 미학적 관점도 무시할 수 없으나, "우리가 화해해야 하는 대상은 새 자연, 테크놀로지의 자연"이라는 벤야민의 말 역시 새삼 음미해야 할 필요가 있다. 이제 우리는 과연 그 '테크놀로지의 자연'과 어떤 방식으로 화해할 것인가를 고민해야 한다.

일단 최근의 변화들은 시 텍스트의 개념을 확장시키면서 미디어 시대의 독자와 적극적으로 만나기 위한 노력의 결과물이라는 점에서 '대중시'에 대한 긍정적 개념 확보의 공간을 창출하는 데 기여한다고 볼 수 있다. 디지털 시대에 들면서 시 텍스트가 매체 변환이나 다른 텍스트와의 결합을 시도하면서 독자와 만나는 방식을 다변화한다는 것은 궁극적으로 독자들이 시를 즐기고 생활화하는 데 도움을 준다. 영상 세대의 미적 감각을 고려하여 시를 즐겨 읽을 수 있도록 하고, 또 시를 '스스로 혹은 제대로' 읽지 않는 현대인의 시 읽기를 활성화하는 데에도 도움을 줄 수 있는 것이다.

이 시점에서 독자의 시 향유의 방식에 대한 문제의식을 바탕으로 하여 시가 '소비'되는 현상에 대한 교육적 관점이 요청된다. 그것은 바로 대중문화의 관점 또는 확대된 문화론의 관점에서 문학 읽기를 실천하는 일과도 통한다. 시 텍스트에 대한 교육 역시 다른 미디어 텍스트와의 관계, 나아가 문화적 능력의 신장이라는 관점에서 기획할 필요가 있는 것이다. 시 텍스트 읽기는 한 편의 시를 읽는 데서 그치는 것이 아니라, 자신이 위치하고 있는 문화와 세계에 대한 읽기 행위이며, 나아가 해석 행위이고 사회적 소통 행위로서 자리매김해야 하기 때문이다.

그런 의미에서 뉴미디어를 매개로 한 대중들의 참여적 글쓰기의 문화
실천은 가장 전위적인 형태로 다양한 양식들을 창출하면서 현실적 서정
의 본질을 새롭게 구현하기에 충분하다. 다음 두 가지 시적 텍스트 생산
은 이러한 새로운 의미의 시적 대중화 현상이 가지는 사회문화적 의미를
단적으로 보여준다. 그것은 2014년 세월호 정국과 촛불집회의 시대적 맥
락 속에 이루어졌다.

위의 예시는 서울시청 광장에서 열린 세월호 추모집회에서 공연된 노
래 〈길가에 버려지다〉(이승환, 이효리, 전인권 노래)의 동영상 시작 화면이다.
공연실황이 독립된 텍스트로서 온라인상으로 전달될 때, 캘리그래피가
주는 문학적 의미는 노랫말의 시적 심상을 보다 강하게 구현시키는 데 기
여하며, 현장의 영상이 진행됨과 동시에 전달되는 노래의 음률은 다중매
체적 기능을 수행하면서 현실적 감동과 수용자로서 독자의 내면적 인식
의 공간을 창출해낸다.

이와 함께 세월호 추모집회에서 이루어진 수많은 문학적 실천들은 특
히 기성시인, 유족, 일반인 등을 망라하여 시쓰기의 대중적 의미를 매우
선명하게 각인시켜주었다. 『잊지 않겠습니다』, 『너에게 그리움을 보낸

다』, 『너희를 멀리 보낼 수가 없다』 등 수많은 시집들이 사화집 형태로 간행되었다는 사실은 시적 글쓰기가 이 시대의 가장 강력한 언어 표현행위임을 여실히 보여준다.

일상적인 기호와는 달리 예술작품에 채용되는 기호는 사회적으로 받아들여지는 의미만을 통해서 해독될 수는 없다. 왜냐하면 '예술적'이란 말은 기존의 문화 안에서 관습화된 기호와 그 기호가 가진 의미를 깨뜨리려는 시도이기 때문이다. 그러나 '예술적'이라는 것의 속성이 기존의 관습과 상식을 파괴하려는 노력임에도 불구하고, 본질적으로 어떠한 예술작품도 관습화된 언어의 체계를 넘어설 수 없음도 분명하다. 따라서 일차 언어와 이차 언어가 지니는 긴장 관계를 토대로 하여 이차 언어의 체계를 지향할 때 비로소 내가 위치하고 있는 자리를 메타적으로 바라보면서 시와 문화, 사회를 읽고 소통하는 것이 가능해진다. 이 시대의 뉴미디어는 바로 그 소통의 길을 보다 넓고 다변화하여 대중들에게 제공한다. 우리 사회의 대중들은 이제 그 길을 활보하는 데 익숙해져 있다.

제2부

서정시와 욕망의 유형학

대화적 상상력과 사랑의 완성

─ 조병화의 시세계

1. '서정'에 대한 새로운 인식

'서정시' 혹은 시에서 '서정'이란 과연 무엇인가를 놓고 최근 논자들 사이에 새삼 이야기꽃을 피운다. 그것이 현대사회에서 시가 점점 독자와 멀어져간 데 대한 반성에서 나온 것이라면 왠지 어색하다. 이 도도한 디지털 문화 시대에 시집은 여전히 '대중시'라는 이름으로라도 새롭게 단장하고 '대중'들과 낮은 곳에서 호흡을 같이하고 있으니 말이다.

그런 의미에서 김소월이나 김영랑, 정지용 등 우리 근대시 100년사를 빛낸 빼어난 '서정시인'들은 어쩌면 모두 소월의 시구에서처럼 "가슴속에 미처 하지 못한 말을 묻어두고" 사랑의 대상을 찾아 그리움의 정서를 켜켜이 쌓아온 것인지도 모른다. 하지만 그들의 '금자탑'은 바로 소월의 시구가 말하듯이, "그들만의 서정"에 머문 것이라고 본다면 어떨까. 모름지기 서정시의 영원한 주제로서 '사랑'이란 항시 타인을 향해 있는 것이며, 그것은 보다 정확하게 말하면 타인과의 소통을 이루고자 하는 적극적인 대화적 상상력의 소산이라고 본다면 말이다.

조병화 시인은 1949년 첫 시집 『버리고 싶은 유산』을 펴낸 이래 2002년 『남은 세월의 이삭』을 마지막으로 펴낼 때까지 시인으로 산 50여 년 동안 무려 52권의 시집을 남겼다. 그렇게 그는 현대시 100년 사상 가장 많은 작품과 시집을 발표한 시인이었던 것이다. 이러한 경이로운 사실을 그저 시에 대한 그의 개인적인 열정으로만 설명할 수 있을까? 그보다 시인은 자신의 말 한마디 한마디를 빠짐없이 모두 그 누구에겐가 전하고 싶었던 것이 아닐까. 그것은 근원적으로 그의 내면이 지닌 '고독'의 소산일 수도 있다. 또는 사람에 대한 '사랑'의 발로일지도 모른다. 그러나 분명한 것은 그 어떤 쪽이 되었든 시인의 대표적인 작품 몇 편만으로도 우리는 평생을 시 쓰기에 전념한, 그리하여 이루어낸 그만의 아름답고 경건한 '서정시학'을 엿볼 수 있으리라는 것이다.

2. 조병화 시와 대화적 상상력

> 잊어버려야만 한다
> 진정 잊어버려야만 한다
> 오고 가는 먼 길가에서
> 인사 없이 헤어진 지금은 누구인가
> 그 사람으로 잊어버려야만 한다
>
> ― 「하루만의 위안」 부분

이 시는 세월처럼 흘러가는 인생에서 얻을 수 있는 위안의 문제를 사색의 모태로 삼고 있다. 위의 인용에서 보듯이 시인은 과거적인 것으로부터 사색의 실마리를 풀고 있다. 이처럼 누구에게나 친근한 회상과 기억이라는 서정시만이 가진 특징적 발상법에 입각한 시인의 시적 상상력은 어디서 유래한 것일까? 시인은 자신의 시작 노트에서 다음과 같이 이야기한다.

> 나는 먼저 쓸쓸하여서 시를 읽었다. 나는 먼저 고독하여서 시를 읽었다. 그리고 그 쓸쓸한 나를 지키고 그 고독한 나를 응시하기 위하여 시를 읽었다. 나는 이러한 어둠 속에 둥둥 떠 있는 나를 위안시키기 위하여 그 위안이 되는 말을 찾아서 시의 세계를 방향도 없이 방황했던 것이다. 그 시가 유명한 시인의 시이거나 유명하지 않은 시인의 책이거나 읽어서 내 마음을 가라앉혀주고, 살아가는 데 힘이 되어주는 말―시이면 충분했던 것이다. 이렇게 나는 무엇보다도 '위안'으로부터 시를 찾게 되었다.
>
> —「끝없는 '말'을 찾아서」에서

조병화 시인이 시를 쓰게 된 원동력은 '자기위안'이었던 셈이다. 그런데 그럼에도 불구하고 시인의 말은 독자들에게 고스란히 투영된다. 우리가 시를 읽는 이유도 기실은 바로 이런 데 있지 않은가. 시 「하루만의 위안」은 그러므로 우리들에게 전하는 시인의 담담한 인생 이야기이며, 대화하고 싶은 속내의 드러냄이 된다.

> 바다엔
> 소라
> 저만이 외롭답니다
>
> 허무한 희망이
> 몹시도 쓸쓸해지면

물속이 그립답니다

—「소라」 부분

조병화 시인에게 자연은 매우 독특한 존재이다. 우리 서정시는 전통적으로 주체와 대상의 조화 내지 합일의 정신이 근간이 되어온 것이 사실이다. 흔히 '물아일체'로 표현되는 이러한 시적 상상력은 우리 시에서 대체로 시인의 생각과 마음을 자연물에 투사시키거나, 동화의 양상으로 구현된 경우가 보통이다. 그런데 위의 시를 보면 이러한 일반적인 동화의 세계와는 다른 모습을 읽을 수 있다. 시인은 대상인 자연물에게 외치거나 말 걸지도 않으며, 그를 의인화시켜 자신의 이야기를 짐짓 대신하려고 하지도 않는다. 시인은 '소라'의 마음을 대신 말하되, 그로 하여금 자신의 말을 하는 것처럼 '자율'의 공간을 부여한다. 다시 말하면 시인은 '소라'에게 말을 걸어보고, 그의 대답을 듣고 있는 셈이다. 이것이야말로 소통의 화법을 구현하는 형식이 된다.

에뜨랑제–란 인간을 말하는 것
온 곳도 모르고 간 곳도 모르는
나는 순수한 코리안

멀어서 마냥 슬픈 사람
손이 비어서 마냥 허전한 나그네

—「파리(巴里)」 부분

여행이란 우리가 살고 있는 현재의 일상을 벗어나서 낯선 곳을 찾아 떠나는 일종의 탈출이자 모험이다. 아는 사람 하나 없는 지역에 발을 디디면 누구나 자신이 혼자임을 불현듯 느끼게 된다. 그때 그는 국외자이자

'나그네'가 되지 않을 수 없다. 시인은 그런 자신을 "순수한 한국인"이라 말하였다. '슬프고 허전하건만' 오히려 그러기에 순수한 자신을 발견할 수 있는 계기가 바로 여행인 것이다.

조병화 시인의 기행시는 이처럼 이국적인 분위기 속에서 방랑의식과 고독감을 표출하는 작품들이 주를 이룬다. 그렇지만 또 여행이란 우리에게 평소에 느끼고 알지 못하는 그 어떤 새로운 발견을 가져다주기도 한다. 시의 시작과 끝에서 "향수와 연기 냄새 짙은 유럽 하늘 아래서/노뜨르담은 나이를 먹고/ 세에느는 사랑을 적시며 늙을 줄을 모른다."고 말하고 있듯이, 시인은 우리에게 자연스럽게, 그리고 편안한 마음으로 인생을 이야기해준다. 그가 깨달은 것을 우리와 공유하는 것이다.

> 먼 옛날 어느 분이
> 내게 물려주듯이
>
> 지금 어드메쯤
> 아침을 몰고 오는 어린 분이 계십니다
> 그분을 위하여
> 묵은 의자를 비워드리겠습니다.
>
> ―「의자」 부분

세대가 변해가고 세월이 흘러가듯 인생도 바뀌어가는 것이라는 섭리를 담고 있는 이 시는 흔히 시인의 대표작처럼 애송되고 있다. 때론 세대 간의 화해와 인정의 주제를 논하면서, 혹은 인생유전의 삶에 대한 너그러운 포용의 마음을 이야기하면서 그의 시가 지닌 가치와 미덕을 음미하곤 한다. 하지만 이 작품은 삶의 섭리에 대한 견고한 통찰력만큼이나 튼튼하게 육화된 소통에 대한 시인의 신념이 짙게 담겨 있음에 주목해야 한다.

대화적 상상력과 사랑의 완성

여기서 '아침'은 하루의 일상을 구성하는 시간의 한 단위이자 변화해 가는 시간의 흐름을 대변하는 출발점적인 공간이다. 그리고 '의자'는 인간 존재와 그 삶의 터전을 상징한다. 그런데 이 의자는 결코 사물화된 대상이 아니라, 변화하는 인간의 사회적 삶의 다양한 제 국면들을 압축하여 포괄하는 역동적인 실체라는 점에서 중요하다. 변화란 곧 시간과 역사를 의미한다. 시인은 평이한 시어와 무리 없는 시상 전개, 그리고 낭만적 감성에 바탕을 둔 회상의 정서를 통해 삶의 섭리를 말하고 있지만, 그 소통의 자장은 넓게, 그리고 세대를 통괄하여 '아침'으로 상징되는 인간 삶의 미래와 그 행복의 조건에 대한 희망의 메시지를 만들어내고 있는 것이다.

3. 생활의 언어, 혹은 일상의 소중함

조병화 시인이 추구한 서정의 미학은 단지 정신의 표출만으로 완성된 것은 아니다. 그의 시에는 그만이 구사할 수 있는 언어의 묘미와 흡인력이 존재한다. 그를 대중친화적인 서정시인의 모범이자 선구로 꼽을 수 있는 이유는 바로 이 때문이다.

흔히 우리는 시를 심오한 정신세계를 고도의 함축과 상징, 긴장의 언어로 표현되는 문학으로 여겨왔다. 그것은 아마도 시가 시시콜콜한 이야기까지를 적나라하게 보여주는 소설의 세계와 산문의 언어와는 대조되는 운문의 언어로 표현되는 양식이자 문학세계이기 때문일지도 모른다. 그러나 조병화 시인은 철저하고 일관되게 이러한 서정의 상아탑을 거부하였다. 시인은 가장 자연스럽고 일상에서 우리들이 주고받는 회화처럼 시를 썼으며, 그기에 우리는 그의 시에서 때론 친구의 다정한 목소리를

제2부 서정시와 욕망의 유형학

듣고, 혹은 사랑스런 연인이 전해주는 정겨운 속삭임을 듣는다.

> 깊이 사귀지 마세
> 작별이 잦은 우리들의 생애
> 가벼운 정도로
> 사귀세
>
> 악수가 서로 짐이 되면
> 작별을 하세
>
> 어려운 말로
> 이야기하지
> 않기로 하세
>
> 너만이라든지
> 우리들만이라든지
>
> 이것은 비밀일세라든지
> 같은 말들은
>
> 하지 않기로 하세
>
> — 「공존의 이유 12」 부분

'벗'이란 말처럼 정겹고, 하염없이 가슴 설레며, '추억'의 이름으로 영원히 간직하고 싶은 '나만의 유산'이 또 있을까. 시인이 즐겨 대화하기를 바란다는 것은 곧 삶의 고귀한 가치가 하루하루 지내는 일상의 작은 만남과 헤어짐, 그 과정에서 쌓아가는 서로의 인간적 교감으로부터 형성된다는 것을 인식하고 있음을 말해준다. 그것은 모든 것을 열어놓는 일이며, 쉬운 말로 대화하기이다.

> 석탄 먼지
> 청요릿집
> 검은 절벽 아래서 요길 한다
> 문경 새재는
> 구름에 있고
> 구름 아래 이곳, 사택촌
> 아해들이 줄을 넘는다
>
> 점촌행 버스와
> 서울행 버스가, 서로
> 노상서 소식 전한다.

— 「탄광촌」 전문

그러나 시인이 중요시하는 일상의 삶이란 결코 마음의 주관세계만을 고수하는 일은 아니다. 일상이란 결국 현실이며, 현실은 바로 우리 모두가 사회적 인간으로서의 삶을 영위하는 '서로의 관계'를 확인하는 순정한 마당이기 때문이다. 땅속 검은 석탄 가루가 아이들의 발자국까지 검게 만들어버리는 한 마을의 풍경을 마치 연필 스케치를 하듯 그려낸 이 시에서 우리는 오고 가는 버스에서 안부를 묻고 세상 소식을 주고받는 탄광촌 사람들과, 그들의 마주 잡는 삶의 손길이 자아내는 진솔하고도 곡진한 풍경을 본다. 비록 그것이 격랑의 시대를 말하고 있을지라도 그 흔적 속에서 우리는 아픔을 안고 사는 사람의 존재를 소중히 여기는 시인의 큰 사랑의 화법을 읽어낼 수 있는 것이다.

4. 제44시집 『아내의 방』과 가족의 의미

　1996년 한 해를 마감하는 겨울 한복판 44번째 시집을 상재하는 시인은 그 어느 해보다도 무척 힘든 심적 상황에 놓여 있었던 것으로 보인다. 시집의 표제로 삼은 「아내의 방」과 「혼자 누워 있는 침실」「겨울, 1996」과 「어머님, 간밤에」 등의 작품에서 시인은 아내의 중환과 입원을 계기로 가족의 소중함과 그들의 빈자리를 느끼고, 사랑과 고독, 혹은 그리움과 슬픔 사이의 그 역설적 의미를 새삼 깨닫고 있음을 피력하고 있다.

　　　　지금, 아내의 방은 텅 비어 있습니다
　　　　병원으로 떠난 지 벌써 며칠
　　　　집으로 돌아올 기별은 멀고
　　　　매일 밤 들여다 보는 아내의 방은
　　　　어둠만 자욱히 깔리고
　　　　텅 비어 고요하기만 합니다

　　　　암은, 저 세상으로 떠나는
　　　　순번이라는데
　　　　아내도 그 순번을 지나고
　　　　제 집, 제 방을 떠나서
　　　　남의 집, 남의 방,
　　　　멀리 낯설은 곳에 누워 있습니다

　　　　사람은 누구나 이렇게 되어서, 이렇게
　　　　차례차례 순서를 밟으며 헤어지며
　　　　아주 이 세상에서 멀리 헤어져 간다고 하지만
　　　　서로 같이 살던 세월이 아쉽습니다

대화적 상상력과 사랑의 완성

사랑하며, 다투며, 참으며,
견디며, 정으로 살아온 세월
아, 세월은 이러한 것을

매일 밤 들여다보는 아내의 방은,
지금 싸늘하게 어둠만 깔려
그저 텅 비어 있습니다.

— 「아내의 방」 전문

　이 시에서 '어둠'과 '비어 있음', 그리고 '고요'의 정물적 이미지는 '낯섦'
과 '싸늘함'의 심리적 이미지로 변환되면서, 우리로 하여금 시인의 아픈
속내를 들여다보도록 해준다. 시인은 '암'이라는 그 꺼내기 힘든 말을, 정
말 힘겹게, 그러면서도 과감히 현실적인 언어로 시의 표면에 드러내주고
있기 때문이다. 이는 곧 시인으로 하여금 주변인들의 죽음이라는 상황에
직면하는 자신의 현존성을 통해 오히려 삶의 문제를 재확인할 수 있는 성
찰의 공간을 만들어낸다. 한편, 시인의 '들여다보기'의 행위는 아이러니컬
하게도 「어머님, 간밤에」에서 돌아가신 어머니의 생전 자식 보살핌의 행
위에 대한 회억과 겹쳐지면서 가족의 의미에 대한 성찰의 공간을 만들어
내고 있다. 특히 조병화 시인 특유의 존칭 어법과 어울리면서 이루어지는
이러한 시적 주체의 자성적 공간이야말로 작자의 개인적 인식을 독자의
보편적 공감으로 확산시킬 수 있는 열린 공간이 되는 바, 이 열린 공간의
창출은 조병화 시인이 만년의 시에서 이루어낸 고유하고도 튼튼한 시세
계의 본질이라 할 수 있다. 그만큼 우리는 그의 고독과 쓸쓸함과 슬픔이
결코 이기적 자존의 소산이 아님을 선명하게 읽어낼 수 있는 것이다.
　제44시집 『아내의 방』에는 유독 '운명' 혹은 '숙명', '생명'이란 표현이

많이 눈에 띈다. 그것은 물론 인간의 생로병사라는 삶의 근원적 문제에 대한 인식의 표출이라는 점에서 보면 삶의 문제에 대한 존재론적이며 철학적인 접근으로 여길 수도 있다. 그러나 이 시집에서 조병화 시인이 언급하는 '운명'의 문제는 고독과 그리움이 교차된 보다 일상적이고 현실적인 문제로 나타나 있다는 점에서 주목을 요한다.

> 고독하십니까,
> 운명이옵니다
>
> 몹시 그립고 쓸쓸하고, 외롭습니까,
> 운명이옵니다
>
> 어이없는 배신을 느끼십니까,
> 운명이옵니다
>
> 고립무원, 온 천하에 홀로
> 알아주는 사람도 없이 계시옵니까
> 그것도 당신의 운명이옵니다
>
> 아, 운명은 어찌할 수 없는
> 전생의 약속인 것을
>
> 그곳에 그렇게
> 민들레가 노랗게 피어 있는 것도
>
> 이곳에 이렇게
> 가랑잎이 소리없이 내리는 것도.
>
> ―「운명―외로운 벗에게」 전문

여기서 보듯 시인은 인생에 대한 일정한 달관 혹은 숙명적 이해의 속내를 피력하는 데서 머물지 않고, 오히려 보다 적극적으로 타인들에게 권유한다. 그럼에도 불구하고 그것은 숙명론이라는 외피를 쓴 허무주의의 표백이 아니다. 다만 고독한 존재자로서 시인 개인이 타인들과 공유, 즉 대화와 소통의 삶을 구현하려는 의지의 소산일 따름이다.

시인의 표현에 따르면 인생은 "끊임없는 동경"이며 "고독"이고, "긴 기다림"이자 "인내"(「확인-외로운 벗에게」)이다. 이 시의 부제에 나타난 것처럼 시인이 그토록 갈구한 '벗'의 존재야말로 조병화 시인의 시가 지닌 한없는 전파력과 소통력을 가능케 하는 원동력이 된다. 그만큼 시인에게 '외로운 존재로서의 운명'이란 또한 역설적이게도 "내 안에 숨어서 태어난 그날의 불씨"(「나의 생일에 돌아와서」, 1996.5.2)와 전적으로 동일한 것이다.

5. 사회적 존재로서 인간애와 휴머니즘 시학

결국 조병화 시인이 생전 50여 권의 시집을 간행하면서 소위 '평생 과업'으로 집중한 삶의 과제는 '고독'과 '대화'라는 하나의 '동전'이었을 따름이다. 아니 '동전'을 향한 갈망이었다고 하는 편이 옳다.

그러나 바로 이 갈망의 태도가 조병화 시로 하여금 사회적 존재로서 인간의 삶의 현실적 문제에 대한 일상화된 인식과 그 정서적 보편화의 가능성을 담지할 수 있도록 해준 것이라는 점에서 그의 시가 지향하는 휴머니즘은 고유한 본질을 지닌다. 이것은 조병화 시인의 시세계에 태생적으로 깔려 있는 인간애의 발현에 따른 것이기도 하다. 이러한 맥락에서 그의 후기시에 유독 가족에 대한 애착의 정서를 드러내고 있는 것도 사회적 인간의 삶에 대한 보편적 인식을 언어화한 결과로 볼 필요가 있다.

대중 시대란 곧 대중의 언어와 담론, 그 소통구조와 과정이 의미와 효용을 동시에 창출하는 시대이다. 그러므로 대중들의 삶을 구획 짓고 있는 현실의 일상성에 토대한 시적 인식과 그에 따른 현실적 상상력이야말로 고고한 성채의 문 안에 유폐된 서정성의 '적폐'를 뚫고 나와 살아 숨 쉬는 힘 있는 문학언어로서 새롭게 단장할 수 있는 원동력이 된다. 하지만 이는 단순한 사회의 현실적 소재나 언어만에 의존해서 이루어질 수 있는 것은 아니다. 이 시대의 시인이 독자 대중과 가까이 호흡하는 일이란 현실 속에서 현실의 문제에 대한 깊은 통찰력을 가지고 그들에게 의미화해줄 수 있는 새로운 계몽의 정신적 성찰의 태도와 세계관의 동반을 요구한다. 그런 의미에서 이 새로운 서정의 시대에 사실상 우리 시에 필요한 것은 어쩌면 새삼스럽게도 시의 철학, 혹은 철학의 언어일는지 모른다. 그러나 그것은 물론 가장 평범하고 가장 낮은 곳, 현실의 한복판에 서 있는 시인의 사색하는 몸짓과 그들과 대화하고자 하는 소통의 의지를 통해 구현되어야 할 성질의 것이다.

이렇게 보면 조병화 시인의 평생 과업으로서 시 쓰기가 지향한 '휴머니즘'이야말로 그의 시가 지닌 사회적 성격을 관통하는 인식론적 토대이자 현실적 가치관의 발로로서 작용한 것이라 할 수 있다. 그것은 관념으로서 인식론적 휴머니즘이 아니라, 현실적 삶의 실체로서 존재론적이자 동시에 실천적인 것이기 때문이다.

오세영 시인은 조병화 시인의 시세계를 평한 글에서 그의 시가 보여주는 핵심적 메시지를 "대화가 없으면 시인은 이 지상에 살아 있을 의미를 잃어버리게 되는 것이다."라는 한마디로 갈파한 바 있다. 존재의 고독이

'대화의 목마름'을 잉태했다는 것이다.

요컨대 조병화 시인의 평생 과업은 아마도 자신의 시 쓰기의 출발점이 된 '고독'과 '허무', '슬픔'을 넘어서기 위한, 고독하되 고독하지 않은 '자기위안'이었음은 분명하다. 이 '자기위안'을 타인을 향한 관계의 확인과 소통의 언어로 재창조할 수 있었던 것이야말로 조병화 시가 지닌 힘이자 덕이다.

난 감히 시인이 지금 다시 우리에게 평생의 시작에서 꼭 한 편 추천하고 싶은 시를 보여준다면 이 시의 구절을 읊조릴 것만 같다.

> 어차피 한동안 머물다 말 하늘과 별 아래
> 당신과 나의 회화에 의미를 잃어버리면
> 나는 자리를 거두고 돌아가야 할 나.
>
> —「생명은 하나의 소리」 부분

생명을 거르는 두 가지 사유법
─ 김남조와 유자효의 시집

1. 몸의 시학과 정신의 시학

피를 말리는 경쟁과 자기보존을 위한 극한이기주의로 점철된 현대사회를 살아가는 이들은 정신적 피로와 삶의 초조감 속에서 쉽게 헤어나지 못한다. 욕망은 또 다른 욕망을 낳기 이전에 결핍과 상실의 배반을 돌려주고, 그러기에 현대인들에게 정작 필요한 것은 경제적 부도 아니요, 육체적 건강도 아니며, 마음의 치유만이 그들을 구원할 수 있을 것이라고 말하기도 한다.

그럼에도 불구하고 이 시대에 과연 시 한 편이 구원의 상담역을 대신할 수 있는가에 대해서는 그 누구도 쉽게 그렇다고 말하지 못한다. 난해한 의미 탐구의 길을 걸어온 현대시의 배타성이 그 원인일 수도 있을 것이며, '서정'이라는 이름으로 개인적인 마음의 단장에만 침잠한 시인정신의 유약성 때문일 수도 있겠으나, 그러기에 오히려 이 시대의 시인은 더욱 스스로 발가벗기는 자기 수치심으로부터 자유로워야만 한다.

그런 의미에서 이 시대의 시적 발언들은 그것이 시인 개인의 깊은 고뇌의 표출이든, 타자를 향한 갈망의 토로이든, 분명 그 말을 듣는 이들에게 삶의 조언이자 인생의 지표와도 같은 하나의 메시지를 던져주지 않으면 안 된다. 그러나 이 메시지는 결코 타인을 향해서만 존재하는 도덕 지침서는 아니다. 오히려 시인 스스로 자신의 내면의 소리를 듣고, 그 소리를 들려주는 과정에서 치유의 문이 열리게 된다.

그런데 우리는 아직도 이러한 마음의 소리를 듣는 행위, 말하자면 일종의 명상의 문학화 과정에 대한 한두 가지의 편견을 가지고 있음을 부인할 수 없다. 그것은 우선 마음을 비운다는 일을 마음의 평화를 얻는 일과 동일시하면서 삶의 현실과의 관계를 몰각한 채 고통과 불안의 소재를 내부에서 찾음으로써 자아의 선만을 추구하려 하는 경우이며, 다른 한편으로는 정직하게 문제의 핵심에 직면하고 진실을 찾아나서는 대신 정밀과 고요의 세계를 진리의 대체물로 환원시키려는 태도이다. 근대의 전원적 목가풍 시가 낭만주의의 이름으로 마음의 치유역을 했다거나, 해체나 일탈의 포즈를 통한 모더니즘 넘어서기의 시작 행위들은 정서가 인식을 지배하고, 자아가 현실을 장악한다는 점에서 보면 모두 올바른 의미의 시적 명상 혹은 성찰의 길과는 거리가 있다.

한때 정신주의 시가 현대인에게 새로운 서정의 지평을 열어줄 수 있는 계기로 이해되던 때가 있었지만, 최소한 그것은 결코 정신의 고매한 경지를 추구한다는 지상목표만을 '목표'한 개념은 아니어야 했다. 마음의 소리를 이야기하고자 한다면 정신의 시학을 지향하느냐, 반대로 몸의 시학을 추구하느냐의 문제는 본질이 아니다. 이 메마른 시학 논쟁에 육체를 부여한 것이 '생명시론'이라면 그 역시 시론 이전에 생명에 관한 시적 사유의 실체가 문제가 되어야 할 것이다. '마음의 소리'는 바로 이 실체의 문제와

　　　　　　　　　제2부 서정시와 욕망의 유형학

관련이 될 것이며, 김남조 시인의 시집 『심장이 아프다』(문학수첩, 2013)와 유자효 시인의 시집 『심장과 뼈』(시학, 2013)는 이 시대에 생명에 관한 시적 명상을 매우 직설적이고도 솔직하게 우리의 마음속으로 전달해주기에 충분하다.

2. 내면의 소리에 귀 기울이는 '심장'

김남조 시인의 시집 『심장이 아프다』는 시집의 표제가 말해주듯 죽음에 이를 수 있는 심각한 육체적 고통이 만들어준 삶과 인생에 대한 성찰의 계기를 바탕으로 하고 있다. 그의 시편들은 그러므로 대체로 마음의 깊은 곳으로 향해 있으나, 시인의 고유한 목소리처럼 영혼의 울림을 동반한 명상의 언어로 점철된다.

> "내가 아프다"고 심장이 말했으나
> 고요가 성숙되지 못해 그 음성 아슴했다
> 한참 후일에
> "내가 아프다 아주 많이"라고
> 심장이 말할 때
> 고요가 성숙되었기에
> 이를 알아들었다.
>
> — 「심장이 아프다」 부분

시인 자신의 생명적 원천으로서 '심장'은 또한 그 자신이 귀 기울여 말을 들어야 하는 의미 있는 타자이다. 그의 말을 통해(혹은 그 소통 과정을 통해) 이른바 "삶의 진실"이 그리움, 회한, 궁핍, 고통과 같은 일상적 감정과 인생론적 통찰로 가시화됨을 인식할 수 있다는 관점은 분명 관념적 자아의 주관적 독백으로서 초월적 자아 다스리기의 차원과는 근본적으로 다르다.

한편으로 그에게 '심장'은 자신의 시작행위의 원천이자 전과정의 근원으로서, 「버린 구절의 노트」에서 "한 점 붉은 곤충"이자 "생피딱지"로 은유된 것처럼 살아 숨 쉬는 영혼과도 같은 존재이다. 시인이 자신의 과거 시작행위를 "심약한 문학"이라 회억하는 이유는 바로 이 "잘리는 혈관"과도 같은 그 존재성으로부터 생명의 강인함 혹은 원대함에 대한 새삼스런 의지를 다잡을 수 있었기 때문이다. 그 연장선에 "불붙은 숯을 입안에 넣은 채/순교한 소년 성인"(「소년 성인」)이나 "목숨 이상의 가치일 땐 목숨을 바치는 결단"(「안중근 의사」)의 단호하고도 무서우며 고독하고 심각함에 대해 말하게 되는 것이다.

그렇다면 이러한 일종의 '진리 표명'을 향한 시적 갈망은 어디서부터 비롯되는가? 그것은 생명적 존재성에 대한 궁극의 탐구와 성찰, 그리고 핍진하고 내밀한 심연을 들여다보는 데까지 밀어붙이는 사유의 지속을 통해 가능하다.

> 겨울 막바지에
> 묽은 햇빛과 눅눅한 바람이 한끝씩
> 빨래를 잡고 말린다
> 빛과 바람으 모세혈관이
> 섬유를 빗질하는 섬세한 소통을
> 처음으로 눈치챘다
>
> 캄캄한 땅속을

명주실 펜 바늘처럼
기워 흐르는 지하수도
흐르다가 서서히 얼어 멈추련만
모래시계 안에서
가룻발 고르게 쌓이는
시간의 뼛가루는
유독 멈추지 않으리라는

— 「시간의 뼛가루」 부분

　'물'의 경지를 뛰어넘는 '모래'의 물질적 상상력을 감지하는 순간 시인은 "한기" 속에 깨어나는 감각과 인식의 신경지를 체험한다. 이 경지야말로 명상의 궁극에서 시인이 발견하는 의지적 인식의 결과물이거니와, 김남조 시인은 이를 통해 결코 생명의 고귀함과 같은 내용성을 말하려 하지 않는다. 그보다 더 시원의 장소, 즉 마음의 깊은 고갱이와 그곳으로부터 형성되는 삶과 인생의 전체성을, 그리고 그 강렬함과 강력함이 자아내는 진리와 진실의 의미를 확인하고자 하는 것이다.

　그러므로 김남조 시인이 이 시집을 통해 "추상의 존재"(「사막」)에 대해 재삼 이야기하거나, "세상은 아름답다는 공부"(「나무들」)와 같은 인생론을 펼쳐보인다고 할 때, 그의 말들은 이미 자기구원이나 정신주의의 고고함을 넘어선 것이 되어 있다고 할 수 있다. 그것은 생의 반대쪽에서 선 사유와 그 가녀린 눈길을 통해 타자와의 소통을 '마음' 속에 구현하고 있기 때문이다.

3. 세상을 완보하고 주유하는 '심장'

김남조 시인이 시집에서 그 '아픔'의 의미를 몸과 정신, 그리고 마음의 차원에서 의미화하고, 그 의미의 본질에 대한 탐구의 과정을 보여주었다면, 시집 『심장과 뼈』에서 유자효 시인은 보다 직접적으로 현실적 육체적 고통인 심장 수술의 '아픔'을 말한다. 그런데 시인은 여러 편을 통해 그 수술의 고통과 공포, 두려움(「염려」)을 "시간을 얻는 일"(「시간」)이거나, "평범한 일상사"(「일상사」)로 인식하였음을 조심스럽고도 당당하게 이야기한다.

> 무섭지
> 가슴을 빠개는 고통
> 심장을 세우는 공포
> 혈관을 자르는 두려움
> 그러나 혼자가 아냐
> 도와주는 사람들이 있어
>
> ─「염려」부분

> 얼마나 될지는 모르지만
> 가슴에 손대지 않았을 때보다는
> 길 것으로 예상되는 시간을 받은 것입니다
> 시간은 그렇게
> 목숨을 바쳐 얻는 것입니다
>
> ─「시간」부분

죽음에 대한 '염려'가 되려 '맡겨두는 일'과 '염려하지 않아도 되는 일'임을 깨닫고 난 시인은 그것이 곧 '시간'의 의미임을 말한다. 말하자면 김남조 시인에게 '시간'이 '뼛가루'와도 같이 핍진한 궁극의 존재였다면, 유자효 시인에게는 흘러가도록 놓아두는, 그리고 세상에 편재된 공간적 존재처럼 인식된 것이다. 즉 삶에서의 개인적 고통이 곧 주변적 현실과 인생을 바라보는 확장된 새로운 시야를 얻게 해주었음을 밝힘으로써 시인은 스스로 제3의 시각으로서의 초월적 관점을 확보하게 된 것이다. 이러한 새로운 관점은 무엇보다 삶의 태도에 관한 실천적 의지 표명으로 나타난다. 이를 위해 우선 주목할 것은 이번 시집의 작품들에서 시인은 유독 느림의 미학을 몸소 실천하려는 모습을 매우 강하게 보여주고 있다는 점이다.

　　속도를 늦추었다
　　세상이 넓어졌다.
　　속도를 더 늦추었다
　　세상이 더 넓어졌다.
　　아예 서 버렸다
　　세상이 환해졌다

　　　　　　　　　　　　　　　　　　—「속도」 전문

　　편안하게 앉으세요,
　　손과 발에 힘을 빼세요.
　　팔 다리에 힘을 빼세요.
　　목에 힘을 빼세요.
　　어깨에 힘을 빼세요.
　　숨에 집중하세요
　　생각을 날숨에 실어 내세요
　　비우세요

　　　　　　　　　　　　　　　　　　—「이완의 즐거움」 부분

여기서 보듯 유자효 시인에게 '아픔'은 치유의 계기로서 마음 비우기와 세상을 느리게 다스리기의 실천적 요구를 생산해냄으로써 그 의미를 가지게 된다. 그러나 유자효 시인은 김남조 시인의 경우처럼 '심장'만을 고집하지 않는다. 그는 인도 여행을 하고 여러 편의 기행시를 쓰며(「그리운 인도」, 「인도로 가는 길」, 「아그라 가는 길」, 「타지마할」, 「바라나시」), 삶의 주변, 즉 가정과 일상에 대해 얼핏 곰살맞은 배려를 보여주기도 하고(「수해」, 「아내」, 「장모 딸 꼴지르기」, 「아빠는 안다」), 우리 국토와 전통문화의 아름다움에 대해 새삼 예찬의 목소리를 드높인다(「조선의 길」, 「충익사 모과나무」, 「청자주병」). 그렇게 그는, 심장이 아팠던 그는 아무렇지도 않은 듯 세상을 주유하는 모습을 보여주고 있는 것이다.

　　그런 의미로 그에게 '뼈'는 국가와 사회를 지탱하는 근원 요소로서 '골간' 또는 '근간'이라는 사회적, 현실적 의미로 환원되어 나타난 시적 형상이 된다. 일견 과도한 비약으로까지 비치는 이 '심장'과 '뼈'의 대비적, 상보적 상징성은 시인에게는 어쩌면 역설 아닌 역설적 관계로 존재하는 삶의 실질적 추동력이라고도 할 만하다. 시인은 최소한 개아에게 마음을 비우는 일이 곧 전체로서 민족공동체의 삶의 운명이라는 총체적 진리와 매우 긴밀하고도 근원적으로 연결되어 있다고 믿고 있음이 분명하기 때문이다.

　　　　경남 의령군 충익사
　　　　5백 살 된 모과나무에 열매가 달렸다
　　　　분재처럼 늙은 모과나무가
　　　　혼신의 힘을 다해 뿜어낸

　　　　눈부셨다

늘은 어미의 어린 자식들

— 유자효, 「충익사 모과나무」 전문

4. '기다림'에의 통찰과 치유적 삶의 지평

사실상 우리 현대시사에서 소위 '생명'에 관한 시학의 개진은 저 멀리 일제하 서정주와 오장환 등의 시인들에 의해 상당한 깊이와 현실적 외연을 머금은 채 촉발된 바 있다는 점에서 견주어볼 때, 어쩌면 최근 시인들이 생명시학적 경향의 시작에 몰입하는 것은 시적 인식상 그리 새로울 것은 없다 할 수도 있다. 그것은 어쩌면 그 시기 시인들의 시작이 자신의 전 생애를 건 일종의 '전면전'으로서 정신과 육체의 통일을 기하고자 한 인식의 소산이었다면, 이 시대의 '생명시'는 차라리 정신주의와 철학적 명상의 궁극을 향한 것으로서 시적 서정을 대체한 감이 없지 않기 때문이기도 하다.

그러나 시는 사상도, 철학도, 종교도 아닌 그저 시일 뿐이다. 최소한 김남조 시인이나 유자효 시인이 자신의 시작을 '종교시'로 이름붙이지 않는 한 그렇다. 그런 의미에서 이들 두 시인의 시집은 오늘을 사는 일상인들에게 덧씌운 삶의 처절한 굴레와 속박을 어떻게 슬기롭게 헤쳐나갈 것인가에 대한 하나의 질문과 또 하나의 가능한 일종의 탐구 보고서에 해당한다. 그것은 무엇보다 이들 시인이 삶과 인생에 대한 공감적 시선, 말하자면 자신을, 이기적 자아를 버리는 관점을 바탕으로 하고 있는 데 기인한다. '나'의 생명을 보존하고, 기르는 것이 아니라 기실은 '당신'의 삶에 대해 걱정하고 고민하려는 태도가 결국 아픔을 감내하고 인내와 초연의 내밀하고도 고유하지만, 또 지극히 평범하고 온당한 사유의 세계를 만들어 낸 것이다.

그런 의미에서 김남조 시인과 유자효 시인의 '심장론'은 '생명론'이라기 보다 '치유학'에 더 가깝다. 이들에게 개인적이고 현실적인 경험은 보다 보편적이며 일반적인 삶의 진리로 승화되며, 결코 관념을 추구하는 일이 아니라 삶의 깨달음을 공유하는 일에 시작의 본령을 두고자 한다는 점에 서 그렇다. 여기서 우리는 오랜 기간 우리의 마음 한구석을 아프게 다스 렸던 김남조 시인의 시 한 편을 다시 떠올리게 된다. 그 시편의 마지막 연 을 다시 읊조려 보는 일은 삶의 고통을 담담하게 받아들이는 일이 무엇인 지를 새삼 환기시켜주기에 충분하다.

> 겨울바다에 가 보았지.
> 인고(忍苦)의 물이
> 수심 속에 기둥을 이루고 있었네.

「겨울바다」라는 일견 절창이지만, 또 한편으로 보면 매우 감성적인 이 작품이 왜 하필 고등학교 국어 교과서에 오래도록 실렸었는지 궁금하다 면, 그것은 그저 청소년들의 정서 함양을 위한, 보다 정확히 말하면 '서정' 에 대한 특정한 감각을 기억시키는 데 일조한 것으로 인정하고 만족할 수 는 없다. 김남조 시인은 그 시절 비록 몹시도 긴절한 관념적 요구에 기대 었을는지 모르며, 그 처절한 정신적 고투는 '불'과 '물'의 비장한 원형상징 으로 드러났음을 떠올려보는 것만으로 충분하다. 그러나 반면, 시인이 이 핍진한 풍경 앞에서 발견해낸 것은 정작 '고통' 자체가 아니라, 오히려 그 것이 가장 극도의 상태로 압축된 "인고의 물기둥"이라는 제3지대의 새로 운 형상이었음을 감안해보면, 이제 그 '바다'와 같은 시간을 한참이나 보

　　　　　　　　　　　　제2부 서정시와 욕망의 유형학

낸 뒤 다시 쓰는 '인고의 미학'은 우리에게 어떻게 그 견고한 기둥을 '해체'시킬 수 있을지에 대해 넉넉히 생각하도록 해준다.

그것을 인생의 선배는 피안에서 들리는 구원의 목소리를 통해 찾으려 했다면, 후배는 삶의 이편에서 그 목소리를 스스로 만들어내고자 하는 의욕을 '버림'의 역설을 통해 보여주고 있다는 점이 다를 뿐이다. 그럼에도 불구하고 '기다림'에 인색하지 않으려 한다는 점에서 이들은 이미 한 마음이 되어 있다. 그만큼 이들은 '심장이 아팠기' 때문이리라. 하지만 또한 이 두 권의 시집은 그 개인적 경험들을 만인에게 되돌려주고 있다. 비장하지도 홀가분하지도 않게.

소통의 욕망과 욕망의 소통
— 이화은의 시세계

1. 현대시의 담론과 시적 욕망

현대시의 언어는 세 가지 의미에서 대단히 불순하다. 우선 서정시 본연의 직접적인 감정의 토로를 가로막는 형상에의 유혹에 붙잡혀 있다는 점에서 그렇고, 다음으로 그 형상 속에서 현실의 매개체로서의 진정성을 쉽사리 찾아보기 어렵다는 점에서 그렇다. 게다가 그로 인한 환멸을 보상받기 위해 시인은 언어의 의미화에 대한 신념을 스스로 포기함으로써 새로운 차원의 존재성을 부여받기를 원한다는 점에서도 그렇다.

이 모든 것은 이 시대를 살아가는 시인들에게, 그리고 그들의 목소리에 과도한 제스처를 요구한다. 제스처는 역설을 낳고, 그 역설이 찾아내지 못한 의미와 의미의 누출은 다시금 상상력의 아이러니를 결과한다. 그러므로 이 도저한 산문의 시대, 서사와 내러티브의 세계에서 의미의 누출과 방산을 막아내고자 하는 시인의 노력은 안쓰러운 몸부림이자 허망한 욕정에 머물 수밖에 없는 것인지도 모른다.

제2부 서정시와 욕망의 유형학

그런 의미에서라도 현대시의 담론은 거대한 욕망의 덩어리로 똘똘 뭉쳐 있다. 그것은 곧 표현하고 싶지만 표현할 수 없는 것에 대한 갈망이며, 시인의 인식 속에 포착되었다고 생각한 대상이 그 투망에서 벗어날 때의 허탈함에 대한 자조적 분노이자, 말하고자 한 것이 제대로 전달되지 않는 상황에서의 난처함에 대한 자기비판과도 같은 것이다.

그럴수록 현대의 시인은 망망한 사막을 걸어가는 순례자와도 같이 스스로 의미의 길을 만들어나가야 한다는 소명감을 가지고자 한다. 현대시의 언어가 탐구의 언어여야만 하는 까닭이 여기에 있다. 문제는 이 지점에서 비롯된다. 현대시의 언어 탐구가 의미의 불확정성이라는 깊이 모를 심연을 헤쳐나가기 위해서 끝없는 시적 욕망만을 무한히 부풀리는 일을, 언제 녹아내릴지 모르는 눈사람 굴리기만을 반복해야 할 것인가. 아니면 그 욕망이라는 이름의 전차에서 스스로 내려 의미의 방산을 유유히 지켜보아야 할 것인가.

해답은 그 어느 쪽에서도 찾을 수 없을 것이다. 현대 시인의 시적 욕망은 오히려 시를 시 아닌 것과 갈라놓는 언어의 경계를 넘어서는 곳, 담론의 장벽이 무너진 그곳에서 싹튼 것이기 때문이다.

이화은 시인의 시는 흔히 무언가 언급하고자 하지만 그것을 명쾌하게 드러내지 않는 두터운 담론의 성을 가지고 있다고들 한다. 제9회 시와시학상 수상시집인『절정을 복사하다』(문학수첩, 2004)에서도 그러한 그의 언어구사력은 유감없이 발휘되고 있다. 하지만 그의 시는 바로 이 점에서 현대시가 직면해 있는 의미의 문제에 대한 나름의 해답을 시인의 끈질긴 탐구력으로 제시하고자 한다. 그것은 곧 시인이 욕구하는 소통의 삶과 직결되며, 그의 시가 말하는 시적 욕망의 실체를 대신하는 것이기도 하다.

2. 여성주의적 글쓰기의 안과 밖

시인은 시집의 1부에서 '시 없는 시집'이란 표제 아래 유독 자신의 시 쓰기에 관한 본질적 논의를 집중하고 있다. 「시집 속의 시집」에서는 "설움의 얼룩"을 환기시키는 "희미한 동그라미"로 시 쓰기와 시 읽기 사이에 가로놓인 교감의 "뜨거운 사슬"을 들춰내기도 하며, 「시집을 덮는다」에서는 "깊고 단정하게 여민 상징"에 대한 자의식적 환멸을 토로하기도 한다. 이렇게 자신의 치열한 시 쓰기에 대해 드러내놓고 모반의 속내를 표명하는 이면에는 시적 언어에 대한 시인 특유의 욕망이 담겨 있음은 물론이다.

> 넥타이
> 그 깊고 단정하게 여민 상징에
> 나는 오래 묶여 있었다
> 머리와 가슴
> 이성과 본능 사이에 걸린
> 줄 하나
> 내가 선물한
> 넥타이를 맨 몇몇 남자가
> 넥타이를 맨 머리가
> 넥타이만 맨 머리 없는 몸뚱이가
> 클로즈업되는 거리 지하철
> 넥타이 가게 앞에서 나는 살해를 꿈꾼다
> — 「시집을 덮는다」 부분

시인은 여기서 '넥타이'에 대해서 말하고자 한다. 그러나 정작 시가 말하고 있는 것은 오직 넥타이를 탐하는 시인의 욕망뿐이다. "얼굴만 빗는

제2부 서정시와 욕망의 유형학

조각가가 자기의/완성된 작품, 목만 있는 목에다, 꼭," 걸어주는 줄로서 '넥타이'의 궁극적 의미가 머리와 가슴, 혹은 이성과 본능을 통합해주는 것이 아님을 알아챈 순간 시인은 그로부터의 일탈을 꿈꾸지만, 꿈꾸기는 다름 아닌 그 "깊고 단정하게 여민" 상징의 언어를 통해 가능한 것임을 시는 스스로 알아채고 있는 것이다. 하지만 그런 만큼 시인의 시 쓰기는 어쩌면 바로 이 난감한 역설로부터 비롯되고 있는지도 모른다.

시의 마지막에 비장하게 제시된 "상징에서도 썩는 냄새가 코를 찌른다"는 구절은 이런 의미에서 상당히 솔직한 시인의 자기표명이라 할 수 있다. 시인은 결국 상징언어에의 천착이 비본질적임을 알게 된 것이며, 그것이 이성과 본능을 가르려는 기성의 이분법적 사고에 기인한 것임을 말함으로써 이성중심주의, 그리고 그에 따른 남성중심주의의 사고방식으로부터 벗어나고자 한다. 시인은 이 대목에서 자신이 가야 할 길을 분명히 한 것으로 보인다. 그것은 곧 여성주의적 글쓰기의 길이며, 시적 담론이 억압당한 주체적 욕망의 드러내기이자, 그 언어의 고정된 의미로부터의 일탈을 꿈꾸는 일일 것이다.

그런데 주목할 것은 이화은 시인이 이 시집을 통해 보여주는 여성주의적 글쓰기가 단순히 관념적인 접근법에 의존한 것이 아니라는 점이다. 시인은 자신의 시 쓰기가 주체의 체험에 뿌리를 둔 내면의식을 기술함으로써 비롯된다는 것을 '아버지'와 '어머니'의 이름으로, 그리고 '몸'과 '꽃'의 형상으로 드러낸다. 말하자면 그것은 아버지의 기억으로부터의 벗어나기이며, 내면적 욕망이 스스로 말하게 하기이자, "사는 일"에 대해 담담하게 지켜보기와도 같은 것이다.

깊은 강 취한 척 얕게도 건넜던가 얕은 강

너무 깊어 허우적였던가
어느 신작로에 나를 다 흘렸는지
이제 나 반밖에 안 남았네
…(중략)…
아버지 팽개친 막걸리 자죽
청천 하늘에 흰 구름 몇 점
엎질러졌네

—「주법(酒法)」 부분

  삶을 반추하는 일이야말로 시적 주체가 자기인식을 확보하기 위한 핵
심일진대, 아버지의 술심부름으로부터 비롯된 인생의 허허로움이 그이에
대한 회한과 연민, 애증으로 뒤섞인 채 "청천 하늘의 흰 구름"이라는 아련
한 흔적으로 미화될 때, 시인의 시 쓰기는 남성성에 대한 일정한 타자 의
식을 구축한다. 그것은 '꽃'의 이미지를 "꽃의 뿌리" 또는 "꽃의 중심"에
대한 진술로 변용시키고 있는 데서 찾아볼 수 있다.

꽃살의 중심에 수직으로 꽂히는 빗줄기에도
연꽃은 날마다 흥건히 피었습니다
쓰지 않아도 되는 숙박계처럼
아무도
꽃의 뿌리에 대해 묻지 않았습니다
아랫도리에 거대한 뻘밭을 매달고
연꽃 한 채
오늘도 성업중입니다

—「꽃밭」 부분

꽃은

그 꽃나무의 중심이던가
필 듯 말 듯
양달개비꽃이
꽃다운 소녀의 그것 같아
꼭 그 중심 같아
중심에서 나는 얼마나 멀리 흘러와 있는가
— 「쓸쓸한 중심」 부분

"새로 핀 음순 같은 연잎들"이라는 성적 알레고리로 형상된 여성성에 대한 인식은 "청천 하늘의 흰 구름"과 선명하게 대비되는 "거대한 뻘밭"으로 제시되어 있다. 시인은 바로 이 뻘밭에 뿌리내리기, 혹은 그 뿌리로부터의 솟아남을 이야기하고자 한다. 그 흥건함과 붉은 울음의 이미지야말로 대지의 육체성이 토해내는 욕망이요, 삶의 신산함을 받쳐주는 생명의 힘이 된다.

그럼에도 불구하고 시인은 현현된 꽃의 '중심'에 대해 말함으로써 또 다른 이탈의 자의식을 드러내 보여준다. 그것은 마치 "내 손으로 내 몸을 달래는 신산한 침묵"(「몸, 블랙홀」)과도 동일시할 수 있는 것인 바, 중심으로부터 멀어진 꽃의 시듦과, 시든 꽃을 "풀무의 거친 숨결"로 일으켜 세우려는 육체성의 욕망이 아무도 묻지 않는 꽃의 뿌리에 대한 담론으로 다시 현현될 때, 시인은 비로소 '나'의 이야기를 스스럼없이 할 수 있게 된다.

시집의 2부에서 시인은 이러한 여성성의 인식을 역시 '삼인칭의 그 여자'라는 표제처럼 대상화하여 보여준다. 사랑하는 이에 대한 어떤 여자의 고백과도 같은 2부의 많은 시편들은 모두 마음의 주고받기를 갈구한다는 점에서 철저하게 대상을 향해 있다. 그러나 실상 그 담론들은 '어떤 여자'의 존재에 의해 끊임없이 반추되고 상대에게 전달되기를 꿈꾸고 있다.

하고 싶은 말을 뒤에 가려두고 스스로 사유하는 시적 자아의 속내에 대한 진술을 통해 시인은 자신의 시적 담론이 욕망하는 바를 은근하면서도 집요하게 풀어내고 있는 것이다.

> 끝까지 다 말해버리지 말자 하지만
> 이 숨막히는 정적
> 한 순간만은 다시 복사해
> 내 가장 숨막히는 시간 속에
> 걸어두고 싶다
>
> ─「절정을 복사하다」 부분

여기에 이르러 시인은 자신의 글쓰기에 대해, 그 자유로운 담론의 헤엄치기에 대해 유보의 단서를 붙인다. 그렇지만 "다 말해버리지 말자"는 다짐은 "숨막히는 정적"을 위해 존재하는 내면의 목소리에 해당하며, 그런 의미에서 바로 이 '절정'의 순간이야말로 시인에게는 자신의 시적 욕망을 소통시킬 수 있는 최적의 공간이 된다는 것을 알 수 있다. 적어도 그 욕망의 주체가 말하는 주체로서의 존재성을 확보하기 위해서도 그렇다는 것이다.

그런 의미에서 이화은 시인의 여성주의적 글쓰기는 단순한 욕망의 드러내기나 억압의 굴레로부터 벗어나기와 같은 포즈의 차원에 머물지 않는다. 그가 받아들이고, 그가 드러내놓고 말하는 만큼의 아픈 욕망과 상처는 묵묵히 순례자의 길을 걸어가는 이의 발걸음과도 같은 것이다. 내면의 목소리가 바깥의 사물들과 사람들에게 전달되기 위해서 시인은 다시 한번 자신의 속내를 삶의 이력이라는 이름으로 드러내야 한다.

3. 대화적 상상력과 소통의 언어

이화은 시인의 시를 들여다보노라면 그의 말하기 방식이 무척이나 자연스러운 일상의 어법에 의거하고 있음을 발견하게 된다. 그것은 무엇보다 그의 시에는 언제나 화자인 자신의 이야기를 들어줄 청자가 설정되어 있다는 점에서 확인할 수 있다. 시집 2부에 나타난 바 여성 화자는 한없는 사랑과 배려의 포즈로 사랑하는 남성 청자에게 말을 건넨다. 이처럼 대화의 상황성이 시적 담론을 구성하는 방식은 의도된 관념과 의미의 확정된 굴레로부터 벗어날 수 있다는 점과, 시적 텍스트 표면의 담론 자체가 보여주는 이야기에 의지하여 시인은 자신의 사유 공간을 확보할 수 있다는 점에서 텍스트상의 욕망을 소통 가능하게 만드는 데 기여한다.

> 목 쉰 까치 소리
> 동봉합니다
> 따뜻한 아랫목에
> 잘 펴 말린다고 말렸지만
> 제 젖은 손끝 더러더러
> 묻어 있을지 몰라 염려됩니다
>
> ──「봄 편지 1신」 부분

> 내 눈물을 감춰주기 위해 나보다
> 더 많이 울어준 빗줄기들
> 그 긴긴 느낌표들을 차곡차곡
> 텅 빈 일기장에 채워 넣겠네
> 내가 잠자는 동안 우둥퉁 살쪄버린
> 그 남자의 마른 시간 속으로 들어가
>
> ──「울지 않는 남자에게」 부분

이 두 편의 시는 각각 일상의 편지글과 일기문에 대응되는 담론 구성의 방식을 취하고 있다. 대체로 편지글은 청자지향의 구조를 가지며, 일기문은 화자지향의 구조를 택한다는 점에서 대조적인 담론의 양상을 보이는 것이 보통이다. 하지만 이화은 시인의 시 쓰기의 맥락에서 양자는 모두 발화자가 자신의 말을 상대로 하여금 듣게 하거나, 상대의 말을 자신이 대신 쓰도록 하는 모습을 통해 서로의 마음을 확인하고 그 의미가 드러날 수 있도록 하는 작용을 한다는 점에서 공통적이다. 그만큼 시인은 시적 주체의 내면 공간에서 이루어지는 그만의 내밀한 사유, 그리고 그에 따르는 고독과 회한의 정서를 아무런 가식 없이 기술해냄으로써 대화적 상상력의 지평을 모색하고 있음을 보여준다.

그러나 그것은 어쩌면 시인이 마주치는 자신의 언어에 이미 내재되어 있는 '블랙홀'과도 같은 또 하나의 굴레가 될 수도 있음도 사실이다. 시인이 "사람한테는 말고/소곤소곤 피는 깨끗한테만/다 말해버리고 싶다/한 번쯤 참말을 하고 싶다."(「참깨밭에 가면」)고 곡진하게 속내를 드러내고 있는 것도 욕망의 소통이 간절할수록 그만큼 깊은 허무와 비애의 공간이 뒤따르고 있음을 엿보게 해준다.

그럼에도 불구하고 시적 욕망을 소통 가능한 것으로 만들고자 하는 이러한 시인의 언어 사용 방식은 시적 주체의 삶에 대한 자기인식을 소통에 대한 욕망과 동일한 것으로 규정하기에까지 이른다. 시집 3부의 '다 말해버리지 말자'라는 표제는 그런 의미에서 의사소통의 이율배반을 체험한 시적 주체가 역설적으로 토로하는 자신의 삶에 대한 드러냄의 욕망을 암시한다.

이화은 시인의 여성주의적 글쓰기는 이 지점에서 다시금 아버지로부터의 벗어나기를 환기시키면서 고향과 가족 구성원에 대한, 그리고 자신의 삶의 주변에 대한 회상의 글쓰기로 구체화된다.

아버지가 옳았는지 모른다 아니
아버지가 옳았다 그때
손등 긁히더라도 피 흘리는 일
많이 두렵더라도 그 문 열었어야 하는 걸
— 「아버지가 옳았다」 부분

어머니 새색시 때 입 가리고 입으시다
살랑살랑 내 언니 꽃바람 일으키다
줄여 줄여 만든 통치마
목백일홍 울멍울멍 피어나던 까만 하늘 모빈단
학예회 때 입고 나가 박수 소리처럼 반짝이던
꽃치마
이제 내 아이 입지 않는다 하여 대가 끊어진
내 집 가계의 슬픈 꽃 내력 오늘 보았다
— 「내 사랑 목백일홍」 부분

반딧불 마후라 펄럭이며
언니는 활활 타올랐네
젖은 세월 목에 걸고 다 잊었다지만
빛나는 꽃밤 하나가
바삭 따라 오는 것 같아
자꾸 뒤돌아보는
깜, 빡, 깜, 빡,
이제는 다 잊어도 좋을 나이에
— 「꽃밤 하나가」 부분

여기서 보듯 시인에게 자신의 삶의 내력을 돌아보고 말하는 순간이야 말로 주체의 욕망이 가장 순수하게 꽃피울 수 있는 공간이 된다. 그 공간은 아버지의 목소리가 귓가에 쟁쟁하고 언니와의 뜀박질이 턱밑에 차오르는 생생한 현재적 순간이기도 한 바, 이처럼 회상의 구조가 그 서정적 토대로서 정서 표출의 그릇을 넘쳐나는 곳에 소통의 언어가 자리 잡는다. 이들 시편의 어조가 독백적이면서도 담담한 관조와 객관화된 제시의 언어로 나타난 것도 대화적 상상력의 열린 공간이 만들어내는 시적 인식 때문이라 할 수 있다.

이것은 곧 내면의 고백이 시적 주체의 삶을 구성하도록 해주는 현실적 의미로 전환됨을 뜻하며, 시인은 여기서 기억의 되살림이 갖는 긍정적 가치를 역시 또 하나의 편지글 형식을 통해 외면화시키며 소통시킨다. "내 고향이 누군가의 타향이듯/내 타향 또한 누군가의 간절한 고향이듯/그렇게 맘 먹고 살아갑니다."(「고향통신-문 시인께」)라고 '마음 먹는' 시인은 자신의 속내가 아직 덜 어두워졌음에 위안을 받는다. 이 위안의 손길이야말로 궁극적으로 시인이 자신에게 내미는 손길이자, 동시에 그 어두움의 공간으로부터 벗어나지 않음으로써 '청천 하늘'을 밝고 열린 공간이자 생명의 회복이 가능한 공간으로 만들고자 하는 의지의 손길이기도 하다.

4. 욕망의 피안, 혹은 사유의 방목

시인의 손길은 공교롭게도 '공수거의 손바닥'으로 표제화된 시집 4부의 시편들에서 문자 그대로 손바닥을 내보인다. 시인은 여기서 불법(佛法)과 선(禪)의 세계에 대해 또 다른 체험적 기술을 보여준다. 스님과 먹는 자장면 한 그릇에서 연꽃을 본 이야기며(「법문을 쏘다」), 산사에서 먹고 자는 이야기며(「산중일기」, 「밥값」, 「산중문답」, 「상처와 놀다」)에서 시인은 마치 빼곡히 적어놓은 일기장의 글씨들처럼 체험의 순간들을 기록한다. 이 시편들은 '기록'이라는 이름에 걸맞게 텍스트 자체의 고유한 사유의 공간을 확보한 채 아주 담담한 어조로 삶과 일상의 은근한 깨달음들을 펼쳐 보이고 있다.

> 온몸을 열어두고 귀를 세웠으나
> 백담계곡에서 흘러내리는
> 바람경을
> 한 줄도 해독치 못하였더니
> 1박 하고 돌아오는 길
> 서울 근교 밥집 놋밥그릇 속에서
> 뎅그렁
> 만해사 추녀 끝에 없던 물고기
> 이제사 우네
>
> —「밥값」 부분

> 육신 하나 바닥에 눕히고 보니
> 아, 비로소 눈앞에 환히 열리는 하늘세상
> 날짐승 날아가다 똥 갈기는
> 그 똥 먹고 불두화 작약 모란 다 피어나는
> 세상 이치 꽃같이 보인다
>
> —「운주사 와불」 부분

여기서 보듯 시인은 애초에 선시(禪詩)를 쓸 마음은 결코 없다. '은근한 깨달음'이라는 것도 기실은 뒤늦은 깨달음에 대한 자책이나, 와불(臥佛)처럼 따라 누워 발견한 세상의 새로움에 대한 놀라움과 같이 전혀 성스럽거나 구경적(究竟的)이지 못한 일상사의 것들이다. 심지어 시인은 구천동 외진 절에서 부처 대신 겨울 하늘의 별을 찾아 "불면의 양식"이라 생각하고(「구천동에서 만나다」), 절에서 내려오는 길 좌판의 조껍데기 익은 술내를 깨달음에 대신하기도 한다(「성숙」).

왜 시인은 하필 '법문 앞에서' 지금껏 견지해온 시적 긴장의 손길을 힘없이 내려놓은 것일까. 여기서 그가 원했던 시적 욕망의 출구를 찾은 때문인가, 아니면 소통에의 욕망이 부질없는 것임을 깨달은 때문인가. 그 답은 아마도 빈둥거리며 먹고 자던 산사의 방 어느 한구석에 가라앉은 먼지 속에 있었던 것인지도 모른다. 말하자면 끊임없이 지연되는 깨달음 속에서 시인은 이제 비로소 찾고자 하는 의미를 지우는 법을, 그것도 아주 인간적이고 생활인의 살아 있는 몸을 통해 배운 것이다. 시인이 불법이나 부처와 끊임없이 교통되며 나란히 가는 이 어색한 구도야말로 시인이 추구한 욕망의 벗어던지기를 가능케 하는 한 가닥 불빛일 수가 있는 것이다.

시인은 여기서 새삼 자신의 삶의 내력을 선적인 사유의 공간에 끌어들인다. 이 과정은 시인의 내면적 욕망이 현실적 지평과 맞닿는 순간이며, 소통의 언어가 자신의 몸을 얻어 스스로 말하게 되는 장면이기도 하다.

> 십수년 함께 살다 수를 다한 거북이 한 마리를 베란다 앞 백목련 그
> 늘 아래 묻었다 꼭 목련 새 이파리만한 것이 남대문 시장 붉은 고무
> 다라이 속을 파랗게 떠다니던 십수년 전 그 기억 때문이었을까
> ───「연꽃과 거북이」 부분

과거의 삶의 기억이 자연스럽게 텍스트의 표면으로 떠올라 "목련 꽃봉오리"와 "봄"을 이야기할 때, 시인은 비로소 자신에게 부여된 "선물"의 의

미를 깨닫게 된다. 그것은 절집의 곳간에서 자식농사에 가슴에 구멍이 뚫린 채 살아온 어머니에 대한 회상을 떠올리는 순간(「소리의 그늘 속으로」)에도 똑같이 적용된다.

> 큰 소리 지나간 자리에 깃들 큰 고요는
> 또 얼마나 깊을까
> 슬그머니 가을귀를 미리 당겨
> 소리의 그늘 속으로 미리 한 발을
> 밀어 넣네
>
> ──「소리의 그늘 속으로」 부분

   시인은 이렇게 사유가 스스로 사유하도록 놓아둠으로써 "소리의 그늘"이 새롭게 만들어내는 "큰 고요"의 한복판으로 진입하고자 한다. 이 경지란 단순한 욕망으로부터의 탈출도 아니요, 의미의 부정이나 일탈, 왜곡은 더욱 아니다. 시인은 자신의 시가 적어도 진정성을 담보할 수 없는 해체적 언어상황으로부터 스스로 해체되는 또 다른 국면을 생성해내기를 바라고 있는 것이다. 그것은 다른 의미에서 이화은 시인의 글쓰기가 그만큼 언어와 삶의 거짓 없는 일치를 꿈꾸어왔음을 뜻한다. 그것을 시인은 이미 시집의 앞부분에서 다음과 같이 담백하게 제시해놓았으니 말이다.

> 사는 일이 그냥
> 숨 쉬는 일이라는
> 이 낡은
> 생각의 역사(驛舍)에
> 방금 도착했다

평생이 걸렸다

— 「여행에 대한 짧은 보고서」 전문

5. '복사하지 않는 절정'을 위하여

이화은 시인의 시세계는 무척이나 어둡다. 많은 부분 비극적 상처와 상실감, 불합리하고 고통스러운 언어로 가득 차 있다. 그리고 시인은 그러한 어둠 속에서 '절정'의 순간과 '절정'의 사유를 느끼는 데 익숙하다. 그는 그 시적 긴장의 가파른 벼랑 위에서, 또는 끝 모를 심연 속에서 욕망의 언어를 꿈꾸며, 그 꿈이 실현되기를 바란다. 하지만 우리는 그가 "절정을 복사하고 싶다."고 말하는 순간, 그 뜨거운 열정의 언어 뒷 그늘에 드리운 또 하나의 끝없는 공동(空洞)을 느끼지 않을 수 없다. 그가 말하고 싶은 것은 곧 말하고 싶지 않은 것이 될 수 있으며, 그의 진지한 의미 탐색의 행위들은 짐짓 삶의 허허로움을 뒷받침하는 역설적 논거로 둔갑하기도 한다.

그러나 분명한 것은 그의 언어가 결코 그만의 장식품이나 소유물이기를 거부하고 있다는 점이다. 아니 최소한 그것을 위해 그는 자신의 속내를 "다 말하지 말자."고 다짐해왔는지도 모른다. 다만 시인은 항상 삶의 현재에 대해서도 돌아보기의 습관으로 그 '자신의 속내'에 관한 글쓰기를 보여주고 있을 따름이다.

그렇게 이화은 시인의 시는 닫힌 문을 열고자 자신을 드러내는 욕망의 언어를, 그리고 소통의 언어를 진솔하게 구사한다. 그런 의미에서 어쩌면 애초에 시인에게 '넥타이'에 대한 선망은 필요 없었을는지도 모른다. 굳이 잡지 않아도 되는, 마음으로, 눈길로, 손길로 따뜻하게 보듬어 안을 수 있는 '멋진 신세계'는 무엇일까. 이제는 더 이상 복사하지 않아도 되는 그런 절정의 지속을 위해 시인은 익명의 편지를 기다리고 있는지도 모른다.

구성적 인식과 치유적 삶에의 지향

— 김지윤의 시세계

1. 여성시의 존재 이유

　탈권위의 이념과 사회적 통념, 그리고 이 시대 극자본주의 사회 속 인간의 욕망 체계 사이에서 토네이도처럼 소용돌이치며 꿈틀거리는 성적 평등을 위한 담론들은 이제 어쩌면 너무도 평범하고 자연스러우며, 생필품과도 같은 인식 조건이 되어 우리 앞에 당당히 서 있다. 우린 그것을 '문화'라 부르며 익숙해지려 해왔고, 어떤 경우에는 그를 통해 사회적 의식 수준의 눈높이를 가늠해보며 어색한 몸짓의 자기조정을 해왔을 터이나, 그 인식 조건을 '조건' 짓는 제도의 견고한 성 앞에 또한 오래된 관습처럼 습관화된 '차이의 문화'에 대한 승인과 부인 사이에 아직껏 무의식적인 줄타기를 해오고 있다.

　김지윤 시인의 작품과 시세계를 이야기해야 하는 이 자리에서 새삼 '여성시'의 문제를 꺼내 담는 이유는 무엇인가? 그것은 아마도 그의 시에 여성의 목소리와 체취, 그 행동과 의식의 실천이 고스란히 녹아 있음을 느끈 때문일 것이다.

우리 시단의 여성시는 대체로 기성세대의 '고아'한 정물화의 세계, 표현을 달리하자면 노천명식의 '기다란 사슴의 목'으로부터 벗어나고자 하는 그곳에서부터 비로소 제 목소리를 가지게 되었다고 말할 수 있다. 그러나 다른 한편으로 이러한 자기정체성 찾기의 노력은 오히려 자학적일 정도의 과격한 자기 표출이나 언어적 육체의 과도한 노출로 인해 목적을 전도당한 채 또 다른 성적 울타리 치기로 귀결되는 배반의 아이러니를 보이기도 한 것이 사실이다.

때론 은유적으로 감추어진 유혹의 언어를 통해 여성으로서의 성적 정당성에 대한 자기 표명을 보여주기도 하는 이러한 여성시 작품들은 근본적으로 해체적이고 탈구성적인 시작 태도에 입각해 있다는 점에서 상당부분 현실지향적이 될 수밖에 없다. 그러나 다른 시선에서 이 문제를 생각해볼 때, 과연 이 시대의 여성시에게 무조건적인 자기부정과 단절만이 최선의 선택이 되어야 하는지에 대해서는 회의적이 된다.

그러므로 문제는 포즈가 아니라 내용일 것이며, 정신의 외화보다는 태도의 표명이 보다 중요한 요건이 되어야 할 것이다. 그러기에 '헤이, 신사양반!' 하고 흘리는 은근한 유혹의 눈길 속에 드러나는 아이러니의 언어이든, 뼛속 깊이 도사린 가부장제에 대한 희생적 헌신에 대해 내뱉는 자기풍자의 언어이든, 여성시가 여성시로서 자기정체성을 가지고자 할 때 가장 중요한 덕목(?)은 성찰을 가능케 하는 내면공간을 확보하는 일일 것이다. 그런 의미에서 시집 『수인반점 왕선생』(문학사상사, 2012)에 묶인 김지윤 시인의 작품들은 감히 '여성시'로서 그 자리를 차지할 이유를 충분히 가지고 있다.

2. 성찰적 자아의 사색 공간

김지윤 시인의 작품들이 가지고 있는 가장 두드러진 미덕은 언어의 정결성이다. 그의 시에서 보여주는 언어의 세계는 결코 고고하게 화려하거나 또는 반대로 음울하게 만연되어 있지 않다. 그의 언어가 얼핏 평범하게 보이는 까닭은 오히려 그의 언어가 온전히 사색의 공간 형성과 그 결과 진술에 바쳐지고 있기 때문이다.

시집의 1부와 2부에 걸쳐 있는 사색의 실체는 무엇보다 삶과 사랑의 진실에 대한 탐색으로부터 시작된다. 시인에게 '사랑이란 무엇인가?'라는 일견 고답적인 질문은 매우 긴절하고 따사로우며 끈질기게 주변을 맴도는 '기억력'과도 같은 것이어서, 때론 "오래된 뼈처럼 부서지는"(「황사현상」) 추억이자, 부치지 않은 가을 편지(「가을에」)나 푸른 입술처럼 차갑고 쓸쓸한(「푸른 시」) 모습으로 묘사되기도 하지만, 때론 따뜻한 양탄자의 씨줄과 날줄처럼 촘촘히 직조된 아름다운 문양을 매듭짓는 일이자(「페르시아 카펫」), 반쯤 열린 창문 혹은 절반만 담긴 잔(「반쯤만」)으로 그려지기를 바라는 그런 실체로서의 사유 대상이다.

그러므로 시인이 '사랑'을 사유한다는 것은 곧 그것을 시간 속에 두고 대상화함과 통하는 바, 이때 시인에게 사랑은 서로의 존재에 대한 성찰의 자료가 되며, 아울러 성장의 주체로서 자아의 정체성에 대한 인식적 계기로 작용한다.

> 살아 있다는 것은 어쩌면
> 쓰디쓴 농담

기억이란
책 한쪽에 꽂힌 낡은 책갈피

시 한 연 쓴 후의 한 줄의 긴 여백
묵언.

슬픈 것은 단지
시간.

시와 시 사이의 텅 빈 자리
말한 것과 침묵 사이의 멀고 먼 거리.
—「시간」 부분

"예리한 비수"(「어떤 말」)와도 같은 '말'에 대한 사유가 '사랑'의 사유와 동일한 차원에서 논의될 때, 그리고 그것이 '시'의 세계로 치환될 때, 더구나 그 속에서 '침묵'과 '빈자리'를 최종 분석처럼 '말'할 때 시인에게 '사랑이란 무엇인가?'의 숙제는 이미 내용이 아니며, 형식은 더더욱 아닌 삶의 태도 그 자체로 단단하게 승화된다.

2부의 시편들에서 시인은 본격적으로 삶에 대한 성찰의 언어들을 쏟아내기 시작한다. '묵언수행'의 자기약속을 과감히 어기고 있는 것이다. 하지만 꼭 그렇지는 않다. 그에게 삶은 곧 생활이자 일상의 경험적 사태들이라는 점에서 대개의 여성시들이 보여주는 '생활인'에 대한 애정 어린 시선을 발견하는 일은 그리 어렵지 않을 것이다. 그러나 그의 시가 그 '생활인'의 너무도 섬세한 생활의 시선을 보여주는 만큼, 그는 결코 관찰자로서 만족하지 않고 있음을 주목할 필요가 있다.

다시 오지 않을 어린 시절처럼 모래성들이 부서진다
바람을 탄 그네는 겁 없이 태양을 향해 치솟고
언젠가 서로 이름조차 잊게 될 아이들이 서로 껴안는다

축복받았다. 잃어버릴 기억 속에서 노는 어린 요정들아
너희를 사랑하지 않는 사람을 헛되이 사랑할 줄 모르기에
흐르는 시간을 애도하지 않기 때문에.

어른이 된다는 건 놀이터 의자에 멀찌감치 앉아 있기
저무는 저녁 빈 놀이터에 혼자 남기
앉았던 자리가 식으면 옷깃 주름 펴고 돌아서기
　　　　　　　　　　　　　　　　　　　—「놀이터에서」 부분

　아파트 사이로 뜨는 해가 마른 낙엽처럼 밝히고, 낙화처럼 분분히 흩어
지는(「아파트」) 도시적 삶의 일상에서 갓 유치원 들어간 아이의 엄마로서
한 여성이 앉아 있는 놀이터 벤치가 (후술할 것이나) 저 한반도의 남쪽 끝 제
주도 올레길을 걷는 또 다른 한 여성의 홀연한 뒷모습과 전혀 동질적인
것이라면, 그 한 여성은 아마도 만인의 성장판을 자극하는 인생 수업의
한 단면을 몸소 체험적으로 보여주고 있는 셈이 된다. 하지만 정작 시인
은 그 '수업'을 그의 눈앞에서 맞는 아스라한 오후 햇살의 이미지로 그려
내고 있음에랴! 이 '햇살'의 이미지야말로 우리들의 폐부를 찌르는 성질의
것이어서 인용시의 마지막 연의 진술 중단이 보여주는 시인의 생활의 의
미에 대한 사색의 본질을 대체하고도 남음이 있는 것이 된다.
　결국 김지윤 시인에게 생활은 사랑과 동격이며, 그것은 인간에 대한 애
정의 이타적 발현일 것이나, 그는 그것을 시간의 지속 속에 항상 말라서
지는 낙엽의 바스러짐과 함께 껴안고자 한다는 점에서 그만의 반성적 사

유 공간을 확보해낸다. 이 공간은 마치 윤동주가 백골과 함께 누워 어둔 방 틈새로 저 우주의 밤하늘과, 바람을 스쳐 들리는 소리를 사유했던 그 상상력의 경지와도 견줄 만하다. 아니, 어쩌면 '착한 남자' 윤동주의 그 여린 마음보다는 조금은 더 솔직하다고나 할까.

3. 주변적 삶의 인식과 일상의 구성

시집 4부에서 시인은 삶에서 여성으로서 자신의 존재의 의미는 무엇인지에 대해 완벽하게 구성적인 시각과 태도로 드러낸다. 그에게 여성성의 구현은 결혼과 출산, 육아로 이어지며 부여된 '엄마'로서의 존재 역할에 대한 인식으로부터 시작된다.

자신의 몸으로 잉태시킨 아이를 "후드득 떨구는 단단한 씨앗"(「출산」)으로 비유하는 시인은 새로 돋는 아이의 머리카락을 "질긴 풀잎"(「아기의 배냇머리를 자르며」)으로 다시 은유함으로써 그가 스스로 이 생에 나왔음을 주지시킨다. 급기야 아기의 옹알이를 "찰랑찰랑 물 차오르는 무중력의 시간"(「아가에게」)으로 여기며 아가의 웃음에서 자신과의 대화를 발견해내는 순간에까지 이를 때, 우리는 시인의 언어가 결코 자신을 향한 것이 아니라 타인, 그것도 매우 의미 있는 타자에게 바쳐지고 있음을 알게 되며, 동시에 그 타자를 '스스로 잉태된' 가치 있는 주체적 존재로 인식함으로써 그와의 상호 교감을 추구하는 소통지향적 언어로 구현됨을 발견한다.

여성으로서 시인의 자아에 이러한 소통의 언어가 요구되는 이유는 또 무엇인가? 그것은 그에게 '가족'이라는 또 다른 존재성의 의미를 '구성'하는 일이 중요하기 때문이다. 그러므로 시집 4부에서 시인의 자아가 '나―

아이-남편-부모'로 확산되어가는 모습을 보여주는 것은 시인에겐 너무도 당연한 일이자, 반드시 보여주어야 할 구성적 의미였을 것이다.

> 바라지 않아도 주고
> 텅 비어 있어도 내밀어 잡아주는 손
>
> 하지만 때로 잊고, 대개 무심하고
> 가끔은 무엇보다 예리한 칼날이 되기도 했음을
> 어쩌면 훗날 잃고 난 후에
> 영원히 남을 빈 구멍을 안은 채 후회할
>
> 문신 같은 거, 흉터 같은 거
> 기적 같은 거, 숨 같은 거
>
> ─「가족」 부분

한 여성에게 반려자로서 한 남성이 이토록 끔찍하게 소중한 존재인지, 시쳇말로 닭살이 돋을 정도로 그려진 '남편의 초상'은 "물수건, 미역국, 찜질파스, 자장가, 똥배, 주문, 노래, 얼굴, 입, 손"의 환유로 열거되고, 마침내는 "문신, 흉터, 기적, 숨"으로 형상된다. 그러나 분명 이때 두 존재자는 너무도 완벽하게 서로를 가치화하고 있으며, 그러한 사유의 과정이 만들어내는 구성적 공간이란 '가족'이라는 이름으로 표상되는 삶의 존재조건이 되며 동시에 여성적 자아의 삶에 새롭게 주어진 수행과제와도 같은 것이 된다. 이 과제들은 "봄 타는 여자의 눈물샘"(「봄 타는 여자」)으로도 이행되고, "촘촘한 바느질 자국들"(「바느질」)이나 "눈부시게 펄럭이는 깃발들"(「빨래를 널며」)로도 수행되며, 묵언의 "미안하다/괜찮다"(「사과」)의 대화 속에서 확인된다.

그리하여 그에게 '가족'이란 먼저 생활의 충실성과 동일한 의미가 되는 바, 그 '생활'이 여성적 자아로 하여금 주변적 삶에 대한 인식의 심화와 확충을 가능케 하는 모태로 작용한다. 이러한 인식의 연장선에 '친정 부모'에 대한 연민과 그리움의 인정이 가로놓인다. 「계단」, 「편지」, 「등」의 시편을 통해 나타나는 그 인식은 보다 직접적인 편지 쓰기의 형태를 취하고 있는 바, "다 말할 수 없이 이렇게 씁니다."(「편지-어머니 2」)라는 담백한 진술의 여운만이 시인이 부여하는 생활과 인생의 가치에 대한 진정성을 확인시켜줄 따름이다.

그렇게 시인의 생활 의식은 삶의 일상에서 만나는 필부들에게 향해 있으며 시집 5부에 집약된다. 그러나 특별히 시인은 이 생활이 낯선 사람들에게, 그리고 세상이 너무도 크게 보일 미물들에게 눈길을 준다. "한국에 온 후 칠 년" 된 수인반점 주방장 왕선생(「수인반점의 왕선생」)도, "한국에 온 지 오 년" 된 연변 아줌마(「연변에서 온 그녀」)도 모두 시인이 귀를 열고 그 사연을 자신의 인식으로 수용해야 하는 소통의 대상들이다. 특히 이 과정에서 그들의 존재를 "냄비마다 타오르는 불꽃"이나 "옛 집의 등불"과 같은 심상으로 초점화시키고 있음은 단순히 우리 사회의 타자성에 대한 동질적 인식이라는 의미 이상의 인생론적 관점을 토대로 한다. 그것은 삶의 현재에 대한 인식과 존재 규정이 그의 과거 혹은 미래와 긴밀하게 연관되어 있으며, 그 때문에 삶은, 그리고 인생은 결코 끊어지지 않은 채 연속되는 유기적 생명체라는 인식을 가리킨다.

> 빈 집 앞에서 야채를 파는 최씨 할머니
> 이건 빈집인데요, 하니 빙그레 웃으며 가리키는 손끝
> 처마 밑에서 이슬에 젖은 호랑거미 한 마리 공중에 길을 긋고 있다

집 떠난 아들이 올 때까지 거미 녀석이 이 집 식구라는 할머니

매일 새 그물을 치는 거미와 아침마다 빈집 앞에 와 야채를 파는
할머니는 그러고 보면 사뭇 닮았다

— 「거미, 하산하다」 부분

떠난 사람은 아들이지만, 정작 거처를 잃은 사람은 할머니 자신이라는
이 상실된 현실적 삶의 역설을 시인은 "이슬에 젖은 호랑거미 한 마리"의
존재성에 대한 인식을 통해 또 역시나 담백하게, 그러나 곡진한 관심과
배려의 시선으로 그려낸다. 이러한 유추적 상상력은 도시 한구석 지붕 추
녀 밑에 집을 지은 제비 한 마리(「제비집」)를 거쳐, 코끼리쇼에서 삶의 무게
를 짊어진 코끼리의 순한 눈(「코끼리쇼」)으로 이어진다.

하지만 이러한 시인의 '순수성'은 일상이 지닌 현실적 배리의 본질을 외
면한 것은 결코 아니어서, 하루를 사는 일을 접고 펼치고 다시 접어지는
종이접기와 같은 것으로 인식하고(「종이접기」), "소금 알갱이"와 "해수(海
水)" 같은 "상처투성이" 말들에 내려놓는 수화기의 "암전(暗轉)"(「전화」)처럼
반응하면서, 그것이 쉽지 않은 삶의 균형추임을 보여주기도 한다.

그런 의미에서 시인에게 일상이란 스러져가는 작은 들꽃을 보는 일이
며, 느리게 걷는 일이고, 그 길 걷기가 그치지 않기를 바라는 마음의 기도
(「들꽃」)와도 같은 것이다. 여기서 김지윤 시인의 시는 여성시로서의 고유
한 존재성의 울타리를 쉽게 넘어선다. 그것은 그의 시에 피력된 곡진한
사유의 편린들이 '인생의 길 걷기'라는 보다 보편적인 삶의 인식을 담지하
기 때문이다. 그러나 또한 바로 이 대목에서 그의 시는 여성시로서의 근
원적 존재성의 뿌리를 가지고 있다. 그것은 일상으로서의 삶을 견뎌내는
일에 값하며, 아울러 그로 인해 새로운 생명성을 창조해내기 위한 것으로

서 삶의 가치를 구성하는 일과 통하기 때문이다.

4. 치유적 삶을 찾아서

김지윤 시인의 작품이 보여주는 강점은 무엇보다 그의 시세계가 이러한 안과 밖의 균형감각을 바탕으로 한 솔직한 진술과 표백의 언어로 무장되어 있다는 데에서 찾을 수 있다. 진술의 언어란 곧 사유의 공간을 만들어냄을 뜻하며, 아울러 시인의 사유가 현실성을 가질 수 있는 원동력은 그것이 결코 어둔 방 안의 독백이나, 화분 놓인 창가의 사색이 아니라 자아와 세계 사이의 교호작용에 의해 이루어지는 소통 욕구의 실현태임을 선명하게 보여준다.

그런 의미에서 시인의 글쓰기는 고지식할 정도로 순수한 삶의 길 찾기, 좀 더 거창하게 말하면 마음의 순례를 통한 치유의 글쓰기를 지향한다. 이 마음의 순례는 시인의 내면과 그가 살아가는 현실의 외부에 동시에 맞닿아 있는 것이어서, 시인의 언어가 때론 지나치게 이기적인 울타리 속에 숨기도 하면서, 또 한편 끝 간 데 없이 타인을 향해 열려 있는 모습을 보이는 까닭도 이러한 자기정화를 위한 몸짓의 소산이라 할 수 있다.

사람이 길을 걸으면 길도 같이 걷는다
길을 떠나는 것이 아니라 길과 함께 가는 것
길가의 냇물도 같이 흐르고 바람도 따라 불어온다
사람 사는 일이 그저 길을 걷는 것과 같다면
평생의 나그네에게 쉴 곳도 필요하리
―「올레를 걷다」 부분

3부의 시편들은 시집 전체로 볼 때 한가운데의 중심추와도 같은 자리에 있다. 그것이 마침 시인의 내면으로부터 현실의 외부로 나올 수 있는 계기임을 표명하는 일이기도 할 것이나, 이 소위 '길 걷기'의 시편들은 단순한 중심추나 계기적 연결소로서의 역할에 그치지 않는다. 위의 시에서 보듯 그것은 삶의 다양한 국면들에 대한 메타적 인식을 가능케 해주는 것이며, 삶 자체와 동일시되는 정도의 보편성을 가지고 있는 것이다.

제주 올레길 걷기도 그렇거니와, 쇠소깍, 추사 유배지, 서귀포 오일장, 사려니 숲길, 큰엉, 섭지코지, 외돌개를 거쳐 한라산에 오르기까지 시인의 시적 사유는 마치 "더없이 아름답고 더없이 슬픈"(「제주 바다 수평선」) 존재로 묘사한 제주 바다의 수평선처럼 끝 간 데 없이 유려하게 펼쳐져 있다. 이 유려함은 물론 시적 자아의 삶을 나무의 굳은 옹이(「사려니 숲길」)처럼 만들기 위한(혹은 그 반대로 삶의 신산으로부터 한 발짝 물러서 쉬기 위한), 철저히 '이기적'인 배려일 것이나, 그러한 그의 목소리만은 듣는 이들에게 소중한 '치유'의 대화로서 열려 있다. 그리고 또 그렇게 김지윤 시인은 나눌 수 있는 삶의 '아픔'을 쉽게 나누어주려 하지 않는다.

> 시는 창문이었다. 삶의 가장 깊은 구석까지 빛이 스며들게 하는 창문, 나는 그 창문으로 바깥세상의 밝음과 어두움을 바라보았고, 대로 창밖으로 손을 내밀어 서늘한 바람의 촉감, 간지러운 햇살을 만났다. 그리고 날마다 그 창문은 스스로 자라나더니 어느 날에는 문이 되었다.
>
> ─「시인의 말」에서

이 서문에서처럼 시인은 너무도 정확하게 자신이 서 있는 자리를 꿰뚫어 보고 있다. 하지만 내가 보기에 그는 이미 그 창문을 열고 세상 밖으로

제2부 서정시와 욕망의 유형학

나와 있었으며, 그런 의미에서 시인은 이제 '지금 이곳'의 사유를 통해 사회적 삶의 국면들이 더 이상 주변적인 것이 아님을 보여줄 필요가 있다. 그때 그는 그 누구에게서도 여성시로서의 가치에 대한 언급을 강요받지 않아도 되는 지점에 서 있게 될 것이다.

삼인행(三人行) - 인간 · 자연 · 사회

한편 이시영의 시가 자연과 인간의 일치된 경지를 추구하고 있음은 자연과 사물을 대
의 시선과 태도를 살펴볼 때 쉽게 나타난다. 그러나 물론 그의 시에서의 '일치된 경지'란 결코 도가(道
고 선적(禪的)인 달관의 경지를 뜻하는 것이 아니라. 자연이 건네는 말에 응답하는 인간의 자연적 교감의 상태를 말

주체의 재건, 그 자연적 교감의 역동성
— 이시영의 단형 서정시편

1. 형태 탐구의 현실적 의미

이시영 시인의 시가 지닌 서정성의 독특함은 현실적이고 사회적인 관심이 항시 일상적인 자아의 내면에 용해되어 곱씹어지고 있다는 점에 있다. 그의 시가 그려내는 시적 자아의 형상은 반성적이면서도 비판적인 시각을 가지고 삶의 현실에서 깨어 있는, 일종의 사회적 존재성을 담지한 모습을 보여준다. 이러한 고유성은 격동의 1980년대를 거쳐 탈이념과 다원주의가 만연한 1990년대의 시단에서 서정시가 자신의 존재 가치를 새롭게 확보할 수 있는 힘으로 작용하여 그 효력을 지속시키고 있다. 그의 시집 『무늬』(1994)의 시세계가 바로 그것이며, 그 연장선상에서 독자적인 단형 서정시를 창작했다는 것(『시와시학』, 1995년 6월호 게재)도 이시영 시인의 현실 인식과 시적 탐구가 자신의 본질을 보다 심화시키는 방향으로 자리잡힘을 보여주는 것이라 할 만하다.

그 시편들은 대체로 짧은 형태 속에 자연에서 포착된 순간적 인상과 주체의 내면적 반응을 암시적으로 표출하는 방식으로 일관되어 있다. 이러한 시형태를 통해서 시인이 의도하고 추구하는 바가 무엇인가를 시인은 그의 산문집 『곧 수풀은 베어지리라』(1995)에서 정연히 풀어놓은 바 있다.

> '이야기 시' 못지않게 나의 관심을 사로잡은 것은 '짧은 시'에 대한 것이었다. …(중략)…
> 말을 서술하는 시가 아니라 함묵하는 시, 서늘한 울림을 주는 시를 써보고 싶었다.
> —「이야기 시와 짧은 시」

> 나는 나의 시가 지금 막 얼어붙은 겨울 폭포의 숨결을 꾸밈없이 있는그대로 생생히 되살리는 일에 기여하길 바란다.
> —「시집 『무늬』에 대하여」

시인 스스로 마련한 시작의 구체적 지침과 입장으로서 표명된 이러한 진술에서 '서늘한 울림'과 '숨결'의 조건이야말로 이시영의 시가 구현되는 원동력이자 궁극의 목표라 할 수 있다. 즉 그의 시가 자연과 사물에서 포착되는 순간적 인상을 찰나의 시간 지속의 형상 속에 담아내는 방식으로 쓰여진다는 것은 바로 생명력의 숨쉼을 통해 건강한 삶을 회복하고, 그로부터 삶의 진실한 의미에 대한 자각의 소리를 들을 수 있는 내면 공간을 확보해보겠다는 시인의 뜻과 통한다고 하겠다. 그리고 이러한 의도는 가장 현실적인 의미에서 볼 때 물질주의가 팽배하고 인간의 고유한 정신적 가치가 상실된 현대 사회의 삶의 조건에 대한 반성적 자각이며, 동시에 적극적인 대응 양식으로서 의의를 갖는다. 다시 말하면 인간이 주체적 능력을 가지고 삶의 환경을 만들어나갈 수 있는 사회를 꿈꾸는 시인의 현실적 사색의 소산이 곧 이러한 자연과 인간 탐구의 시로 귀결된 것이라 할 수 있다.

2. 자연의 생명력에 대한 인식

시인의 사색이 현실적이라는 것, 그래서 곧 인간적이라는 것은 자연을 인식하고 다루는 시각의 독특함에 기반을 둔다. 시인은 자연에서 인간에 게서는 느낄 수 없고 깨달을 수 없는 신비한 세계를 본다. 그러나 한편으로 시인에게 자연은 단순한 관념적 예찬의 대상도 아니고, 초월적 가치를 지닌 심미적 관심사만도 아니다. 신비스러운 대상이면서도 초월적이지 않은 모습이 바로 시인이 발견하는 생명력 있는 현실적 존재로서의 자연이다.

> 하늘의 거센 소나기가
> 미칠듯이 지상을 한바탕 훑고 지나간 뒤
> 보랏빛 연한 하늘에 하나의 강렬한 붉은 태양이 떴다.
> ─「적요 후」 전문

이처럼 시인은 자연의 생명력을 삶의 일상 어느 순간에 불현듯 포착한다. 마치 영화나 사진의 한 장면을 인상적으로 떠올리게 하는 이 시의 심상은 선명한 색채감과 그 역동성을 통해 생명력을 획득하고 있다. 이러한 장관(壯觀)을 바라보는 화자는 그로 인해 살아 숨 쉬는 자연의 육체와 숨결을 느끼게 되는 바, 자연의 목소리가 인간의 건강한 삶의 의지를 불러일으킬 수 있다는 것이야말로 시인이 자연에서 배우는 덕목이라 할 만하다. 감각으로부터 촉발된 이러한 깨달음을 정서적 생성력으로 변이시키고자 하는 방법론을 통해 시인은 삶의 일상과 현실적 인간의 가치를 탐색할 수 있는 틀을 마련하는 것이다.

특히 시인의 이러한 의도는 '아침 이미지'에 의해 즐겁고 생명력 넘치는 자연의 모습으로 형상화된다. 눈 녹는 한겨울 맑은 아침 기운을 배경으로 까치 새끼들이 나뭇가지에 앉아 즐겁게 노래 부르고 있는 모습(「어느 아침」)이나, 멀리 산동네에 불이 켜지고 이어 도심의 불이 밝는 모습을 바라보는 새벽 출근길의 정서(「출근」)는 모두 화자에게 삶의 기쁨과 환희를 불러일으켜주는 순간적 인상들이자 그가 살아 숨 쉬는 근거인 삶의 일상적 현실의 단면이다. 그 어떤 물질적 욕망이나 관념적 번뇌도 배제시켜주는 이러한 순간의 서정은 시인이 피부로 접하는 자연과 사물의 순연한 느낌 그 자체로서 삶의 고귀하고 신성한 가치를 떠올려주기에 충분하다.

시인은 인간에게 자연과 사물이 귀중한 가치를 가지고 있음을 '이슬'의 명징한 심상으로 제시하기도 한다. "귀뚜리는 밤새도록 방 밖에서 울며/ 아침이면 가장 눈부신 소리의 보석을 낳는다"(「아침이면」)는 관념적 사색의 표현이 그것이다. 미물(微物)의 울음소리가 순수의 결정체를 창조해내는 전인격적(全人格的) 과정으로 의미화될 때, 그리고 그것이 만물에 기운을 주는 원동력으로 인식될 때 이시영 시의 자연은 그 생성의 신비한 가치를 부여받게 되는 것이다.

한편 이시영의 시가 자연과 인간의 일치된 경지를 추구하고 있음은 자연과 사물을 대하는 화자의 시선과 태도를 살펴볼 때 쉽게 나타난다. 그러나 물론 그의 시에서의 '일치된 경지'란 결코 도가(道家的)이고 선적(禪的)인 달관의 경지를 뜻하는 것이 아니라, 자연이 건네는 말에 응답하는 인간의 자연적 교감의 상태를 말한다. 자연에 응답하는 인간을 발견함으로써 시인은 이 시대의 물질주의적 인간관을 극복하고 왜소해진 인간성

제3부 삼인행(三人行) - 인간·자연·사회

을 회복할 수 있는 힘을 찾고자 한 것인지도 모른다.

　　　새벽이면 도화동 산동네의 불이 제일 먼저 밝았고
　　　기다리고 있었다는 듯이 곧 대우빌딩 전관의 불이 환하게 밝는다.
　　　　　　　　　　　　　　　　　　　　　　　　　　　—「출근」 전문

　여기서 산동네에 아련하게 켜진 불과 도심을 환히 비춘 불의 두 가지 물상 혹은 영상들은 각기 화자의 시선에 살아 있는 자연적 존재로 비치고 있다. 이렇게 반응하는 두 대상의 대비는 원시와 문명, 자연과 인간을 연상시키면서 그것을 느끼는 화자의 인식 안에 수용되고 있다. 시인은 이처럼 교감의 방법론을 통해 삶의 현실적 모습들을 발견하고 의미화고자 한다.

　이러한 방법적 탐색은 「순간들」과 「명주 목도리 두르고 학교 가는 날」에서 그 원리적 의미를 드러내고 있다. 그것은 바로 자연 현상에서 순간적으로 포착되는 삶과 인생, 우주의 섭리와도 같은 것이다. 즉 하늘에서 포르르 날아와 안착하는 참새의 모습에서 "나와 온 우주가 함께 팽팽해진다"(「순간들」)는 깨달음을 토로하거나, 산간 마을에 피어오르는 연기를 배경으로 한 참새의 비상으로부터 "하늘이 매섭게 푸르다"(「명주 목도리…」)라고 신비스런 발견의 순간을 제시하는 목소리들은 모두 자연이 신비스럽고 역동적인 삶의 생명성을 간직하고 있음을 말하고 있는 것이다. 여기서 우리는 시인이 자연과의 교감으로부터 얻는 삶의 의미가 무엇인가를 발견할 수 있다. 이처럼 살아 숨 쉬는 내적인 힘을 가진 자연을 온몸과 정신으로 호흡하는 일이야말로 결코 관념적으로 현실을 초월하지 않고 물질주의적 현실에 대응하는 길이 되며, 아울러 인간이 일상적 삶의 의미를 회복하고 주체적으로 살아갈 수 있는 길이 되는 것이다.

3. 인간주의의 신성성과 현실성

이시영 시인이 자연을 통해 배우는 것이 있다면 그것은 단지 스스로 숨쉬며 우리 인간에게 말을 건네는 또 하나의 인격체로서의 존재적 위의(威義)이다. 그렇지만 시인은 또한 이것으로부터 현실적 삶의 뿌리를 재인식할 수 있는 원동력을 얻는다.

> 잘생긴 얼굴을 보고 있으면
> 강렬하면서도 부드러운 신의 입김이 생각난다
> 어느 신선한 겨울날 아침
> 출근길의 우리들 귓볼을 뜨겁게 스치고 지나간
>
> ─「미인(美人)」 전문

훈훈한 입김이라는 감각적 형상의 제시야말로 강렬한 열정과 그 의미에 대한 인식이 단단하게 내면화되어 있음을 가시화한 것이며, 그 입김을 불어넣는 주체가 '신'이라는 의미에서 시인은 삶의 순간적 약동을 존재의 본질에 대한 내면적 성찰과 직접 연결시키는 계기로 삼을 수 있는 인식의 깊이를 획득하고 있다. 그러므로 강렬하면서도 부드러울 수 있다는 양면적 가치는 궁극적으로는 일상적인 것과 초월적인 것, 드러남과 감추어짐, 현실적 욕구와 반성적 인식을 통합시켜주는 힘으로 작용하게 된다.

이런 의미에서 이시영 시인의 시에서 '신'은 종교적 믿음의 대상, 즉 절대적 이념의 구현 주체이기보다는 매우 인간적인 의미를 지닌 존재이며 현실적 삶의 의미를 일깨워주는 존재의 그림자와도 같은 것이라고 할 수 있다. 그것은 또한 "가로수 긴 그림자를 나와 함께 고즈넉이 밀고 가는 나"(「적요의 흰 이마」)를 의식하고 존재의 일상성을 한 차원 고양시키는 힘을 얻는 시적 자아의 동반자와도 같은 것이다. 이러한 범신론적 우주관 내지 현실관으로부터 삶의 경건한 가치에 대한 내적 사색이 가능해진다.

삶의 넉넉한 여유를 찾으면서 그것을 삶의 추진력으로 내면화하는 인식을 얻게 되는 시적 자아의 경지야말로 일상적 인간의 존재 가치를 가장 높은 곳으로까지 끌어올리고자 하는 시인의 인간주의적 현실관에서 비롯되는 것이다. 이런 까닭에 이시영 시인의 인간주의적 면모는 자신의 내부를 향한 것이기도 하거니와 동시에 메마른 일상적 현실을 사는 모든 사람들이 지닌 아름다움과 성스러움에 대한 가치화와 연결되어 있다.

> 저녁 6시, 긴 동아줄에 할아버지와 나어린 손자가 대롱대롱 매달려
> 혼신의 힘으로 치는 종소리엔 이 세상의 제일 밝고 맑은 웃음소리가
> 섞여 있어 미사중인 신부들도 잠시 고개를 숙이고 그 소리에 깊은 귀
> 를 기울이는 것이었어요.
>
> —「천주교 용산교회」 부분

이 시에서 시인은 성당 종치기의 삶이라는 서사적 의미를 대상으로 하여 가장 작고 초라한 삶의 모습을 가장 신성하고 고귀한 모습으로 전환시켜놓고 있는 바, 이 전환의 계기는 바로 시인이 형상화하는 순간적 인상과 직결된 내적 의미 구조로부터 형성된다. 온 세상에, 바로 이 소외되고 문명화된 도심의 한복판에 널리 울려 퍼지는 종소리의 심상이 웃음소리로 감각의 전이를 일으키는 과정에서 시인은 현실적 갈등, 생활의 고통과 같은 삶의 문제들을 넉넉히 이겨나갈 수 있는 힘을 발견하는 것이며, 그속에서 "제일 밝고 맑은" 가치로서 인간적 삶의 진실성과 신성성을 구현해내고 있는 것이다.

4. 서정적 단언(斷言), 그 미적 구조

이상에서 본 바 이시영 시인의 단형 서정시편들에서 가장 주목되는 측면은 그의 시세계의 저변에 뿌리 깊게 깔려 있는 인간에 대한 신뢰와 동양적 인정주의(人情主義)가 시대의 변화와 현실의 다양한 이해 구도 속에서도 변하지 않고 그 지평을 더욱 넓고 높게 펼쳐보이고 있다는 점이다. 더욱이 이러한 시인의 지향이 나름의 형태적 관심과 연결되어 서정시가 스스로의 편협한 영역을 과감히 벗어날 수 있는 가능성을 보여주고 있다는 점은 우리에게 시사하는 바가 크다. 일종의 아포리즘과도 같은 단언(斷言)이 서정시의 본질적 표현 형태였음을 고려할 때, 이시영 시인의 이러한 형태 탐구는 단순한 형식의 가치를 목표하는 것이 아닌 시적 본질의 구현, 그리고 그것의 현실적 의미 형성에 대한 고뇌로부터 유래된 것임을 알 수 있다는 것이다.

그의 시편들에서 우리가 비록 순간적 인상을 포착하는 시적 자아의 독특한 시선에 일차적으로 주목한다 하더라도, 그 인상 위에 시가 주는 정서적 감동력이란 남다른 성질의 것이다. 예를 들어 소나기 갠 후의 하늘이라든가, 눈 내린 겨울 아침, 석양이나 새벽 무렵과 같은 공간적 심상에는 읽는 이의 가슴을 서늘하게, 또는 평온하고도 뜨겁게 하며 삶에 대한 반성적 태도를 일깨워주는 면이 있는가 하면, 한편으로 답답함을 씻어주고 환한 세상을 보는듯한 확장된 지평을 보여주며 새로운 도약과 역동적인 삶의 의지를 가지도록 이끌어주는 효과도 있다.

이러한 서정성의 의미는 곧 이 시대를 살아가는 일상적 존재로서 시인이 탐구하는 문제의식, 즉 어떻게 살 것인가라는 자기 질문과 같은 것이며, 아울러 이 시대의 삶의 가치가 무엇인가에 대한 방향 탐색 내지 의미

규정과도 같은 것이다. 이런 의미에서 이시영 시인의 시편들은 너무도 소박하며 동시에 대단히 큰 인간주의적 이상(理想)을 담고 있다. 최소한 그것을 말할 수 있고, 말하고자 하는 바를 전달할 수 있는 적절한 그릇으로서 이시영 시인의 새로운 모습은 우리에게 결코 새로움으로서만이 아닌 본래적이면서 현실적인 서정적 사색의 결실로서 다가온다.

* 아래는 시인의 시편들이 수록된 『시와시학』에 함께 게재된 대담 내용이다.

이시영 신작 소시집 대담

일시 : 1995년 5월 27일
장소 : 창작과비평사 회의실

박윤우(이하 박)   훈훈한 공기가 여름을 재촉하는 듯한 좋은 계절에 선생님의 시에 대해 말씀을 나누게 되어 기쁩니다. 최근 새롭게 시집도 출간하시고 활발한 활동을 하고 계신 줄 알고 있는데 근황은 어떠십니까?

이시영(이하 이)   생활 자체는 특별한 것이 없이 늘 그대로입니다. 낮에는 출판사 일에 전념해야 하는 입장이고, 그래서 주로 늦은 밤 시간, 대체로 새벽 2시부터 한두 시간 정도의 시간에 시작(詩作)을 합니다.

박   이번에 『시와시학』에 실리는 '신작 소시집'의 시편들은 선생님께서 최근 『무늬』라는 제목의 시집으로 묶어낸 일련의 작업과 연장선상에 있다고 여겨집니다. 짧은 시형에 잠언 형식의 순간적 삶의 인식들을 담아내거나 표백하는 형식의 시라 하겠는데요, 선생님께서 이러한 방법과 형태를 고집하는 특별한 이유가 있으십니까? 혹은 이러한 시도를 하게 된 출발점적인 동기가 있다면 무엇입니까?

이 짧은 시를 쓰게 된 것은 한마디로 이야기하자면 1980년대를 거쳐 오면서 제 스스로 가지게 된 당대의 시단에 대한 비판적 시각에서 출발한다고 할 수 있겠습니다. 1980년대 이후 우리 시단에서는 사회 현실의 탐구를 위해 필요 이상 시가 산문화된 느낌이 강합니다. 말하자면 서정시 본래의 영역을 넘어서 소위 '민중적 서사'의 형식이 주류가 되는 데 대한 일종의 반발이라고도 할 수 있겠지요. 개인적으로는 사회의 변화에 따른 반성적 시각을 확보한다는 의미도 있겠습니다.

박 그런데 지금까지 서정시의 영역을 고수하면서도 현실적 삶의 문제와 사회 인식의 의미를 탐구해오신 선생님의 시세계에 비추어 볼 때, 그 말씀은 탈이데올로기적인 방향 전환을 한다는 뜻으로 받아들여지기도 하는데요.

이 그런 것과는 다릅니다. 서사적이고 산문적인 형태의 시가 현실의 외면에만 관심을 기울인 까닭에 그러한 현실적 삶의 본질에 대한 깊이 있는 인식의 가능성이 점차 고갈된 점을 반성한다는 뜻이지요. 말하자면 해설적이고 비평적인 진술들이 할 수 없는 정신의 역동성을 찾아보자는 것이었습니다. 방법면에서 물론 이러한 형태적 탐구는 내적 필연성을 요구하는 만큼 그 시효가 사라진다면 또 다른 방법적 모색을 해야 하겠지요. 그러나 우선 이러한 형태가 제 호흡에 맞아요. 순간을 포착해서 언어화해가지고 대상의 이면을 드러내는 데 적절한 형식 탐구가 아닌가 합니다. 단지 단점이 있다면 단조로움에 흐를 우려가 있다는 것입니다. 짧은 만큼 정신의 역동성

제3부 삼인행(三人行) - 인간 · 자연 · 사회

을 드러낼 수 있어야 하는데, 시작에서는 이 점을 주의하고 있지요.

박 이번 소시집의 대부분 시편들도 단형의 형태를 보여주고 있는데, 그런 의미에서 산문화에 반하는 것은 곁으로 보면 형태이겠지만 진정한 의미에서 이러한 시도는 서정시의 본질을 탐구하려는 의도와 같다고 볼 수 있겠군요. 그러면 이번 소시집이 어차피 시집 『무늬』의 연장선에서 쓰여졌다는 의미에서 『무늬』의 시세계에 대해 잠시 언급해주셨으면 합니다. 시집의 해설에서 김주연 선생님은 "잠언을 방불케 하는 시" 또는 "우주의 섭리에 대한 깨달음의 시"라 하였고, 시에 나타난 자연관을 창조적 주체, 즉 생명력의 발현을 중시하는 독자적 경지가 나타나 있다고 하였습니다. 그리고 그것은 시인의 창작 태도가 "신의 그림자를 따라 가는 것"으로 파악하는 데 의한 것으로 말한 바 있습니다. 선생님의 최근 시에서 자연의 의미는 무엇입니까? 그리고 신에 대한 관심의 성격은 어떻게 규정할 수 있겠는지 구체적으로 이야기해주십시오.

이 "신에 대한 관심"이라는 표현은 좀 거창한 것 같고. 저는 무엇보다 인간의 세계에도 우리 눈에 보이지 않는 신성성 같은 것이 있다고 생각해요. 종교적 의미의 신이 아니라 자기 안에 우주가 들어 있다는 것이지요. 그것을 부인해서는 안 된다고 생각합니다. 자연관도 마찬가지입니다. 지금까지 우리는 대체로 자연을 서구적 의미에서 정복 대상으로만 보아왔는데, 그것이 아니라 살아 있는 고유한 생명성과 존재성을 인식해야 할 필요를 느낀 것이지요. 예를 들어 우리가 어느 순간 수려한 나무 한 그루를 보고 있노라면 그 나무가 마치 사람처럼 느껴질 때가 있지 않습니까. 그처럼 나무들도 자기만의 언어가 있는 것이 아닌가 싶을 때가 있고, 그래서 시인의 입장에서 어느 날 갑자기 나무를 보고 말을 걸고 싶을 때가 있기도 한 것입니다. 자연을 탐구한다는 것도 자연 자체에 대한 예찬이나 귀거래의 입장이 아니라 자연 자체의 신성성을 내면의 호소에 의해 드러내는 것이라 할 수 있겠지요. '도(道)'라는 것은 순간 속에 우연히 체현된다고 봅니다. 시가 산문의 문장이 아닌 한, 시적 계시의 순간은 자연의 언어가 나에게 호소를 해서 시가 구현되는 순간이라는 것이지요. 요컨대 저의 자연에 대한 관심은 인간의 현실에 실망해서가 아니라, 사람들의 감각이 무뎌지고 사물화된 현실 속에 살다 보니까 인간과 인간 사이에 존재할 수 있는 계시의 순간이 점차 희석화되는 데 대한 반성이 일었고, 그래서 그쪽에 눈을 뜨게 된 것이 아닌가 합니다.

박 예. 결국 중요한 부분은 시가 구현되는 순간이라는 것이 아닌가 싶습니다. 즉 우리가 느낄 수 있는 자연의 질서, 자연의 언어가 곧 시의 언어 아니겠습니까. 그런 의미에서 이번 시들이 자연의 심상, 하늘, 우주의 개념이 통하고 있다는 것은 당연하다 생각합니다. 특히 많은 시들에서 이러한 자연의 미물들에 대한 애정 어린 시선이 돋보이는 한편, '새'의 심상이 중심적으로 나타나고 있는데요, 일상에서 순간적으로 포착하게 되는 삶의 의미는 구체적으로 어떤 것인가? 그리고 시작을 하는 과정에서 볼 때 대상의 내면을 시인이 주체가 되어서 깨닫는 과정으로 구체화되는지 아니면 대상 그 자체가 무언가 준다고 생각하십니까?

이 대상이 자연의 질서 속에서 먼저 말을 겁니다. 시적 주체는 그것에 민감하게 반응하는 것입니다. 사실 좋은 시라는 것은 억지로 만들어진다기보다는 그 순간에 나와 대상이 그야말로 섬광처럼 번쩍했을 때 그때 언어로 기록되는 것이 아닌가 합니다. 문제는 그런 것이 자연스러우면서도 역동성을 잃지 않아야 한다는 것이지요. 자연이 나에게 말을 건다고 해서 그것을 그대로 기록할 것이 아니라 주체의 반응에 의해서 역동적인 관계가 형성되어야 한다는 것입니다. 제가 좋아하는 시구 중에 이런 말이 있습니다. 릴케의 「오르페우스의 송가」 중에 나오는 구절인데요, "참다운 노래는 욕망이 아니다. 참다운 노래는 다른 입김에서 나온다." 하는 말입니다. 여기서 "입김"은 물론 서양식으로 하면 신의 입김인데, 그걸 떠나서 제가 받아들이기로는 '참다운 노래는 인간의 욕망과 탐욕이 거세된 곳에 있다'는 것이지요. 참다운 시에는 그런 경지가 있어야 하지 않는가 하는 생각입니다. 대상과 내가 관계 맺은 결과 다른 세계가 창조되어야 한다는 것이지요.

박　지금 말씀을 들어보면 최근 추구하고 계신 세계가 어떤 것인지 잘 드러나는데, 이와 관련해서 최근 시의 경향이라는 관점에서 선생님의 견해를 듣고 싶습니다. 선생님의 시는 사실상 최근 시단의 주류를 이루고 있는 소위 '정신주의 시'와는 일정하게 구별되는 성격을 가지고 있는 것으로 보는데 어떻습니까? 그리고 정신주의 시에 대한 선생님의 개인적인 견해는 어떤 것입니까?

이　저는 개인적으로 '정신주의'라고 이름 붙이는 것에는 동의하지 않습니다. '정신주의 시'건 '포스트모더니즘 시'건, '민중시'건 '순수시'건 결국 중요한 것은 시적 성취도의 문제라고 생각합니다. 시적 성취의 면에서 조정권의 「산정묘지」와 같은 작품은 인간 정신의 세계를 훌륭하게 담아내고 있지 않습니까. 문제는 그렇지 못한 시, 즉 현실에 패배하고 적극적 관심에서 후퇴하여 막연한 선문답 같은 것에 의존하면서 정신의 세계를 탐구한다고 하면 그것은 곤란하다고 봅니다. 물론 제 자신은 정신주의 자체를 지향하는 것은 아닙니다. 그러나 요즘 인간의 척도가 무엇인가, 인간관이 없다는 인식이 나타나고 있는 것이야말로 바로 세계의 존재는 물질적 토대만으로 분석할 수 없는 부분이 있음을 자각하는 데서 비롯된 것이고 보면, 물질로 포괄되지 않는 정신세계, 신성성, 자연과의 교감, 대지와의 일체감과 같은 문제에 대한 새로운 시선은 이 시대에 매우 필요한 것이라 생각합니다.

박　문제는 시에 '주의'를 붙이는 것이 문제군요. 선생님 말씀을 들으면서 인간에 대한 물음, 그 탐구의 필요성에 대한 인식이 절실함을 느끼는데요, 그렇다면 이러한 시작의 모습은 시인의 삶을 둘러싼 사회적 조건과 상황에 대한 인식의 일정한 반영 형태는 아닌가 하는 생각도 듭니다. 이런 의미에서 1990년대의 시대 인식상 나름대로 가지고 계신 특별한 관심사 내지 관점이라면 어떤 것이 있습니까?

이　1990년대의 특징이라는 것이 1980년대의 거대 이론, 즉 리얼리즘이라든가 민족문학이라든가와 같은 중심 개념에 대한 반성의 시대라는 것입니다. 돌이켜볼 때 1980년대는 이러한 이론의 실체가 알게 모르게 문학에서 지배적 권위를 누려왔던 것이 사실입니다. 그에 비추어서 1990년대야말로 민족문학의 입장에서 보면 거대한 반동의 시기이고, 그만큼 다양한 개성들이 표출되는 변혁의 시대입니다. 과거 우리는 너무도 놓치고 있는 것이 많았습니다. 따라서 과거의 거대한 이론이 포괄하지 못했던 부분에 새로운 관심을 돌려야 하지 않는가, 그러면서도 새로운 의미의 중심 개념은 있어야 하지 않는가 하는 생각입니다. 그것이 물론 계급이나 민족은 아닐 것이

　　　　　제3부 삼인행(三人行) - 인간 · 자연 · 사회

고, 그렇다면 환경이냐 하면, 그것도 지구적 과제이긴 하지만 환경만으로 포괄되지 않는 그런 것 말입니다. 말하자면 자유의 영역이라든가 인간 본연의 삶의 문제 같은 측면이 보다 확장될 것이라는 생각이 듭니다. 다양한 것들이 표출되면서 시간이 흐르면 중심 개념이 잡히지 않을까 싶습니다. 물론 시인이라는 것이 딱히 고정된 관념을 가져야 하는가는 의문입니다. 시인이란 감수성에 의해 온몸으로 느껴서 시를 써야 하는 존재이니까요. 단지 저는 이럴 때일수록 시대를 느낄 수 있는 사상적 모색을 하자는 것이지요.

박　예. 시인으로서 평소에 가질 수 있는 생각도 지금 말씀해주신 것에서 본질적으로는 벗어나지 않는 것이라 생각합니다. 마지막으로 선생님께서 요즈음 특별하게 마음에 두고 계신 시작 계획이나 전망이 있으시면 말씀해주시지요.

이　계획이라기보다 시인으로서 소박한 자기 다짐이 있다면 우선 자기가 쓰고 있는 시형식이나 언어가 정형화되는 것은 죽음이라 생각하고 끊임없는 움직임이 있어야겠다는 것입니다. 단시 형태도 내가 나를 답습하고 있다 생각되면 걷어치워야 하지요. 많이 쓰고 적게 쓰고를 떠나서 시인이라는 운명은 움직이면서 새 지평을 내려야 한다는 것, 그야말로 김수영 정신이라고 생각하는데 그러기 위해서는 자기 연마가 필요하다고 봅니다.

박　선생님 말씀은 곧 시 쓰기 작업을 끊임없는 자기반성의 거울로 삼고자 하는 마음에서 우러나온 것이 아닌가 여겨집니다. 짧은 시간이지만 선생님의 시에 대해 많은 이야기를 듣게 된 것 같습니다. 이번 신작 소시집이 선생님의 시를 더욱 풍성하게 하리라고 확신하면서, 대담에 응해주신 데 대해 진심으로 감사드립니다.

회복의 시학과 마음의 행로

— 정일근론

1. 들어가면서

'그리움'이란 시인에겐 어쩌면 영원히 사라지지 않는 원형의 전설과도 같은 것인지 모른다. 시인들은 그것을 피안(彼岸)의 세계로 묘사하기도 하고, 자신의 몸 깊숙이 파인 상처나 공동(空洞)으로 그리기도 하며, 존재의 거처를 찾아나가는 길 위의 삶으로 형상화하기도 한다. 요컨대 현대를 살아가는 시인들에게 '그리움'의 시적 주제는 무엇을 향한 그리움인가의 문제로서보다는 왜 그리워해야만 하는가, 혹은 어떻게 그리움을 그리움으로 느낄 수 있는가의 문제로 다가선다. 그리움은 이제 그만큼 시적 물음을 본질적인 것으로 만들기에 충분히 성숙된 곳에 자리 잡고 있는 시적 화두가 되어 있다.

정일근 시인의 시는 이미 일찍부터 그리움의 세계에 젖는 법을 알고 있었고, 그리고 그곳에 다가서는 몇 군데의 길을 찾아놓고 있었다. 그 길은 다분히 회상과 치유라는 서정시 본래의 길이기도 했지만, 그의 시는 이미

시집 『처용의 도시』(1995)와 『경주 남산』(2001)을 거쳐오면서 그만의 독특한 사유의 터전을 마련해놓았던 것이다. 그것을 불교적 상상력의 세계라 하든, 전통에 대한 인식, 그리고 그 문화적 감수성이라 하든 그의 시세계는 은연중에 일종의 인식의 시로서 그리움의 정서를 의미화하는 데 집중되어 있었다고 해도 과언이 아니다. 말하자면 그에게 시적 상상력은 시적 인식과 동일한 의미망으로 견고하게 구축되어 있는 것이다.

위의 두 시집과 비교할 때 시집 『누구도 마침표를 찍지 못한다』(시와시학사, 2001)는 일견 좀 더 일상적이고 좀 더 현실에 가깝게 있으며 좀 더 자기 정서의 충실한 표백에 기울어져 있다는 점에서 지금까지 보여준 인식의 견고한 틀을 조금씩 허물고 있는 듯 보이기도 한다. 그러나 정일근 시인은 여전히 그가 닦아놓은 길을 차분히 세면서 걸어가고 있었으며, 그런 의미에서 기왕의 시집 『처용의 도시』와 『경주 남산』이 보여주는 세계 인식의 방법을 살펴보는 것은 지금 시인이 서 있는 자리의 의미를 확인하는 데 필요한 안내자 역을 하기에 충분하다.

2. 화엄(華嚴)의 만다라꽃 피우기

정일근 시인은 『처용의 도시』에서 보여준 불교적 상상력의 시계를 통해 그리움을 이야기해야 하는 이유를 제기한 바 있다. 그것은 '윤회'라는 불교적 인식이 시적 언어로 구현되면서부터 이미 예정된 것이기도 하다.

　　지난 여름은 찬란하였다
　　추억은 소금에 절어 싱싱하게 되살아나고

먼 바다 더 먼 섬들이 푸른 잎맥을 타고 떠오른다
그리운 바다는 오늘도 만조이리라
그리운 사람들은 만조바다에 섬을 띄우고
밤이 오면 별빛 더욱 푸르리라
여름은 부산우체국 신호등을 건너 바다로 가고 있다
나도 바다로 돌아가 사유하리라
주머니 속에 넣어둔 섬들을 풀어주며
그리운 그대에게 파도 소리를 담아 편지를 쓰리라
이름 부르면 더욱 빛나는 7월의 바닷가
그대 손금 위에 떠오를 때까지

—「여름편지」 부분

　시인에게 '바다'는 그리움의 대상이면서 넘쳐나는 충만함이다. 그런데 또 한편 시인의 그리움은 그곳을 향해 가는 것이 아니라 "돌아가" 사유할 때 비로소 존재 근거를 얻는다. 더구나 그 바다에 뜬 섬들이 자신의 "주머니 속에 넣어둔" 것, 즉 이미 있는 것이었다면 시인은 이미 그리운 것을 알고 있었으며, 그 앎의 사색이 그리운 것을 '바다'에서 '그대'로 변용시키는 것도 알고 있다.

　여기서 시인이 말하는 그리움의 인식이 어떤 의미를 가지는지가 드러난다. 그것은 "너는 우주/나는 그 우주 속에 떠 있는 별/별 속에는 또 다른 우주가 있고/우주 속에는 또 다른 별이 있다"(「몸·3」)는 구절에서 확인되는 바, 마치 '주머니 속의 바다'처럼 자기 존재를 확인하는 사색의 충일한 공간과도 같은 것이다. 그래서 시인은 "사람과 한 몸이 되어 살아가는 바다를 나는 알고 있으니"(「주머니 속의 바다」, 『누구도 마침표를 찍지 못한다』)라고 말할 수 있는 것이다.

　그러나 시인은 한편으로 이 '주머니 속의 바다'를 '그대의 손금' 위에 올

　　　　　　　　제3부 삼인행(三人行) - 인간·자연·사회

려놓는 일이 또 다른 그리움을 잉태하리라는 것도 알고 있다. 즉 "너를 버림으로 또 다른 나를 얻으려고 했지만/어리석도다, 네가 나를 버리는 줄 이제야 깨닫는다"(「몸·1」)고 말할 때, 시인은 그리움이 결코 존재의 충일한 이상을 향한 동경도 아니며, '돌아갈 집'을 찾아 애타게 갈망하는 상실감도 아니라는 것을 감지하게 되는 것이다.

이러한 시인의 사유는 결국 '나'와 '그대'가 한 몸이 아니라, '그리움'과 '사랑'이 한 몸임을 인식하는 데까지 나아간다. 즉 합일된 존재의 경지란 실상이 아니며 찢기고 갈라진 채 있는 그대로의 존재적 현실을 인식하는 가운데 그리움의 진정한 자기 성취가 이루어짐을 깨닫고 있는 것이다. 이런 의미에서 "내게 사랑이란 한 몸이 되는 것이 아니라/함께 호흡한다는 것이다. 들숨과 날숨을 고르게 쉬면서,/이 밤 함께 흘러가는 것이다"(「하회에서 안다」, 『누구도 마침표를 찍지 못한다』)라는 자기표명은 정일근 시인이 제기한 '그리움'의 화두가 다다른 현실적 이정표라 할 수 있다.

이처럼 시인의 존재에 대한 문제 제기와 해답 찾기의 과정은 불교적 세계인식과 상상력이 또한 한 몸임을 말해주기에 충분하다. 그만큼 그의 시는 인식의 시를 지향한다. 그렇다면 다시금 우리는 시인이 지향하는 바 존재의 충일한 경지가 어떤 모습으로 구현될 수 있는가를 살펴볼 필요가 있다.

　　　얼음 안에서 뜨겁게 타오르는 불이 있구나
　　　그 불 안에 차갑게 어는 얼음이 있구나
　　　단청의 화엄 장엄한 길을 따라가다
　　　한겨울 영하의 시퍼런 저녁을 걸치고 있는
　　　서까래 연화문(紋) 사이에 숨은 웅화(雄花)를 바라보노라면
　　　어두워질수록 온갖 머리초들이 겨울꽃을 피워내

팔각지붕의 적멸보궁이 활활활 불타오르네

— 「단청, 차갑고 혹은 뜨거운」 부분

시인에게 불전(佛殿)의 단청은 그 자체가 화엄(華嚴)의 세계다. 한겨울
이 적멸의 끝에서 붉은 꽃을 피워내는 이 생성의 미학은 자기희생을 통한
진리 획득의 의지와 통한다.

이렇게 '적멸하는 꿈'을 꾸는 일이야말로 그리움이 안주할 수 있는 거
처가 된다. 그것은 훼손된 세계에 대한 시인의 반성적 인식의 소산이거니
와, 정일근 시인은 존재 확인이 존재 회복으로 이르는 길임을 깨닫게 되
는 바, "그런 깨달음의 뒤편으로 불두화 피어/ 꽃 속에도 나무 속에도 길
은 빛나고"(「불두화 피다」), 이러한 깨달음은 이후 『경주 남산』의 세계에서
'달'과 '별'의 이미지로 구체화됨으로써 시인의 인식은 보다 풍요로운 문
학적 상상력으로 승화된다.

3. 문화, 역사, 기행 — 길 따라 노래 따라

정일근 시인의 시가 갖는 힘은 불교적 세계관에 입각한 삶의 존재에 대
한 인식이 단순한 철학적 사유가 아닌 문학적 상상력의 세계를 창조하고
있다는 데 기인한다. 그것은 그가 천년의 고도 경주를 이야기하고 『삼국
유사』를 말하며, 처용설화·감은사지 석탑·만파식적 등의 풍성한 전통
문화 유산을 시 속에 펼쳐 보이고 있기 때문이기도 하다. 이 고유한 문화
사적 감수성은 우리로 하여금 저 아련한 신화의 세계 속으로 들어가도록
인도하기도 하지만, 그에 앞서 그러한 신화를 꿈꾸고자 하는 시인의 길찾

기와 노래하기의 과정이 있기에 가능한 것이기도 하다.

> 달은 달을 꿈꾸었는지 몰라
> 버려진 세월의 뱃속 가득 푸른 이끼만 차고
> 변방의 돌들의 이마는 시나브로 금이 갔다
> 그 금 사이 무심한 바다가 들여다보곤 돌아갔다
> 천년 전 바람은 피리구멍 속에 잠들었고
> 신화는 유사(遺史) 행간 사이 숨어버렸다
> 문득문득 사라진 절의 풍경(風磬) 소리 들리고
> 항아리마다 칠월 보름달이 떠오를 때
> 저기 사랑하는 신라여인이 긴 회랑(回廊)을 돌아간다
> ──「감은사지 · 1」 부분

　시인이 신라의 삶을 돌이켜야 하는 이유는 신화와 역사 사이의 좁은 틈바구니로 들어가기 위한 것이다. 그곳에서 시인은 과거 어느 공간 사람들이 꿈꾸던 삶의 이상을 찾아내려 하며, 그 역사의 현장 앞에 서서 그러한 꿈을 의식 속에 현재화함으로써 천년의 거리를 뛰어넘는 현실적 꿈꾸기를 시도하고 있는 것이다. 이때 금 간 탑신의 이끼 자국과 같은 낡고 쇠락한 현실적 상실감과 소멸의 이미지는 불현듯 현현하는 사라진 절의 풍경 소리와 회랑을 돌아가는 신라 여인의 뒷모습으로 인해 새로운 실체로 탈바꿈한다.

　요컨대 시인은 몸소 돌아보는 답사의 행로를 통해 애초에 스스로의 화두로 제기했던 '그리움'의 문제를 시적 인식으로 각인시키고자 한 것이다. 시인은 이러한 의도를 "마음이 앞서서 길을 만드네/그 길 따라 내가 가네"(「길─경주 남산」)라고 하거나, "내려가 그리운 그대 노래 한 소절만 들을 수 있다면 다시 돌 속에 잠겨 흘러갈 오랜 잠이 두렵지 않을 것입니다"(「노

래─경주 남산)라고 함으로써 자기인식화한다. 그렇게 함으로써 시인은 그 신화의 세계 속에 자신의 몸과 마음을 맡기며, 그 동화의 경지가 주는 시적 의미를 탐구할 수 있게 되는 것이다.

산은 광배 같은 둥근 경주 남산

달은 유월 보름달 두둥실 떠올라 기다리고

어두워질수록 노랗게 익는 달 보라

찻잔 가득 고소하게 익는 달 보라
　　　　　　　　　　　　　　─「달─경주 남산」 부분

사랑이란 그리운 사람의 눈 속으로 뜨는 별

이 세상 모든 사랑은 밤하늘의 별이 되어 저마다의 눈물로 반짝이고, 선덕여왕을 사랑한 지귀의 순금 팔찌와 아사달을 그리워한 아사녀의 잃어버린 그림자가 서라벌의 밤하늘에 아름다운 별로 떠오르네, 사람아 경주 남산 돌 속에 숨은 사랑아, 우리 사랑의 작은 별도 하늘 한 귀퉁이 정으로 새겨

나는 그 별을 지키는 첨성대가 되고 싶네
　　　　　　　　　　　　　　─「연가─경주 남산」 부분

이미 '꽃'으로 아름답게 피어났던 충만한 존재 인식은 여기서 보듯 '달'과 '별'의 이미지로 고스란히 이어지고 있다. 시인에게 '달'은 곧 '만삭의 달'이며, '내 몸 안으로 들어오는 달'이다. 또한 '별' 역시 '눈 속에 뜨는 별'이며, '내가 지켜주고 싶은 별'이다. 그것은 곧 삶의 현실적 고통이나 세

월의 덧없음을 가볍게 떨치고 담담한 관조의 눈과 마음으로 자신을 돌아볼 수 있는 태도를 만들어주며, 동시에 자기 존재를 달과 별의 존재와 동일시하게 함으로써 순수 공간 속에 존재에 대한 사랑의 마음을 펼쳐 보일 수 있는 장을 형성하는 계기가 된다.

이처럼 시인이 천년 고도를 배회하며 그 신화의 숨결을 호흡하는 것은 그제 단순한 회고와 복고의 정서적 충일감이나 전통적 삶에 대한 동경이 아니다. 사라진 것을 현재화하는 것, 그리고 그 가시화된 것으로서의 꿈을 현실적 삶의 동기로서 내면화하는 것, 그리하여 그 꿈꾸기 행위의 현재적 의미를 시적 인식으로 만들어내는 것이야말로 정일근 시가 추구하는 인간 회복의 정신과 통하는 것이다.

4. 내 안에 부는 바람, 그 사랑의 확인

여기까지 이르러 우리는 정일근 시인의 시가 은근히, 그러나 일관된 힘을 가지고 이끌어온 '그리움'의 해답 찾기가 다다른 지점을 확인할 수 있다. 시집 『누구도 마침표를 찍지 못한다』는 시인이 지금까지 걸어온 흙길과는 달리 제법 깨끗하게 단장된 언어로 그려져 있다는 점에서 주목을 요한다. 이 시집의 시편들이 보여주는 산문체의 시상은 일상적 언어와 어울리면서 기존의 시에서 보이는 관념을 순화시키고 있기 때문이다.

이 순화의 의미는 두 가지로 생각해볼 수 있다. 그 하나는 생활의 현실을 둘러보고 그 자체를 시적 언어의 전면에 부각시킴으로써 '그리움'의 문제를 현실적 그리움의 문제로, 불교적 상상력의 문제를 사회역사적 상상력의 문제로 인식하고 있음을 보여준다는 것이다. 그러나 이것은 결코 시인이 자신의 고유한 시적 인식의 길에서 내려왔다는 뜻은 아니다. 그는 다만 시적 인식의 주체인 자신을 놓아두는 법을 익힘으로써 자기인식을 통해 사물의 의미를 확인하는 것이 아니라, 사물과 현상, 그리고 현실 속에 자신을 위치시켜놓고 현실을 바라보는 태도를 보여주고 자 한다는 것이다. 이것이 곧 순화의 두 번째 의미로서 '그리움'과 '사랑'의 자리바꿈의 시도라 할 수 있다.

> 상봉서동 가는 길이 어디인가 묻자
> 숨이 살아 있는 생김치 구석구석
> 양념 버무리는 일에 열중인 백반집 주인은
> 저기, 라고 무심히 말하네
> 백반집 주인이 눈길 한 번 주지 않는 저기가
> 나에게는 머네 아득히 머네
> 저기, 내 서른의 세월이 모두 눈 감은 채 웅크리고 있는
> 저기, 그 시간이 다시 감겨야 가 닿을 수 있는
> 상봉서동 있으니
> 저기, 눈감지 않고서는 떠올릴 수 없는
> 저기 꿈길 아니고는 가 닿을 수 없는
> 사랑의 이름 있으니
>
> ──「저기, 상봉서동」 부분

시인이 눈 감아야 떠오르는 곳, 그 꿈과 신화의 세계는 기실 무심한 백반집 주인 곁에 '저기'라는 이름으로 엄연히 있다. 시인이 꿈꿔왔던 화엄의 세계가 무명의 현실임을 알아채는 순간이 바로 '그리움'의 당위적 명제가 '사랑'이라는 실천적 명제로 전환되는 순간이다.

시인은 비로소 사랑이란 "누군가를 가두는 것이 아니라/마음을 비워놓

고 기다리는 일"이자, "그 빈자리로 찾아올 누군가를 기다리는 일"이며, 따라서 "사람을 기다리는 일이 사랑이라는 것"(「나에게 사랑이란」)을 깨닫는다. 이 '마음의 눈뜨기'야말로 시인이 그토록 가지고자 했던, 또 항상 몸으로 말하고자 했던 '그리움'의 실체이며, 자신이 걸어갔던 '마음의 행로' 그 자체인 것이다.

시인은 시의 곳곳에서 이제 자연의 소리를 듣고, 사람들의 움직임을 바라보면서 사랑하는 법을 배운다. 마음을 비운 시인에게는 삶의 모든 것이 다 자신의 내부로 스며들어 온다. 시인은 다만 그것들을 엿보고, 거기에 귀 기울이고, 담담히 되새겨볼 따름이다. 그렇게 함으로써 세상을 함께 호흡하고 걸어가는 법을 자연스럽게 말할 수 있다.

> 저물 무렵 그대와의 저녁밥상을 위해 맑은 샘물을 길어 담든 쌀들이 편안하게 불어나는 소리 들었습니다.
> ——「청도, 방음리에서 듣다」 부분

> 아침이면 단풍나무 붉은 이파리 속에 숨어드는 별들을 보았습니다. 강물 속 작은 조약돌에 물무늬로 숨어드는 어린 별들도 보았습니다.
> ——「망성 시편」 부분

> 해우소 나무 벽에 서툰 동그라미 그리며 뚫린 구멍으로 세한의 날에도 유난히푸른 잎 단전나무 한 그루 보았습니다.
> ——「감룡사 해우소에서 깨닫다」 부분

이처럼 시인이 배우는 것은 "하늘의 별들이 나무에게 속삭이는 사랑의 목소리"(「서쪽나라 국경의 숲에서」)이다. 이 '별의 사랑'이 현실적 존재의 사랑으로, 그들에 대한 시인 자신의 사랑으로 전이될 수 있는 것임을 깨달을 때 비로소 시인은 '그리움'의 끝간 데 없는 여로에서 짐을 부리고 쉴 수 있는 것이다.

그것은 곧 "무욕의 세상에 닿아 활짝 피는 꽃"(「동백, 목도」)을 바라볼 수 있는 경지이며, "단 몇 푼의 근심조차 내버리지 못한"(「선암사 뒷간에서 뉘우치다」) 자신을 반성할 수 있는 자세로부터 솟아나는 삶의 현실적 원동력이다. 그렇게 됨으로써 시인은 이제 "겨울 새벽에는 일어나 시를 쓰자"(「겨울 새벽」)고 말할 수 있으며, "내 안에 얼어버린 나를 태우는 사랑의 붉은 불"(「단청, 차갑고 혹은 뜨거운」)을 태울 수 있다.

5. 맺음말

요컨대 시집 『누구도 마침표를 찍지 못한다』를 통해서 정일근 시인은 훼손된 삶 속에 진주처럼 빛나는 아름다움의 의미에 대해서 조심스레 말하게 된 셈이다. 그것은 함께 하는 삶의 중요성에 대한 새삼스런 내적 인식이기도 하고, 자기를 비움으로써 얻는 우주적 가치와 진리에 대한 겸손한 확인이기도 하다.

그는 여기서 불교적 인식과 상상력의 세계를 지나 생활 속에 실천하고 사랑으로 느끼는 대화적 상상력의 공간을 마음껏 만들어내고 있다. 이것을 우리가 단지 죽음을 체험한 시인의 개인적 내면의 변화된 인식으로 생각할 이유나 자격은 그 어느 곳에도 없다. 시인의 철학적 사유의 토대는 여전히 굳건하며, 그 안에서 더욱 깊고 넓어진 사위의 진폭은 시인의 몸과 마음에 스며 부는 바람처럼 훈훈하고 먼 시원의 소리로, 향기로 불어올 것이다.

이제 정일근 시인의 시세계는 새로운 전기를 예비하고 있는 것도 같다.

그것은 아마도 훼손된 세계 속에서 살아가는 방식에 관한 새로운 물음일지도 모른다. 그런 의미에서 「부석사 무량수」의 다음과 같은 마지막 구절은 우리에게 '사람이 꽃보다 아름다운 존재'임을 무릎 맞댄 채 정겹게 들려주고 있지 않은가.

> 그래서 사람이 아름다운 게지요
> 사라지는 것들의 사랑이니
> 사람의 사랑 더욱 아름다운 게지요

농민의 숨결, 그 현실적 상상력의 위의(威義)
— 고재종의 시세계

1. 들어가며

고재종 시인의 시는 신경림 이래 우리 농민시의 수준을 새로운 차원으로 끌어올렸다는 평가를 받을 만큼 '농민시'의 전형과 그 현실적 가능성을 여실히 보여준다. 더구나 그간의 시작 과정에서 그의 시는 특별한 시세계상의 변화나 새로움을 추구하기보다는 한결같이 자신의 목소리 내기로 일관하는 모습을 보여 왔다는 점에서도 주목할 만하다.

우리 시사에서 농민시 혹은 농촌시의 전통은 조선 후기의 평민 가사나 민요에서 보듯 농민들의 구체적인 삶을 토대로 이루어진 것이다. 농민시가 농촌의 풍물을 관조하는 전원시와 구별되는 근본 요인이 농민들의 삶을 체현하는 존재로서 농민이 시적 주체가 된다는 점이라고 할 때, 농사 짓는 시인으로서 고재종의 시에 나타나는 농촌의 삶의 형상은 시적 주체가 몸소 부딪치는 구체적 체험의 현실이다. 고재종의 농민시는 그만큼 불필요한 낭만성이나 관념성이 끼어들 틈이 없는 있는 그대로의 현실주의를 지향한다.

그러므로 고재종의 시를 이해하는 데 가장 중요한 것은 농촌의 현실 속에 자리 잡고 생활하는 시적 주체의 존재에 대한 인식일 터이다. 아울러 그것은 시인 스스로 농민의 삶에 대해 가지고 있는 자기의식에 대한 이해와도 통한다.

봄비 내려서 혹여 우리 이웃들, 사는 일로 동네 한복판쯤에 두 발 뻗고 퍼질러앉아 땅을 치고 가슴을 쳐대며 아이고 한울니-임, 하고 목 넘기고 피 넘길 일이라도 있다면 그것 또한 들녘에 오보록이 내리는 봄볕마냥 따뜻이 풀렸으면 합니다.

그리하여 모진 자갈밭 귀영치에 떨어진 강파른 씨톨 하나도 이윽고 눈을 뜨고, 내남없는 모두의 삶의 들녘에 쑥, 자운영, 곰방부리나물도 한없이 피어나고 보리밭 초록물결조차 끝없이 물결치는 세상이었으면 합니다.

아무렴요. 우리 농부들 오늘도 싱싱한 쌀밥 고봉 먹고 황토빛 그리움 번뜩여 저 생명과 평화의 무궁한 지평인 논을 논으로 밭을 밭으로 끝내 지켜내야 할 새푸른 자주의 땅의 아들들이요, 싱싱한 쌀밥 고봉 먹고 불끈불끈 떨쳐 일어나 검은그루 흰그루의 해맑은 새벽들 당당히 갈아엎어야 하는 하늘의 사역자들이기 때문입니다.

— 산문 「매화꽃은 펑펑 터지고」에서

고재종의 산문에는 농민적 삶의 일상에서 이루어지는 모든 상념과 현실 인식, 행위가 분명하고도 사실적인 문체로 차근차근 개진되어 있다. 위의 인용에서 보듯 그는 고통스런 농민의 현실적 삶을 대자연과 농토의 성스러움으로 극복하고자 하며, 농민의 공동체 의식을 지켜내고 농민들의 자긍심을 회복하는 희망의 미래를 꿈꾸고 있다. 이것은 그가 단순한 비판자로서 농촌의 현실을 바라보고자 하지 않음을 말해주며, 그런 의미에서 그의 시에 나타나는 시적 주체는 주체의 삶에 대한 가장 성실한 보고자이자 동시에 애정과 애착을 지닌 적극적 행위자가 된다. 이러한 시적 주체의 시선과 목소리를 통해 우리는 절실하고도 생생한 시적 형상으로서 농촌 현실과 농민의 삶을 대하게 된다.

2. 농민적 일상성의 언어화

흔히 고재종의 글쓰기 방식을 놓고 그의 시가 마치 산문을 읽는 듯한 느낌을 준다고들 한다. 또는 시와 산문이 동일하게 정확하고 절제된 언어를 구사한다는 점에서 문체상의 강점을 평가하기도 한다. 확실히 고재종의 시편들을 보면 매우 평이하며 직접적인, 즉 그 어떤 현란한 수사나 감추어진 비유를 거부하는 일상의 언어가 꾸려져 있다. 어떤 의미에서는 그의 시가 지닌 서사적 성격의 토대를 이러한 언어상의, 혹은 문체상의 측면에서 이해하는 것도 무리가 아닌 듯싶다.

그러나 필자가 보기에 고재종의 시에서 '산문성'의 의미는 순정한 농민시로서만이 가능한 정서적 형상의 토대이자 농민의 생활감정과 세계를 바라보는 독특한 눈의 결과로서, 객관성과 현실성을 담보하는 '산문정신'과 통하는 것이라 여겨진다. '산문정신'이 생활, 혹은 일상과 밀착되어 있으며, 그 생활의 주체가 자신이 영위하는 삶의 현실을 객관화하여 바라보는 태도를 의미한다면, 고재종의 시편들에 나타난 농민의 생활상은 그 생활의 담당자인 시적 주체가 현실의 중심에 서서 자신의 행위화된 삶을 담담한 관찰의 시선으로 바라봄으로써 이루어지는 일종의 생활의 기록이며, 그런 점에서 단순한 서사성을 넘어선 자리에 그려져 있다. 두 번째 시집인 『새벽들』(창작과비평사, 1989)의 세계에 그려진 이러한 기록으로서 시는 「농사일지」 연작을 통해 선명하게 언어화되어 있다.

> 아랫논 영수는 기계 이앙을 위해
> 간단한 상자모로 일 쉽게 끝냈지만
> 기계 못드는 다랑이논 가진 우리는
> 손모를 위한 마대포 못자리다
> 어쨌거니 농사는 못자리가 반농사
> 해종일 식구 함께 일 끝내니
> 온들이 뚝뚝 듣는 초록 천지다.
>
> ── 「못자리하며(농사일지 6)」 부분

이앙기를 대지 못하는 못자리내기이지만 힘들여 일을 끝낸 화자의 눈과 마음이 노동의 기쁨과 그 넉넉한 신성함으로 가득 차 있음은 자신의 농토를 "뚝뚝 듣는 초록 천지"라는 생생한 언어로 바라봄으로써 현실화된다. 이 생생함은 사실성이 주는 것이라는 점에서 현란한 이미지나 내밀한 비유와는 거리가 멀다. 이것은 곧 농사짓는 일이 거창한 신명도 아니며 심오한 책무도 아닌, 단지 농민의 삶을 이루는 농토를 가꾸는 지극히 평상적인 것임을 말해준다. 시인은 이러한 평범한 일상을, 그 순간순간의 기쁨과 고통, 절망과 의지를 자신의 행위화된 움직임으로 그려내기 때문에 그의 시를 대하는 우리는 이야기성보다는 시적 주체의 생활상과 생활 감정 자체를 엿볼 수 있게 되는 것이다.

이런 의미에서 고재종의 시는 현실의 관찰과 사색, 그에 따른 발견의 의미를 중시한 조선 후기 가사문학의 전통이 지닌 시적 태도와 맥을 잇는 듯싶다. 가사문학 양식이야말로 시적 주체가 처한 현실적 상황과 그에 대한 주체의 대응을 산문적 발언 형태로 언어화할 수 있었다는 점에서 가장 현실성 있는 전통문학 양식이다. 고재종의 「농사일지」 연작이 보여주는 생활의 세계란 곧 농민이 바라보는 농민 현실의 구체화이기 때문이다. 그의 연작 전편 중에서 오직 한 편(「하남실들—농사일지 26」)만이 예외적으로 노동요의 형태를 빈 민요체 형식을 취하고 있는 바, 그만큼 시인은 농사일을 일상 그 자체로서 바라보고 있음을 볼 수 있다.

그러나 고재종의 시가 그려내는 농민적 일상성이 단순한 서사 이상의 사실성으로 언어화된다는 것은 이러한 생활의 기록 속에 살아 숨쉬는 시적 주체로서 농민의 숨결이 담겨 있기 때문이다.

> 흙샅에 발 딛지 않으니 지분거리는 몸으로
> 한나절 빠듯이 농구를 닦노라니
> 봄은 벌써 헛간 옆
> 매화 꽃망울로 울먹이고
> 일년농사에의 그리움 또한 문전맥답으로 푸르다.
> …(중략)…
> 어두운 마음 구석도 닦아내며
> 내일은 뒷들 보릿논에 북부터 주어야지
> 생각도 고이 두엄 내음으로 미칠 때
> 짐짓 가슴 하난 울 너머 청대숲으로 일렁이고
> 햇살은 토방으로만 가득 밀려들어
> 기름칠해 빛내놓은 농구들 괜히
> 저마다 날끝 세워 눈시린 한낮이 위험스럽다.
> ─「농구를 닦는 날—농사일지 1」 부분

여기에 나타나는 고유한 시적 상상력은 농민의 생활감정으로부터 유래한 것이라는 점에서 주목된다. 시적 주체의 내면에 형성된 설렘과 걱정스러움의 상반된 정서는 주체의 시선이 바로 미치는 주변의 사물과 자연에 그대로 투사되어 자연스러운 감정의 전이를 이루어낸다. 이러한 상호소통적인 상상력이야말로 진정한 삶과 행위의 주체로서 농민의 시선과 숨결로서만 가능함은 물론이다.

이러한 생활 감정의 토대는 고통스런 현실에 대해 주체의 핍진하고도 강렬한 목소리를 불러일으키는 바, 그러한 서정적 목소리는 "아 그렇께 이제 와서/우리 정말 어디로 갈 것이냐"(「갈 길−농사일지 23」)는 절망의 외침이나, "되려 쑤욱쑤욱 치솟는 벼들처럼/일어나리라 일어나리라"(「농약을 뿌린다−농사일지 17」)와 같은 의지의 표명으로, 혹은 "어느 새 달빛은 희망처럼 부풀어/우리의 지친 귀가길을/환히 밝히도, 누님"(「달빛−농사일지 13」)에서처럼 간곡한 기원으로 토로되기도 한다. 바로 이 서정적 주체의 목소리 뒤에 고통스런 농민 현실의 실제와 그에 대한 비판적 시선이 가로놓이게 되는 것이다.

이런 의미에서 고재종의 시는 농민의 아픔을 단순히 대변한다기보다는 그 아픔을 온몸으로 체현하는 주체의 내면을 현실로서 드러내놓고 있으며, 아울러 그런 상황에서 어떻게 살아가느냐의 문제에 대한 인식을 토로하고 있다.

> 그러나 만 년을 앗기고 상처 입고도 이 겨울엔 노상 텅 빈 것으로 봄을 꿈꾸는 이들의 뜻으로, 이 엄동에도 여전히 보리는 파아랗게 저 홀로 눈먼 세월을 매맺는 양하여 아직 나도 생목숨 청청히 들길을 걷는다.
> ─「겨울보리 푸르른 들−삼동일기 2」 부분

텅 빈 겨울 들판에 외롭고 쓸쓸한 자신의 존재를 바라보면서도 파란 보리밭에서 의연한 희망을 찾는 것은 자연과 계절의 순환에 따라 생활을 꾸려나가는 농민의 마땅한 생활철학이기도 하다. 그만큼 그의 시에는 빈 들에 부는 바람을 "해거름 주막에 앉아 술 한잔 하게 하는/본래의 너그러움"(「빈 들에 이는 바람」)으로 인식하는 건강한 상상력과 변용의 힘이 있는 것이다.

3. 농촌 현실의 비판적 인식과 행위화

고재종의 시가 보여주는 현실성의 핵심은 물론 농민의 입장에서 한국 현대 농촌사회의 현실적 삶과 그 구조적 모순을 날카로운 비판의 시선으로 고발하는 데 있다. 그는 한때 자신의 고향 마을에서 최초의 민선 이장을 맡아 마을 사람들의 생활의식과 이해를 대변했었던 바, 그의 농촌 문제에 대한 인식은 그의 산문 곳곳에 매우 구체적이고도 포괄적인 모습으로 체계화되어 제시된다.

즉 정부 당국의 일관성 없고 소견 없는 농업 정책, 불안정한 농산물 가격, 농산물 독과점 수매 및 재벌과 도시자본의 투기 현상 심화, 불합리한 유통 구조, 외국 축산물 개방, 지역 환경의 낙후성, 상대적으로 열악한 교육환경, 결혼 문제, 비싼 의료보험료, 농협 등 관계기관의 폐해, 젊은이들의 이농과 농촌인구의 노령화, 여성화 문제 등 그가 몸으로 안고 있는 농촌의 문제는 겹겹이 쌓여 있다. 이러한 비판이 살기 힘든 현실에 좌절하고 절망하여 끝내는 죽음에 이르기까지 하는 농민들의 존재 위기라는 상황 인식에 근거하고 있다는 점에서 그의 시는 그 자신이 가지고 있는 변혁에의 욕구와 존재 회복의 의지를 동반한다.

발 씻고 나오란다
저그 황금리 큰 내에 가서 천렵이나 허잔다
까짓것 우리네 피땀 씻어주려고
바나나도 쇠고기도 왕창 들여왔다는디
푹푹 찌는 비닐하우스 속에서 약은 쳐서 뭣허고
구린내 나는 축사에서 똥은 쳐서 뭣허냔다
                          —「쏠 놈 쏘고 찌를 놈 찔러」부분

그저 왼통 못 살겠다고 못 살겠다고
욱신욱신 뼈마디 우는 소리로 우는
사방 들판의 엉머구리떼들을 보아
오죽하믄 굿 보는 이웃들마저 덩달아
왁자지껄 소리치고 삿대질허랴만
우리가 워디 설운 시상 일이 년을 살아왔어
다 떠나불고 못난 우리만
쑥굴헝의 쑥국새로 남아 있응께
니 논 내 논 헐것없이 함꾸네 일허고
함꾸네 놀아야 헐 것 아녀
                          —「무지렁이 발성 1」부분

　여기 사용된 토속어와 일상적 어투는 농민의 투박한 육성을 고스란히 전달한다는 의미와 아울러 화자가 농민들의 문제를 대변하여 인식하는 동시에 각성과 해결책을 위한 행위의 중심에 서 있음을 보여준다. 즉 앞의 시에서 풍자적 어조는 정부 당국이나 현실 자체에 향해 있기보다는 농민들 자신의 문제의식을 위한 전략적 수단으로 사용된 것이며, 그런 의미에서 시적 주체의 비판적 인식은 농촌 공동체 본연의 가치를 회복하는 데 목표를 두고 있음을 알 수 있다.

한편 고재종 시의 주된 관심사인 농민들의 삶의 실제는 실제 주민들의 이야기로 재구성되어 나타난다. 그가 자신의 시에 농사짓고 사는 자기 마을의 인물들을 등장시키는 것은 짧은 서정시에서 서사성을 확보하는 중요한 관건이 되며, 아울러 여기에 수반되는 전형화의 과정에서 그들이 부딪치는 삶의 상황에 대한 진실하고도 현실적인 인식을 부각시킨다. 따라서 그의 시에 강하게 나타나는 서사성의 실체 역시 시인의 비판적 시선으로부터 이루어지는 농민적 삶의 지속을 위한 적극적인 행위화라는 측면과, 이를 통해 추구하는 바람직한 농민상의 형태화라는 두 가지 측면에서 파악할 필요가 있다.

> 서낭당 돌무더리 억새꽃 속에 묻혔네
> 그 옆 솔버덩 속 당골네 집 당골할매
> 요새는 도끼에 낫 두들기는 독경잽이일 잊고
> 꿀벌통 쓸어안고 먼 산 보는 게 일이라네
> 아무리 도끼춤 춰도 땅은 자꼬 팔려가는데
> 서낭당 돌무더리 쌓아올려선 뭣하냐며
> 백발머리 산발머리 빗질 않는 게 편하다네
> 그런 할매 달빛 휘영청 억새밭에 부서지면
> 한 사나흘쯤 곡기 끊고 꿀술에 답북 취해
> 창호문 가득 도낏날 쟁쟁히 휘날리며
> 구암말 구암말 무궁하여라 축수해대고
> 웬수 웬수 세상사 뒤집어져라 저주한다네
>
> ─「구암말」 전문

여기서 화자는 당골할매의 이야기를 말하고 있다. 보다 정확히는 '당골할매'라는 인물이 처한 상황을 그의 행위를 중심으로 말함으로써 시의 이면에 서사적 의미를 구축하고 있다. 당골할매는 이농으로 인해 마을이 텅 비게 됨으로써 자신이 할 일을 잃게 되었고 급기야 실성해버린 사람이다. 시인은 이처럼 화자의 목소리를 통해 농촌현실에 대한 비판적 시선을 객관화하고자 한다.

이 밖에도 서사적 이야기를 바탕으로 한 「분통리」, 「작은댁 비닐하우스」, 「영농후계자 홍보씨의 근황」, 「밤세상을 낮세상으로 살며」 등은 모두 마을의 주민 한 사람 한 사람이 겪는 농촌현실의 문제를 부각시키며, 「모두메 주막」, 「지난 여름의 노을 이야기」, 「용골」 등의 시를 통해서는 시적 주체가 겪는 자기 주변의 일을 서사화함으로써 현실에 대한 시인의 반성적 사색의 공간을 제시하기도 한다.

이처럼 고재종의 시에서 서사성은 시인과 시적 주체가 해체되는 농촌현실에서 농민들이 어떻게 삶을 유지해야 하는가의 문제의식을 개진해나가기 위해 적절히 필요한 방법론으로서, 즉 형상의 현실성과 비판적 의식의 내면화를 위한 효과로서 그 고유한 의미가 있다. 그러므로 시인이 지향하는 농민의 온당한 삶의 모습 역시 고재종 시 특유의 서사화된 형상으로 제시된다.

　　지풀 널브러진 마당 가득
　　시래기에 돼지뼈를 고는 곰국내 자욱하였다
　　따순 방안엔 밭고랑내랑 두엄 묻은 옷 쉰내랑 콧설추를 분질러도
　　삭정이빛 얼골들 그저 발그작작허니
　　곰삭은 육담들로 자글자글하였다.
　　때론 찬바람 씨잉 부는 쌀값 쌀수입 논설로
　　화들짝허니 열어놓은 장짓문 밖, 죄없이 푸른 하늘까지 삿대질 튀
　　었지만

아무려나 오늘 하로쯤은 삼동네가 모여 북적허니
모처럼 사람내 나는 곗집에
새뜸 북잡이 김생의 둥둥 북소리도 울렸다.
그리하여 그리하여 뒷산 서리봉에 걸린 노루꼬리해 다 정글도록 곰
국 자꼬 끓여도 좋았다.

　　　　　　　　　　　　　　　　　　　　　—「곗집」전문

곗집에 모인 마을 사람들 사이에 오가는 정이 곰국 끓는 훈기로 형상화
되는 이 시는 해체되는 농촌사회의 현실에 대응하는 농민들의 주체적 삶
의 의지를 반영하는 동시에, 농촌 공동체의 회복에 대한 열망이 단지 상
실감의 대체물이 아니라 현실적 이상임을 느끼게 해준다. 시가 농민들의
행위화된 현실을 그려내고 있기 때문이다.

4. 자연적 생명력에의 동화, 혹은 복귀

고재종의 시에서 농민으로서 시적 주체의 삶의 일상에 대한 관찰 혹은
기록이 그의 시에 현실성을 구현하고 열악한 농촌 현실의 문제에 대한 서
사적 형상화가 비판적인 힘을 부여한다면, 그의 시에 나타나는 대자연과
농토에 대한 애착은 농민시로서 고재종 시 특유의 내적 공간을 마련한다.
그의 네 번째 시집 『날랜 사랑』(창작과비평사, 1995)에 실린 시편들은 이전의
시편들에 비해 시적 주체의 자연적 성찰의 깊이가 두드러지는 점에서 주
목된다. 이것은 어떤 의미에서 농촌 공동체의 삶을 회복하려는 시인의 의
지가 보다 보편적인 것으로 강화됨을 뜻한다.
고재종의 시에서 자연은 고향 마을의 아름다운 풍광이면서 동시에 시

적 주체를 포함한 마을 사람들이 척박한 현실 속에서도 의지하고 살아가는 생활의 터전이다. 시인이 주변의 자연을 생동감 넘치고 삶의 의미가 깃들여진 존재로 인식하는 것도 이 때문이다.

> 얼음에 뜬 애보리조차
> 지상으로 힘껏 떠미는 뜨거움이여
> 덧짚 걷어낸 마늘밭엔
> 벌써 저리 마늘촉 서늘하네
>
> 보리밭 너머 저 지평선에서
> 웬 것인지 둥둥둥둥 울려나는
> 북소리는 또 무엇인가
> 비 젖는 비 젖는 남밭들엔
> 오늘 그예 청청한 경운기 소리
>
> ─「우수」 부분

봄비 촉촉이 내리는 들판과 농사의 시작을 알리는 경운기 소리의 감각화는 '청청함'의 이미지를 통해 생명의 활기를 담아낸다. 이러한 자연을 바라보는 시적 주체의 독특한 시선은 얼음 풀린 냇가에서 은피라미 떼가 차고 오르는 모습을 "날씬한 은백의 유탄에 봄햇발 튀는구나"(「날랜 사랑」)라고 묘사하게 하며, 청솔바람 소리를 들으며 "저 홀로 성성하고", "제 삶으로 엄정한"(「겨울 숲은 저 홀로 정정하다」) 겨울숲의 정신을 뜨겁게 느끼도록 한다.

이처럼 시인이 유독 자연의 감각에 예민하게 반응하고 가시화하는 것은 그만큼 그것이 자신의 삶의 일상을 구성하는 모든 세부에 뿌리 깊이 스며들어 있음을 인식한 결과라 할 수 있다. 인간의 삶이 자연의 일부라고 생각될 때 자연의 모든 현상은 인간적 의미를 지니게 되며 농민의 삶의 현실 역시 보편적 삶의 의미에 대한 성찰과 깨달음의 국면과 연결되는 것이다.

> 햇빛 환한 날이면 해 밝다고
> 흰 무늬 날개 활짝 펴서 비잉비잉
> 청대숲 위를 부시게 나닐더니
> 그 호젓한 가시버시 이 봄엔
> 이 가지에서 저 가지에로 톡톡 튀는
> 날렵한 새끼 두 마리까지 거느리매
> 가지는, 미루나무 가지는
> 그 새끼들이 찍은 발자국마다 움을 틔워
> 겨우내 길들인 바람과 사무치어라.
>
> ――「청빈에 대하여」 부분

이처럼 미루나무에 둥지를 들이고 겨울을 난 까치의 사는 모습에 대한 관찰은 시의 제목이 암시하는 바 청빈하게 사는 삶의 자세에 대한 사색과 연결된다. 날개를 활짝 펴고 청대숲 위를 나는 까치의 움직임이나 봄이 와서 새끼가 태어나는 새로운 생명의 움틈의 모습은 아름다움과 감동을 동반하면서 새삼 자연적 삶의 순연한 가치를 느끼게 한다. 이러한 인간적 삶의 의미에 대한 보편적 인식은 마지막 행의 "사무치어라"라는 표현을 통해 나무와 이파리와 바람이 융합하고 동화되는 생명적 일체화의 경지를 보여주면서 생명을 가진 존재에 대한 사랑의 의지로 승화된다.

> 나의 사랑은 가령
> 네 솔숲에 부는 바람이라 할까

그 바람 끌어안고 또 흘려보내며
온몸으로 울음소리 내는 것이
너의 사랑이라 할까

나의 바람 그러나
네 솔숲에서만 그예 싱싱하고
너의 그지없는 울음 또한
내 바람 맞아서만 푸르게 빗질하는
그런 비밀이라 할까 우리의 사랑

―「화음」 전문

여기서 화자가 말하는 '사랑'이야말로 자연과 인간이 혼연일체가 된 경지이자, 대자연 속에서 농민이 배우고 느끼는 생활의 생명력과 정서요, 아울러 농민이 삶을 꾸려나가면서 부딪치는 현실적 고뇌를 딛고 끊임없이 자연적 삶에 동화되려는 본원적 인간 의지를 실현시키는 원동력이다. 그것은 자연스럽게 내면에서 울려 퍼지는 반향이며 화음이기에 비밀스럽기까지 하다.

이런 의미에서 그의 시에 구현된 농민의 생활상과 정서는 끊임없이 자연에 동화하려는 시적 주체의 내면의식과 현실적 행위에 대한 반성적 인식에 의해 진실한 삶의 모습으로 형상화된 것이라 할 수 있다. 요컨대 고재종의 농민시가 지향하는 공동체의식은 농민의 삶의 터전에 대한 가치 회복 의식이자 동시에 자연적 생명력에 동화하고자 하는 생명의식의 발현인 것이다.

5. 맺으며

『바람 부는 솔숲에 사랑은 머물고』(1987)부터 시작하여 『새벽 들』(1989),
『사람의 등불』(1992), 『날랜 사랑』(1995)의 네 편의 시집을 상재하기까지 고
재종의 시는 스스로 좌절과 절망, 고통과 울분을 떨쳐내는 방법을 터득한
것으로 보인다. 그의 시편들에서 자조적인 풍자나 야유의 목소리나 현실
의 직접적인 서사화가 자제되어 있음을 볼 때 그렇다. 이것은 곧 대자연
과 농토에 대한 애정의 깊이와도 비례하는 것이라 생각된다. 그만큼 그는
삶과 현실에 대해 진솔하면서도 담담한 목소리를 펼쳐 보이고 있으며, 동
시에 자신과 농촌 공동체의 삶에 대해 당당한 모습으로 임하고 있는 것이
다.

특히 「농사일지」 연작으로 대변되는 농민적 일상성의 형상화는 그 언
어적 사실성에서뿐만 아니라 시적 주체가 대자연과 농토의 일부로서 일
체감을 가지고 있음을 보여준다는 점에서 고재종의 농민시를 살아 있는
현실적 형상으로 자리매김해주는 바, 이것은 궁극적으로 그의 시가 자연
의 생명력과 그 속에서 흙과 함께 살아가는 농민들의 순수성에 대한 사랑
의 정신으로 승화되는 토대가 된다. 이것이야말로 농촌 공동체의 회복을
가능케 하는 내적인 추진력이며, 그것은 곧 꽁꽁 얼어붙은 얼음장 사이로
맑은 시냇물이 흐르고 찬바람 맞고 서 있는 겨울나무 가지에 싱싱하고 새
푸른 속잎이 나는 생명의 부활을 깨우쳐주는 고재종 시의 신성한 가치이
자 위의다.

고재종의 시에는 곡진한 진실이 있고 건강한 힘이 있으며 더군다나 신
선한 아름다움이 있다. 그의 시가 보여주는 농민의 세계는 바로 인간에

대한 끝없는 믿음과 다르지 않으며, 소외된 물질문명의 현실에서 가상을 떨쳐버리고 본원적 인간성을 회복하는 길이 무엇인가를 자연성의 추구를 통해 일깨워준다. 이러한 시적 태도와 삶의 의지야말로 서정시가 지닌 현실성의 원천이 아니고 무엇이겠는가.

일굼의 미학, 혹은 나무처럼 뿌리내리기

— 온형근 시집 『화전(火田)』

1. 위안의 시, 시의 위안

현대인에게 과연 시는 더 이상 위안이 될 수 없는 것일까? 지금 우리는 스스로 끝없이 고문과도 같은 질문을 던지면서 시를 쓰고, 또 시를 읽는다. 그만큼 우리는 일상의 두꺼운 갑옷 속에 웅크리고 있는 자기 자신을 연민의 눈으로 바라보거나, 혹은 일상의 번잡함 위에 부유하는 타인의 모습들을 관찰하는 데 지친 나머지 시름시름 말의 속병을 앓고 있는지도 모른다. 그러기에 어쩌면 현대시는 지금 우리에게 따뜻한 이부자리 역을 맡아줄 것을 강요받고 있다.

고유한 창조물로서의 시의 위의가 공고히 유지되던 시대에 서정시의 작자는 독자 위에 군림하는 계몽가의 모습으로, 혹은 고독한 방랑자의 모습으로 자신만의 목소리를 펼쳐 보일 수 있었다. 하지만 이제 이 도도한 대중주의의 시대에 계몽가나 고독한 방랑자는 문학 소비자가 된 독자의 마음으로부터 멀어지게 되었다. 문학의 대중화는 고고한 시의 성을 무너

뜨리고, 평등한 문학 향유와 소통의 구조를 새롭게 생성함으로써 문화의 민주화에 크게 기여했지만, 그 이면에는 문학 소비자의 눈과 마음을 읽어내야 하는 독자지향적 시인의 바쁜 발걸음이 숨어 있다. 이 시대의 시인은 마치 소설가 구보씨처럼 수시로 변화하고 생성되는 일상의 주변 현실을 산책하고 그 밑을 흐르는 감정의 물결에 몸을 담그지 않으면 안 되게 된 것이다.

이처럼 이 시대 시단에 주된 흐름으로 정착된 대중화 경향은 시의 현실성에 대한 인식을 새롭게 했다는 긍정적인 의미에도 불구하고, 시의 가장 중요한 서정의 본질을 모호하게 해놓은 것도 사실이다. 그것은 바로 시적 주체가 확고한 자아의 내부 공간을 구축하는 일과 관련된다. 이 서정적 내부공간은 정서적 형상이나 감정의 진술만으로 만들어지지 않는다. 그런 의미에서 현대의 시인은 오히려 다시금 삶의 모든 굴레를 훌훌 털고 길을 걷는 음유시인이 되거나 혹은 순례자가 되어야 할 필요가 있을는지 모른다. 결코 관념의 아성에 칩거하는 박제된 존재가 아니라, 스스로 행위하는 삶의 주체로서 그 행위의 의미를 사유할 줄 아는 살아 있는 산책자가 되어야 한다는 것이다.

2. '나무보스(namuboss)'가 쓰는 산간 일기

온형근 시인은 고등학교의 조경 교사이다. 그는 나무를 심고 기르고 가꾸는 법을 가르친다. 'namuboss'라는 그의 전자우편 주소가 상징하듯이, 그는 나무와 풀, 꽃에 관한 한 둘째가라면 서러워할 정도로 나무박사이다. 조경문화답사연구회와 함께 전국 각지를 다니는 그의 삶은 그 자체만으로도 책상머리에 앉아 글자와 씨름해야 하는 내게는 부러움과 선망의 대상이 되기에 충분하다. 그는 그렇게 나무 가꾸기의 아름다움과 소중함을 실천하면서 시를 쓴다.

그러므로 그의 시 쓰기는 우리에게 자연과 함께 한다는 것이 무엇인가를 생각할 수 있는 하나의 실마리를 제공해준다. 그리고 그 실마리란 무엇보다 일상의 굴레를 뛰어넘는 사유 방법, 혹은 생활의 실체를 새롭게 발견할 수 있는 마음의 눈과 관련되어 있다. 시집 『화전(火田)』(우리글, 2004)에서 온형근 시인은 세상 바깥에 서서 또 하나의 세상을 만드는 법을 몸소 실천하고 있다. 그만큼 이 시집은 하나의 훌륭한 '산간 일기'와도 같은 것인 바, 위안의 시를 찾는 우리에게 그는 척박한 산중 이야기를 통해, 그리고 그 땀흘림과 서늘한 인내의 목소리로써 시의 위안을 만들어나가는 길을 보여주고 있는 것이다.

이 시집은 오직 '화전(火田)'을 제목으로 한 연작시 70편으로만 구성되어 있다. 그리고 시집의 어느 시편을 들춰봐도 그의 시들은 모두 같은 모습을 하고 있다. 어찌 보면 시인은 답답하리만큼 우직스럽게 '화전'을 일구고 있는 셈이다. 이를테면 시인은 스스로 화전민이 되어 강원도 어느 척박한 산골 움막에 자리 잡고 하루하루 생활 일기를 작성하고 있었던 것이다. 그는 매일 아침 일어나 산속의 공기를 호흡하며, 자연의 풍광과 계절의 변화를 관찰하고, 씨앗을 뿌리며 밭을 일구는 삶의 실상을 몸소 체험한다. 그러한 가운데 시인은 어느 화전민 내외의 산간 생활을 둘러싼 삶의 애환과 사랑, 인생의 편린들을 영혼의 드라마와도 같이 펼쳐 보여준다.

그런 의미에서 그의 시편들은 일종의 스스로에게 하는 삶의 약속과도 같다. 그만큼 온형근 시인은 자신의 말에 충실하다. 그것은 어쩌면 계절에 어김없이 잎을 돋우고 열매 맺으며 꽃을 피우고 낙엽을 떨구는 나무의 삶, 그 시간의 의미와 닮아 있는 것이다. 그의 장편 드라마는 설악에 오른 그때부터 산을 내려와 그 화전의 기억을 '화장(火葬)'시킬 때까지 "잘 마른 장작처럼 뿜어대는 불기운"(「화장(火葬) – 화전 · 70」)으로 남아 살아 숨 쉬는 시의 언어, 그 육체를 만들어낸다.

하지만 이 시집의 독자성은 이러한 시의 육체성 자체가 아니라, 오히려 그것이 화자의 정신적 목소리를 통해 서정적 내면 공간의 깊이로 구현되어 드러난다는 데 있다. 현실의 매 순간에 형성되는 삶의 느낌들은 자연적 삶이 부여하는 깨달음의 근거이자, 동시에 화전을 일구는 현실적 존재로서 시적 주체의 행위화된 삶의 인식 자체이기 때문이다.

그렇듯 일견 황량하고 거친 삶의 모습을 연상시키는 시집의 제목과는 달리, 그의 시편들은 모두 우거진 숲 그늘 사이 나지막이 흘러나오는 노랫소리처럼, 그리고 산 위에서 또는 강가에서 홀로 사색하는 이의 길게 드리운 그림자처럼 서늘한 여운을 가지고 메아리쳐 온다. 온형근 시인의 시는 그렇게 '일굼의 미학'을 지향한다. 이것이야말로 어쩌면 '나무대장'인 그가 나무에게서 배운 삶의 방법이라 할 것이다.

3. 생명의 인식과 일굼의 미학

시집 『화전』의 시들이 다루고 있는 세계는 자연의 물상들, 그리고 그 살아 있는 생명의 세계이다. 시인의 눈과 귀에 포착된 자연물들의 모습은 순간순간 소중하고도 고귀한 가치를 지닌 것으로 다가오며, 삶의 활력을 추동하는 존재의 위의를 지닌 것으로 인식된다.

바위처럼 각지고 모가 난 서투른 생명의 생생함으로 손잡고 산으로
마냥 드는 영상

— 「생의(生意)-화전·2」 부분

산으로 들어도 상관없을 세상이 내게 화전의 꿈을 일렁이게 한다

— 「고전(古典)의 숨소리-화전·3」 부분

흐르다 멈추지 않을 생명 있는 것들의 연주 이 흐드러지도록 참한
씨앗 봉선화 같은 새악시를

— 「씨앗-화전·5」 부분

소나무 찢어지는 소리만으로 차라리 깨끗하여 속됨이 벗겨진다

— 「소나무-화전·15」 부분

웅크리고 숨어 있던 잔설이 남김없이 용트림을 하며 쏟아붓는 달밤
이다

— 「짐승 소리-화전·31」 부분

소란한 바람 괴이한 나뭇잎 속삭임과 달리 몸 움츠리도록 다가서는
다정 뚜렷하다

— 「밤이슬-화전·41」 부분

하얗게 핀 사위질빵과 함께 기어오르도록 자리를 내어준 키 낮은
나무들이 대견스럽다

— 「흰꽃 사위질빵-화전·43」 부분

환한 햇살에는 버들강아지 섬뜩한 은빛 비늘이 일렁인다

— 「버들강아지-화전·63」 부분

　　　　　　　　　　　　　제3부 삼인행(三人行) - 인간·자연·사회

여기서 보듯 시인은 자연으로부터 생명의 의욕을 얻는다. "산처럼 확 트인 깨달음"(「생의(生意)—화전·2」)을 얻거나, 나무의 꽃눈을 보며 때를 기다리는 것의 엄숙함을 느끼는(「옹이—화전·42」) 시인의 마음은 '화전의 꿈'으로 일렁거린다. 그가 산간의 생활 속에서 찾게 되는 자연의 생명력은 무엇보다 다양한 소리들을 통해 나타나고 있다. 이 소리는 움직임으로부터 나오고, 살아 움직이는 꽃과 나무, 나뭇잎들, 또 산골의 이름 모를 짐승 소리조차 모두 아름답고 화사한 생명의 화음을 들려주고 있음을 확인하는 것이다.

그렇듯 시인에게 자연은 다정한 친구이자, 대견스럽게 자라나는 꿈이요 희망의 존재들이다. 그러므로 화전을 일구는 노동의 모든 순간들은 생명의 싹을 키우는 즐거움의 미학으로 승화되어 나타난다.

> 개똥을 치우는 삽에 흙이 묻어난다 어지간히 물오른 대지에 큰 숨을 쉬며 안도한다 뿌려야 할 씨앗들만 방긋방긋 웃을 일이다 봄기운 도는 산자락에 잠시 담배의 상념은 즐길 만하다
> ——「물오른 대지—화전·46」 부분

> 내게 주어진 호미자루는 손끝 닳아 마디어진 손톱의 아픔을 되돌려준다 벅찬 날들이 생활을 바쁘게 이끈다 잠깐씩 비쳐주는 햇살을 따라다니기에도 화전으로 하나 가득 널려 있는 그리움을 묻어내지 못한다
> ——「산수유—화전·50」 부분

> 허연 산천이 옷을 벗으니 황토색 닫혀 있던 세포들이 기름지다 어이 거름 한 짐 내다 놓게 지게 맨 한가한 발걸음이 오간다
> ——「허연 산천—화전·29」 부분

노동은 일상이며 대지와 함께 봄기운을 호흡하는 호젓한 시간이다. 이 땅 흘림의 시어들 사이사이에는 겨울의 찬바람과 얼음 밑을 흐르는 물소리, 황토와 따사로운 햇실이 자유롭고도 생기발랄하게 뛰놀고 있으며, 그 위에 씨 뿌리는 시인이 있다. 그러기에 땅을 일구는 이에게 현실적 아픔은 중요한 것이 아니며(「문틈 풍경−화전 · 18」), 고생 속에서도 잠시 일손을 놓고 쉬면서 뭉게구름처럼 한가로워지기도 하면서(「뭉게구름−화전 · 30」) 생활의 의의를 찾을 수 있는 여유를 보여준다(「꿈−화전 · 20」). 이쯤 되면 그의 시 쓰기는 어느 화전민의 보고서라 할 만큼 생생한 생활의 기록이 되지 않을 수 없다. 그럼에도 불구하고 그의 시는 노동시로서의 독자적인 자리를 차지한 채 노동의 미학을 스스로 만들고 일깨우는 일을 자기성찰의 언어로 수행한다.

> 한밤의 혼백 앞에 턱없이 부풀어 오른 종아리로 시린 눈빛이 쏟아진다 누르면 누를수록 오목 파졌다 되살아나는 아득한 살덩어리 애써 세월 지나 무성해진 나무의 실루엣에 마음을 준다 오랜 습관처럼 길바닥에 놓여진 화전의 덫을 차례로 점검해본다 돌아가는 길이 늘 구만리 들길보다 멀다
>
> ─「감자−화전 · 38」 부분

4. 내성의 깊이와 생활의 발견

온형근 시인의 시편들에서 자연은 단순한 완상의 대상이 아니다. 화전을 일구는 그에게 자연은 삶의 일부이자 실체이며, 그 역시 자연의 일부로서 삶을 영위하는 현실적 존재가 된다. 이처럼 자연과 인간이 상호주체

적인 관계로 맺어짐으로써, 이들 시편에서 시적 사유는 내면적인 성찰의 공간을 스스로 확보할 수 있게 된다.

> 장작을 패기에는 이르나 버려야 할 것들은 가슴팍에 하나씩 도끼날
> 로 새긴다 눈 크게 뜨는 거야말로 화전의 시작일지니
> ―「장작―화전 · 4」 부분

시인은 이렇게 산문적 말하기의 방식으로 화전을 일구는 행위에 의미를 부여한다. 그것은 행위의 내면화와 통하며, 삶과 인식의 통합에 대한 지향성을 가리키게 된다. 그렇다면 그와 같이 산문의 형식에 의거해서 내면을 표현한다고 할 때, 시적 사유는 어떻게 고유한 언어화의 방식을 획득할 수 있을까. 우리 시의 전통은 대체로 독백의 형식에서 그 해답을 찾고자 한 것이 사실이다. 이상의 심리 표출이나 윤동주의 자기반성, 김수영의 자기 풍자와 현실 비판은 모두 우리 시에 일정한 내면 공간을 확보하기 위한 사유 방식의 개성적이고 대표적인 경우이지만, 그들이 택한 방법은 독백이라는 공통된 형식에서 벗어나지 못하였다. 하지만 온형근 시인이 서정적 주체의 내면을 표현하는 방식은 이와는 조금 다른 자리에 서 있다. 이 시편들의 화자는 자연 속의 생활 주체로서 소요음영하는 자신의 목소리를 분명히 함으로써 그가 서 있는 자리가 어디인지를 우리에게 실감 있게 보여주는데, 이것은 바로 그의 세계인식이 대화적 상상력에 근거하고 있음과 관련된다.

> 상수리나무 두근대며 속삭여 겨울 옷 몇 자락으로 어쩜 저리 겨울
> 은 깊기만 한지 아주 가까워 내 마음 같아
> ―「신통스런 잎―화전 · 6」 부분

겨울이었어 눈길을 헤쳐 가을에 보아두었던 우물을 성큼 찾아 나
섰지

> ──「사랑하는 것들─화전 · 7」 부분

도대체 눈길 닿는 쓸쓸한 산자락 만물들 내 안에 측은지심이 있었
는지 내 밖에 아련한 물상들이 놓여 있는지

> ──「장국집─화전 · 12」 부분

아니 뛰쳐나갈 수 있겠니… 남 밑에 꾸부려 있어 봐… 그냥 녹아 없
어지는 거야… 좌선 구름에 오르는 거야…

> ──「푸른 기운─화전 · 40」 부분

시인은 혼자 말하고 있지만 열린 마음으로 대화한다. 그는 무엇보다도
살아 있는 자연의 마음과 목소리를 읽어내며, 거기서 얻는 교감을 현실에
서 확인한다. 시인은 누군가에게 자신이 보고 있는 이 자연의 숨결을 들
려주고 싶어 하며, 이런 생활의 편린들을 알려주고 싶어 한다. 또한 그렇
게 하면서 그는 타인들과 마음을 함께 나눈다. 바로 이 공유의 영역이야
말로 서정적 내부 공간이 창조해낼 수 있는 현실적 가치이며 의미의 가능
성이다.

한편 시인이 서정적 내면 공간을 만들어내는 방식 역시 시적 주체의 삶
의 행위로부터 비롯된다. 미처 타지 못한 활잡목들을 태우면서 그 연기
속에서, 그리고 종달새의 우짖는 소리에서 "터질 듯 무섭게 솟아나는 생
명"(「종달새─화전 · 33」)을 느낀다거나, 여름비에 젖는 호박잎의 윤기를 보
고 계곡에 넘치는 물소리를 들으며 사는 일이 잊혀진 것들을 되새기는 것
임을 깨닫는(「여름비─화전 · 39」) 시인의 상념은 산속 계절의 흐름에 순응하
면서 얻은 생활의 결과물들이다. 그것은 마치 '고즈넉한 시간'의 덧쌓임과

제3부 삼인행(三人行) ─ 인간 · 자연 · 사회

도 같은 것이며(「시간-화전·50」), 저녁 무렵 숲으로 모이는 새들의 모습에서 발견하는 넉넉한 공간인 것이다.

이렇게 형성된 서정적 내면 공간은 결코 정신적인 영역으로 구현되지만은 않는다. 그것은 시의 주체가 서 있는 자리의 구체성과 관련된다. 연작시 「화전」은 그런 의미에서 주체의 행위와 생활을 통해, 그리고 그것의 발견을 통해 형상된 리얼리티를 보유한 삶의 시이며, 시에 육체를 부여함으로써 표출되는 생명력을 지닌 시이다.

> 그냥 일상이 되어 모든 게 시큰둥한 계절의 옷으로 벗겨진다
> —「쓸쓸한 새 소리-화전·8」 부분

> 지금까지 살아온 화전 거미줄 치기야 하겠나 싶어 배부른 관념의 사치 떨구고 짠지독을 살피러 나간다
> —「바람 소리-화전·9」 부분

> 달력이 없으니 해의 길이에 날 지남을 알지 도무지 알 수 없는 것 투성이다
> —「달력-화전·10」 부분

> 콩깍지 한 아름 안아 진흙 싸 바른 아궁이에 넣고 지글지글 눈빛 놓친 아련한 그리움과 맞닥뜨린다
> —「새벽 초승달-화전·11」 부분

화전의 삶이란 어떤 것인가. 시인은 그것을 그저 시큰둥한 계절의 흐름과도 같은 것으로 말한다. 그는 단지 짠지독을 살피러 가거나, 아궁이에 불을 지피며 아련한 그리움을 떠올리곤 하며, 때론 산길을 내려와 장터에

들러 탁주 한 사발에 입가의 웃음을 훔치기도 한다(「겨울 장터-화전·13」). 이렇게 이 시집의 시 한 편 한 편에는 화전을 일구는 어느 사내가 겪는 삶의 힘겨움과 외로움도 고스란히 드러나 있다. 그러나 이러한 감정의 표출물들 속에는 아울러 그 힘겨움을 견뎌내려는 의지가 자리 잡고 있다. 이것이 그가 꾸려내는 생활의 사유를 항상 살아 있는 것으로 만들어준다. 그는 이 화전 생활의 절정에서 세상에 대한 질긴 욕망의 꼬리를 잘라버리는 일에 시달리기까지 한다. 「변방-화전·53」, 「목어-화전·54」, 「광목-화전·57」 등 시집 후반부의 시편들에는 이러한 감정의 격랑이 짙은 흙내음과 함께 소용돌이친다.

하지만 시인은 "저잣거리에서의 마음"(「꽃샘 추위-화전·64」)과 다른 것으로서 "화전의 영혼"(「밤 숲길-화전·66」)을 볼 줄 안다. 그것은 "더 나설 수 없는 길까지 지친 육신"(「육신-화전·68」)이 쉬는 자리에 바람결로 스며오는 그런 것이기도 하다. 육신의 고통 위에 내리는 쓰디쓴 삶의 역설적 축복이라고나 할까. 시인은 그렇게 화전의 삶을 마음속에 정리한다.

> 바람은 고요 속 고막을 찢고 들릴 것 없는 고막이 된 아픔은 삭아
> 오래된 눈매로 먼 산만큼 깊어져 있다
> ─「먼 산-화전·67」 부분

5. 우리 삶의 환경과 생태 의식

우리는 온형근 시인의 시편들을 읽고 나서 다시금 시가 삶의 문제에 대해 어떻게 관여할 수 있고, 관계해야 하는지에 대해 생각하게 된다. 그의

시는 이런 면에서 보면 현대인의 삶의 조건과 현실에 대한 그 어떤 지적 대응이나 직접적인 정서적 반응과는 거리가 먼, 너무도 순진하고 투박한 자기서정의 표출에 충실한 시이다. 그것은 어쩌면 그의 시가 서 있는 '화전'이라는 자리가 우리의 삶의 시야를 넓혀주고 새롭게 해주기 때문이기도 할 것이다.

그러면서도 그의 시는 시와 자연이라는 전통적 대상 인식의 틀을 넘어서 인간의 삶의 조건으로서의 환경과 생태에 대한 관심을 새삼 환기시켜 주는 현실적인 의의를 제공한다. 그의 시가 지닌 견고한 내부 공간이 결코 관념의 성으로 머물지 않는 이유가 바로 여기에 있다. 적어도 그의 시가 우리에게 불어넣어주는 숨결은 우리가 흔히 볼 수 없는 신선한 호흡이기도 하며, 나아가 우리로 하여금 혼탁한 현실적 삶을 돌아보도록 하고 우리를 정서적으로, 인식적으로 고양시켜주는 진지한 목소리로 다가서기에 충분한 것이다.

시인은 화전의 삶을 마무리하면서 마치 꿈인 듯 그때 그곳의 기억을 허허롭게 떠올린다. 그리하여 그는 "여행이 끝나자 길이 시작되었다."는 저 유명한 근대 서사의 아포리아를 서정의 순간형식 속에 유연하게 구현한다. 훤하게 열린 꽃길로, 그리고 깊고 짙은 산빛으로, 그의 화전일기는 그렇게 극적으로 우리 일상인의 마음 깊이 나무처럼 뿌리내린다. 시집을 덮으며 우리는 다음과 같은 두 개의 길을 오래도록 기억할 것이다.

> 깊깊이 새겨지던 꽃길은 달덩어리만 남겨두고 더웁지도 서늘하지
> 도 뜨겁고 차지도 둔하고 날카롭고 얼거나 녹거나 그치거나 퍼붓지
> 않은 채 저리 훤하다
> —「산을 내려와—화전 · 69」 부분

잘 마른 장작처럼 뿜어내는 불기운 내 안에 든 화전을 배운다 산천
이 윙윙대며 깊고 짙은 산이 되어 있다

　　　　　　　　　　　　　　—「화장(火葬)—화전·70」부분

분단 시대의 현실 인식

그의 시가 전후 분단 시대에 우리 사회가 가치온 삶의 뿌리에 대한 확인 작업에 값한다는 점에 ...

... 리 사회의 전통적 삶의 모습을 회복하고자 하는 시인의 의지일 타이며. 또한 그리한 모습을 형상화하기 위해 탐구하는

민중적 상상력의 양식화와 리얼리즘의 탐구
—신경림의 시세계

1. 머리말

개항 이후 1세기를 이어온 우리 근대시의 실체를 거시적인 관점에서 바라보고자 할 때 우리는 대체로 지속과 변화, 혹은 보수와 진보라는 대립적인 시각에 의존하기 마련이다. 말하자면 전통적인 시문학의 유산을 지속적으로 계승하려는 힘과 끊임없이 외래적인 요소를 흡수하려는 힘이 상호작용한 결과가 우리 근대시의 실체이며, 그 상호작용의 양상이 곧 시사의 흐름과 특징적 국면들을 형성하고 있다는 것이다. 그러나 이러한 상호작용이 단순히 시대의 반영으로서 이루어지는 시문학의 성격을 뜻하는 것은 아니며, 아울러 시문학의 본질 자체를 양가적으로 구분해야 함을 뜻하는 것도 역시 아니다. 소위 '모더니즘'이라는 이름 아래 형성되어온 서구 근대문학 사조 및 기법의 수용은 우리 사회의 경제적 근대화와 문화적 서구화라는 시대 조류를 반영하는 것일 터이지만, 그것이 우리 사회의 구체적 현실과 구성원들의 정서적 토대에 관련되지 않은 문학 현상이라면 시대적 의미를 획득할 수 없다.

　전통적인 서정시의 지향을 계승한다는 관점에서 시사를 바라볼 때도 마찬가지이다. 우리 시가의 전통이 근대 이전의 사회구조적 토대에서 형성된 것이라면, 그 현재적 의미란 반드시 변화된 시대성에 대응할 수 있는 인식을 수반해야 할 필요성을 지닌다. 또한 전통적 시형과 정서를 고수한다는 것이 창작 주체의 복고주의적 성향이나 소위 '예술지상주의'를 옹호하는 결과를 낳는다면, 우리 시문학의 가능성을 위축시키고 본질을 허약하게 만드는 것과 다름없다. 해방과 전란을 거친 현대시사가 해방 공간의 정치적·이념적 갈등으로 인해 현실성과 유리된 순수시 지향의 허약한 모습을 보이고 말았다는 사실은 이러한 문제에 대한 인식의 중요성을 여실히 보여준다. 이러한 문제의식은 1950년대의 모더니즘 시가 추구했던 현대문화에 대한 감각적 인식 역시 시대의 본질에 접근하지 못한 현상적인 시도로 파악할 때 그 명확한 의미가 드러난다.

　이런 의미에서 해방 후 시사의 전개 과정을 '본질과 현상의 분리 과정'으로 규정하는 것은 "근대냐 반근대냐"라는 시적 물음이 적어도 시사의 현실적 토대와 상호작용을 무시하고는 답해질 수 없음을 암시해준다. 1950년대 후반부터 현재에 이르기까지 신경림(申庚林)의 시가 흔히 전통적인 서정시의 맥을 계승한다는 평가를 정당하게 받을 수 있는 이유는 바로 이 시대의 현대시적 본질을 전통적인 관점과 결합한 데 있다. 그것은 곧 그의 시가 사라진 본질, 혹은 전통에 대한 심정적 집착이나 현상에 대한 피상적 접근이라는 양 극단을 지양할 수 있는 매개항으로서의 시사적 위상을 가지고 있다는 의미와 통한다.

　요컨대 『농무(農舞)』(1975)로부터 『새재』(1979), 『달 넘세』(1986)를 거쳐 전작 장편시 『남한강(南漢江)』(1987)에 이르기까지 신경림의 시적 여정은 농촌의 현실적 삶과 농민들의 생활 의식에 대한 형상화라는 뚜렷하고 일관된 기둥을 지니고 있다. 그리고 그의 시가 전후 분단 시대에 우리 사회가 거쳐온 삶의 뿌리에 대한 확인 작업에 값한다는 점에서, 그 기둥은 곧 전통의 기둥이라 할 수 있다. 그렇다면 그의 시에서 우리가 찾을 수 있는 전통의 실체는 무엇인가. 그것은 물론 우리 사회의 전통적 삶의 모습을 회복하고자 하는 시인의 의지일 터이며, 또한 그러한 모습을 형상화하기 위해 탐구하는 시적 방법론일 것이다. 그러나 무엇보다 중요한 것은 이러한 의지와 방법을 일관된 고리로 연결해줄 수 있는 근본적 토대로서 현실성에 대한 인식이다. '농민시'로서 신경림 시의 고유한 성격은 바로 농촌의 현실과 그에 대한 현실적 인식으로부터 형성된 것이기 때문이다.

2. 농촌 공동체의 현실과 '농무(農舞)' 형식의 인식

신경림의 제1시집 『농무』가 이후의 일관된 시적 지향을 정초한다는 점과, 이 시집이 시인이 1956년 『문학예술』로 등단한 이후 19년 만에 간행된 것이라는 사실은 '농민시'로서 그의 시가 지닌 고유성이 형성될 수 있었던 내적 기반을 밝히는 데 하나의 암시를 주기에 충분하다. 그가 문단 데뷔 이후 활발한 활동을 하지 못한 이유는 "처음 시를 쓰기 시작하면서 문학이란 나 하나만의 것이라는 이상한 고정관념에서 나 또한 자유로울 수 없었고, …(중략)… 이 고정관념에서 해방되면서 나는 다시 시를 쓰기로 마음먹었던 것"(「나의 문학적 도정」)이라는 고백을 통해 알 수 있거니와, 그의 시 쓰기에 대한 확신이란 곧 '우리의 이야기'를 옮겨놓을 수 있다는 의미와 통한다고 할 수 있다. 그리고 '우리의 이야기'는 바로 "내가 살고 느끼고 생각하는 것은 나의 모든 친구들과 이웃들과 종횡으로 이어져 있을 수밖에 없다"(위의 글)는 공동체적 삶에 대한 인식으로부터 비롯된다.

이처럼 신경림의 문학적 관심은 농촌에 대한 관심, 즉 사람들의 살아가는 모습에 대한 애착으로부터 출발한 것이며, 따라서 그의 농민문학에 대한 관심 역시 농촌의 현실에 대한 관심과 직결되는 것이다. 그는 「농촌현실과 농민문학」(1972)이라는 글에서 일제 치하 토지조사사업에 의한 근대적 토지사유제도가 확립된 이후 해방을 거쳐 미군정기에 이르기까지 우리 사회의 농촌경제의 파괴 현상을 사회과학적인 시각에서 면밀히 밝히고, 그러한 실상을 관심 대상에서 배제한 농촌문학은 무의미함을 평범한 진리로서 역설함으로써 자신의 농촌에 대한 관심의 토대가 어디에 있는가를 분명하게 드러내고 있다. 그것은 바로 "문학에 있어서 농촌이란 단순한 소재로서가 아니라, …(중략)… 역사적·사회적 개념으로 받아들여져야 한다는 당위"(「농촌현실과 농민문학」)를 자신의 창작상 지침으로 삼겠다는 것을 의미한다. 요컨대 5·16 군사 쿠데타를 계기로 시작된 공업화가 1960년대 이후 지속적으로 농촌의 희생을 통해 확산되었다는 현대사의 현실 속에 신경림의 시는 '파괴로부터 모든 것을 지키는 일'에 관계하고자 한 것이다.

농촌 현실의 인식에서 빚어진 공동체 의식이 신경림의 창작에 어떻게 구체화되는가는 그가 시를 다시 쓰기 시작할 무렵의 작품을 통해 살펴볼 수 있다. 이것은 그 나름대로 모색한 농촌 공동체의 문학적 복원, 즉 공동체 의식을 시적으로 구현할 수 있는 방법론이 이후 시적 여정의 원형으로서 형성되어 있다는 점과 관련된다.

우리는 협동조합 방앗간에 뒷방에 모여

묵내기 화투를 치고
내일은 장날, 장꾼들은 와자지껄
주막집 뜰에서 눈을 턴다.
들과 산은 온통 새하얗구나, 눈은
펑펑 쏟아지는데
쌀값 비료값 얘기가 나오고
서울로 식모살이 간 분이는
아기를 뱄다더라, 어떡할거나
술에라도 취해 볼거나, 술집 색시
싸구려 분 냄새라도 맡아 볼거나.
우리의 슬픔을 아는 것은 우리뿐.
올해에는 닭이라도 쳐 볼거나.
겨울밤은 길어 묵을 먹고
술을 마시고 물세 시비를 하고
색시 젓갈 장단에 유행가를 부르고
이발소집 신랑을 다루러
보리밭을 질러 가면 세상은 온통
하얗구나, 눈이여 쌓여
지붕을 덮어 다오 우리를 파묻어 다오.
오종대 뒤에 치마를 둘러 쓰고
숨은 저 계집애들한테
연애 편지라도 띄워 볼거나. 우리의
괴로움을 아는 것은 우리뿐.
올해에는 돼지라도 먹여 볼거나.

—「겨울밤」 전문

이 시에서 화자는 장날을 앞두고 장터에 모인 마을 사람들이 추운 겨울
밤을 술과 노름으로 지새우며 고달픈 삶의 회포를 푸는 모습을 마치 자신

의 일처럼 담담하게 고백하듯 진술하고 있다. 즉 화자인 '나'와 시의 대상인 '우리'가 전혀 분리되지 않은 채 제시됨으로써, 화자가 관찰한 농민들의 삶의 현실은 고스란히 화자의 내면에 수용되어 그의 감정 표현으로 융화된 채 드러나고 있는 것이다. 이처럼 농민들의 삶의 대변자로서 시인의 존재를 부각시킬 때, 시에서 느껴지는 슬픔과 회한의 정서나 현실적 고통을 벗어나고자 하는 몸부림과 비원(悲願)의 행위들은 모두 집단적인 정서로 보편화될 수 있다. 그리고 화자가 진술하는 이야기들은 그들의 삶의 현장이자 생활 주변의 현실로서 진실성과 전형성을 획득한다. 이처럼 농민들의 이야기가 그들의 정서와 결합하여 개인의 목소리로서 드러날 수 있는 형태가 신경림의 고유한 '농민시'의 본질을 구성하게 되는 것이다.

이런 의미에서 시인의 존재는 우리 문학 고유의 '이야기꾼'으로서, 혹은 서구적인 '음유시인'으로서 전통적인 시가의 원형을 간직한다. 즉 신경림의 초기시에 나타나는 시적 방법론은 이야기의 전달이라는 차원에 국한되어 있지만, 그러한 이야기, 즉 농촌의 현실을 재현하는 과정에서 동원되는 시인의 상상력이 농촌 민중들의 정서에 일치되어 있다는 점에서 전통적인 민중의 노래로 수용할 수 있는 기반을 가진다는 것이다. 요컨대 민중의 삶으로부터 우러나오는 그들만의 고유한 상상력을 형태화하는 과정에서 신경림 시의 전형성은 확보된다. 그것은 곧 '농무(農舞)'라는 민중 예술 형식 속에 내포되어 있는 농민들의 정서를 찾아내고 객관화하여 민중적 상상력의 차원으로 승화시키는 일과 관련된다.

징이 울린다 막이 내렸다
오동나무에 전등이 매어달린 가설무대
구경꾼이 돌아가고 난 텅 빈 운동장

우리는 분이 얼룩진 얼굴로
학교 앞 소줏집에 몰려 술을 마신다
답답하고 고달프게 사는 것이 원통하다
꽹과리를 앞장세워 장거리로 나서면
따라붙어 악을 쓰는 건 쪼무래기들뿐
처녀애들은 기름집 담벽에 붙어 서서
철없이 킬킬대는구나
보름달은 밝아 어떤 녀석은
꺽정이처럼 울부짖고 또 어떤 녀석은
서림이처럼 해해대지만 이까짓
산구석에 처박혀 발버둥친들 무엇하랴
비료값도 안 나오는 농사 따위야
아예 여편네에게나 맡겨 두고
쇠전을 거쳐 도수장 앞에 와 돌 때
우리는 점점 신명이 난다
한 다리를 들고 날나리를 불거나
고갯짓을 하고 어깨를 흔들거나

— 「농무」 전문

농악(農樂)은 우리 사회에서 농촌 공동체의 전통적인 예술 행위이다. 민중예술의 여러 양식들은 전통적으로 마을 공동체의 구성원들 간의 상호 유대와 결속을 다지는 통합적 기능을 수행해왔으며, 경제적 풍요나 마을의 번영과 같은 공동체의 현실적이고 기본적인 삶의 목표를 달성하는 데 윤활유와 같은 역할을 해온 것이다. 이처럼 공동체 의식의 발현을 촉진시키는 핵심이 바로 풍물놀이로서 농악이다. 농악에서 이루어지는 노래와 춤을 통한 '신명'은 농민들 개개인의 정체성과 삶의 방향성에 대한 인식을 확충시킴으로써 미래에 대한 긍정적 전망을 이끌어내는 계기로 작용한다. 그런데 「농무」에서의 '신명'은 결코 낙관적이지만은 않다는 데 보다 큰 의미가 있다. 그것은 표면상 화자에게는 고달픈 삶을 잊어버리려는 자위적인 행위이며, 낯선 웃음의 시선을 받는 소외된 몸짓에 불과하다. 이러한 현실적 괴리감, 즉 전통적인 공동체의식이 파괴되고 있는 현장에서 신경림 시가 추구하는 '신명'의 의미가 역설적으로 부각된다. 농촌의 현실에 대한 충실한 재현이 가져오는 어둡고 비관적인 정서를 힘 있는 민중의 정서로 되살릴 수 있는 형식이 바로 농무의 '신명'인 것이며, 이것이 시인이 확보하고자 하는 민중적 상상력의 원천으로 작용할 때 비로소 신경림이 추구하는 '농민시'의 민중예술적 양식성의 가치가 확인될 수 있다.

3. 민요체의 채택과 한풀이의 정서

「농무」로 대변되는 신경림의 초기시에 나타난 공동체 지향적인 인식은 비록 그 방법론에 있어서 이야기성과 그에 수반하는 농민들의 정서 표출에 의거하고 있지만, 그것은 본격적인 민중예술 양식을 전제로 한 시인 나름의 '농민시'로서의 형태적 완성을 기한 것이라고는 할 수 없다. 이는 근본적으로 시인이 농촌의 현실적 삶을 관찰자의 입장에 서서 묘사하려는 태도를 견지하고 있었던 데 기인한다. 즉 초기시는 대부분 「겨울밤」이나 「농무」에서 보는 바와 같이 1인칭 화자와 숨은 화자를 주축으로 하여 특정한 농촌 현실의 국면을 대상화한 묘사 부분과 시적 주체로서 화자의 개인적 정서 표출 부분, 그리고 대상화된 인물의 행위 서술 부분이 서로 분명한 경계가 없이 나타남으로 해서 서사성과 서정성이 융합된 소위 '서사적 서정'의 양식성을 보여주고 있는 것이다. 그런데 이러한 양식이 표면상 현실을 구체적으로 제시해준다는 점에서 시의 사실성을 강화하기는 하지만, 한편으로는 그러한 현실을 바라보는 시적 주체의 개인적 정서를 시의 확고한 내면 구조로 부각시킨다는 점에서 낭만적인 인식 태도를 드러내지 않을 수 없다. 그러므로 민중적 상상력을 정서화하기 위한 객관적인 시적 장치가 필요하게 되는 바, 그것은 민요나 가사(歌辭), 무가(巫歌) 등 전통적인 민중예술 양식으로부터 찾아야 함을 시인은 인식하게 된 것이다.

특히 신경림의 민요에 대한 관심은 그의 시적 지향을 확충시키는 하나의 전기이자 참다운 민중시를 쓰려는 의지의 소산이라 할 수 있다. 그는 1970년대 중반부터 심화된 자신의 민요에 대한 열정을 "내 시가 또 한 번 껍질을 벗기 위해서는 민요에서 그 가락을 배워 와야 하고, 또 참다운 민중시라면 민중의 생활과 감정, 한과 괴로움을 가장 직정적이고 폭넓게 표현한 민요를 외면할 수 없다."(「나의 시, 나의 시론」)는 실용적인 동기로 밝히고 있으나, 그러한 과정에서 그의 시는 민중예술의 본질인 몰개성과 공동체적 미학을 탐색할 수 있는 기반을 다지게 된 것이다. 그렇다면 그에게 개인적인 동기를 넘어선 민중예술로서 민요의 현실적 필요성은 무엇이었는가. 그것은 그가 1960년대 이후 농촌의 현실이 곧 산업화의 과정에서 드러난 우리 사회의 구조적 모순의 축도임을 인식한 연장선상에 놓여 있다. 즉 그는 민요 양식을 통해서 "가난하고 억눌린 사람들의 보편적 느낌과 의지와 저항"(「시와 민요」)이라는 민중적 상상력의 요소를 재창조할 수 있으며, 아울러 "우리의 민족적 동질성을 회복한다"(「왜 민요운동이 필요한가」)는 민족사적 공동체의식을 확보할 수 있다는 관점을 분명히 하게 된 것이다.

1970년대 중반 이후 그의 시에 나타나는 민요 양식의 차용 양상은 구체적으로 전통적 리듬으로서 4음보의 채용이나 후렴구 및 노래체 어구의 반복과 같은 형태적인 측면에서부터, 비인칭의 집단적 화자를 통한 무가의 주술적인 목소리의 표출과 그에 따른 신명스런 정서와 역동적인 가락의 창조와 같은 내적 구조의 측면에 이르기까지 매우 복합적이며 심층적으로 드러난다. 「목계장터」, 「어허 달구」, 「백서」, 「돌개바람」, 「각설이」 등이 그 대표적인 모습을 보여주는 경우이다.

> 하늘은 날더러 구름이 되라 하고
> 땅은 날더러 바람이 되라 하네
> 청룡 흑룡 흩어져 비 개인 나루
> 잡초나 일깨우는 잔바람이 되라네
> 뱃길이라 서울 사흘 목계 나루에
> 아흐레 나흘 찾아 박가분 파는
> 가을볕도 서러운 방물장수 되라네
> 산은 날더러 들꽃이 되라 하고
> 강은 날더러 잔돌이 되라 하네
> 산서리 맵차거든 풀속에 얼굴 묻고
> 물여울 모질거든 바위 뒤에 붙으라네
> 민물 새우 끓어 넘는 토방 툇마루
> 석삼년에 한 이레쯤 천치로 변해
> 짐부리고 앉아 쉬는 떠돌이가 되라네
> 하늘은 날더러 바람이 되라 하고
> 산은 날더러 잔돌이 되라 하네
>
> ― 「목계장터」 전문

여기서 보듯 신경림의 민요 양식 차용은 단순한 전통적 시가의 형태적 계승으로서만 그 의미가 국한되지 않는다. 4음보의 완결된 형태에 힘입은 이 시는 대구와 반복의 형식을 통해 뿌리 뽑힌 계층의 삶의 현실을 강조해서 표현하고 있다. 이러한 형태화의 과정에서 화자의 목소리는 결코 자신의 내면을 향하지 않으며 농촌의 궁핍한 현실도 전면에 드러나지 않는다. 다만 농촌 공동체의 전통적·역사적 삶의 밑바닥에 깊숙이 자리 잡고 있는 정신적 실체로서 한(恨)의 정서가 민중의 대변자로서 보편화된 화자의 목소리를 통해 감지될 뿐이다. 여기서 제시된 민중적 정서는 민중적 상상력에 의해 도출되는 것이 아니라 오히려 민중적 상상력의 가능성을 현실적으로 불러일으키는 계기로 작용한다. 다시 말하면 민요체에 의한 직접적인 정서의 토로가 독자로 하여금 현실의 총체적 의미를 재구성할 수 있도록 함으로써, 민중예술의 본래적 의미인 주체적 수용과 창조적 참여의 일치를 꾀할 수 있는 방법론이 된다는 것이다.

이러한 방법론을 통해 신경림의 '농민시'는 민중시로서의 현실적 의미를 보다 확고히 하게 된다. 즉 이처럼 보편화된 한의 정서는 개별화된 농민들의 생활 주변에서 취재되는 자조 섞인 비애라는 일상적 삶의 현실성으로부터 객관적으로 인식되는 실체로서 민중의 한풀이라는 시대적 삶의 현실성으로의 발전을 가능케 하며, 그의 시에 있어서 개인적 서정의 영역을 집단적 서정으로 전환시킴으로써 민중예술 양식의 창조적 변용을 가져오게 한 것이다.

4. 서사시의 시도와 민중적 역사의 인식

민요 양식의 차용과 함께 신경림의 민중시적 지향을 구체화해주는 또 다른 방법론은 서사시의 창작이다. 이러한 시도는 물론 애초에 그의 시가 지니고 있던 이야기성, 즉 농촌 현실의 전형적인 묘사와 관찰적인 서술이라는 요소를 바탕으로 본격화된 것이라는 점에서 공동체 지향의 문학을 위한 그의 기본적 방법론과 일련의 연속성을 갖는다. 전작 장편시로서 상재된 시집 『남한강』은 실제로는 「새재」, 「남한강」, 「쇠무지벌」이라는 3부작의 연작 장시 형식을 취하고 있다. 제1부 「새재」는 구한말에서 일제에 의한 국가 상실의 격동기를 시대적 배경으로 하며, 제2부 「남한강」은 식민지 통치 체제가 강고해진 시기의 민중의 현실을, 제3부 「쇠무지벌」은 해방 이후 진정한 민족적 해방을 이루지 못한 사회구조를 각기 배경으로 함으로써 우리 민족의 근대사를 꿰뚫는 민족정신과 민중의 현실적 삶의 역사를 총체적으로 그려보고자 하는 시인의 의도를 반영하고 있다.

그러므로 신경림의 서사시 3부작은 모두 근대사적 민중을 구성하는 구체적 인물이 역사적 현실과 부딪치는 과정을 서술하는 데 초점이 맞추어져 있음은 물론이다. 우리 근대시사에서 이와 같은 서사시의 시도는 김동환(金東煥)의 「국경의 밤」 이래 임화(林和)의 「우리 오빠와 화로」류의 단편 서사시적 흐름과 김기림(金起林)의 「기상도」와 같은 장시류의 흐름으로 다양화되어 전개된 바 있다. 이러한 시도들이 서사시 양식으로서의 적합성에 대한 논란에도 불구하고 신경림의 서사시 시도는 민족 공동체의 운명을 폭넓은 역사적 원근법 속에서 형상화했다는 점에서 시 양식의 장르적 변화 발전이 시대적 의미를 획득할 수 있는 가능성을 충분히 보여주는 경우에 해당한다. 그것은 바로 현실 속에 행위하는 인물, 즉 민족사의 흐름 속에 유동하는 민중의 모습을 어떻게 '서사화'하는가의 문제를 다루고 있기 때문이다.

빼앗은 자

우리에게서 이것을 빼앗은 자
누구인가, 가자.
나는 삿대를 빼어들고
모질이는 곡괭이를 메었다.
맨발이 함빡 이슬에 젖는 새벽길
개도 배고파 짖지 않고
닭도 정참판네 살찐 닭만 울어댄다
가자, 몽둥이를 삽자루를 들고
—「새재」 중 2장 '어기야디야'(3) 부분

연이네 논다니들 술청에 나앉아
눈웃음 헤픈 가락으로 손님을 끌고
연이는 버거워,
돌배 하나만으로도 버거워
골방 깊은 데서
해장 술이나 돌리며
금점판 한산인부들 짙은 농에
흥만 돋군다.

모르오 나는 모르오 아무 것도 모르오.
외진 나루에서 술파는 계집
뗏목 따라 꽃배 띄워 한 백리 흘러
수수밭 흙고랑에서 남치마를 벗었소.
떼이루 떼이루 떼이루얏다.
—「남한강」 중 5장 '눈바람'(1) 부분

열림굿 마지막 판은 동네일 의논이라,
늙은이 젊은이 남정네 아낙네 구별없이
오늘의 재판을 빙 둘러싸고

민중적 상상력의 양식화와 리얼리즘의 탐구

앉고 혹은 서서 동네일 얘기한다.
농사일 얘기하고
두렙네 곕네 다시 짤 일 궁리하고
상포계 동갑계 되살릴 일 얘기하고

진삿골 왜부자
빚으로 빼앗아간 동네논 엿 마지기
선뜻 되내놓는다는구나.
이 소리에 웬일이냐 쇠가락 한바탕 울리고.
　　　　　　　　— 「쇠무지벌」 중 3장 '열림굿' (4) 부분

　이처럼 신경림의 서사시 3부작은 주인공에 해당하는 인물 및 화자, 그
에 따른 서술 구조 및 양식화의 방식에 있어서 조금씩 다른 모습을 보여
준다. 즉 「새재」에서는 주인공인 돌배가 화자가 되어 봉건적 질곡과 제국
주의의 침략에 맞서 항거하는 과정을 현실적 사건 전개의 축으로 삼아 이
야기하고 있는 바, 사건의 경과 사이에 화자의 독백이 개입되는 이중적
서술 구조를 취하고 있는 것이다. 이러한 서술 시점의 혼란은 서사 양식
으로서의 한계를 드러내는 것이기도 하지만, 그러한 역사적 질곡을 체험
하는 현실적 인물을 통해 민중적 정서의 표출이라는 시인의 의도를 직접
담아낼 수 있었다는 점에서는 시인 나름의 양식 탐구의 한 전형으로 볼
수 있다. 한편 「남한강」은 돌배의 죽음을 겪은 아내 연이를 주인공으로 하
되 3인칭 화자에 의해 다양한 주변 인물들의 삽화가 식민통치라는 일정
한 시대를 배경으로 전개되는 모습을 볼 수 있으며, 「쇠무지벌」에 이르면
작품 전체의 서술 구조가 연극적 상황성, 즉 가시적 독자를 전제로 한 숨
은 화자의 직접적 진술에 의존하는 모습을 보이고 있는 것이다.
　이러한 서술 구조상의 변화는 무엇보다도 연작을 통해 시인이 획득한

서사시의 새로운 양식적 의미와 깊은 관련이 있는 것으로 보인다. 즉 역사 속의 허구적 인물의 제시만으로는 민중적 정서의 구현이라는 명제를 서사적 양식과 결합하기 어려움을 확인한 후 시인은 인물의 개성을 제약하고 구체적 현실을 객관적으로 제시할 수 있는 3인칭의 화자를 통해 시 양식에서 서사성의 궁극적 가능성을 시험해본 것이다. 그러나 이러한 과정에서 신경림의 서사시는 작품 내에 삽입가요의 형식으로서 독립된 민요시를 개입시킴으로써 민중예술 양식의 서사적 의미를 구조적으로 확인하게 되며, 이로 인해 제3부의 작품에 이르면 화자가 철저히 판소리 내지 서사무가의 창자(唱者)와도 같은 역할을 하면서 역사적 사건의 현실화를 꾀하게까지 이르는 것이다. 바로 이러한 민중적 역사의 현재화 작업이 신경림이 시도한 서사시의 성과이며, 동시에 1970년대 이후 민중시의 전형적 양식성을 형성하는 토대가 된 것이다.

5. 민족 현실과 민족문학의 이상

서사시에 이르기까지 신경림의 시적 방법론은 근본적으로 서정시가 현실성을 어떻게 구조적으로 수용할 수 있는가를 탐구하는 데 진력한 소산이라 할 수 있다. 이런 의미에서 신경림이 이루어낸 리얼리즘적 성과는 서사시의 시도에만 국한된 것이 아니라, 오히려 민요시가 지닌 민중예술적 가능성을 민중과 민족의 현실에 대한 비판적 인식의 토대에서 보편적 가락으로 승화시킨 것이라는 점에 보다 중요한 의미를 부여할 필요가 있다. 1980년대 중반에 이르러 그의 시가 한풀이의 정서를 양식화한 '씻김굿'의 형식으로 민요체의 민중시적 의미를 정형화했음은 신경림 시의 리얼리즘적 가능성이 민족문학의 진로와 병행하는 것임을 여실히 보여준다. 그것은 바로 민족의 염원을 위무하고 억압된 역사의 질곡에서 벗어나 보다 자유롭고 민주적인 삶의 공동체의식을 회복하겠다는 신념과 전망을 '전통'의 신성한 힘으로써 제시하고자 하는 노력을 의미한다.

> 편히 가라네 날더러 편히 가라네
> 꺾인 목 잘린 팔다리 끌고 안고
> 밤도 낮도 없는 저승길 천리 만리
> 편히 가라네 날더러 편히 가라네.
>
> 잠들라네 날더러 고이 잠들라네
> 보리밭 풀밭 모래밭에 엎드려
> 피멍든 두 눈 억겁 년 뜨지 말고
> 잠들라네 날더러 고이 잠들라네.
> …(중략)…
> 꺾인 목 잘린 팔다리로는 나는 못 가,
> 피멍든 두 눈 고이는 못 감아,
> 못 감아, 이 찢긴 손으로는 못 감아,
> 피묻은 저 손을 나는 못 잡아.
>
> 되돌아왔네, 피멍든 눈 부릅뜨고 되돌아왔네.
> 꺾인 목 잘린 팔다리 끌고 안고
> 하늘에 된서리 내리라 부드득 이빨 갈면서.
>
> ―「씻김굿」 부분

  원통한 죽음을 당한 넋을 위로해서 저세상으로 편히 가도록 기원하는 전통적 무속인 '씻김굿'이 지닌 제의적 성격은 신경림 시의 발전 과정에 있어서 두 가지 의미를 갖는다. 즉 외면적으로 민중시의 양식적 완성태를 가장 원초적인 공동체 문학의 형식으로서 노래체로 귀결시키고 있다는 점이 하나이며, 내면적으로는 농촌 현실을 직시하고자 하는 시인의 정신적 지향을 민족 공동체의 현실이라는 보편적 대상으로 확산시키고 있다는 점이 다른 하나이다. 세 번째 시집 『달 넘세』에서 신경림은 '떠도는 이들의 노래'라는 부제 아래 노동자·농민 계층의 인간다운 삶을 회복해야 하는 시대적 요청(「소리」, 「달 넘세」)과 국토 분단의 비극과 민족 통일의 염원이라는 민족적 과제(「열림굿 노래」, 「승일교 타령」)를 함께 수용하고 있는 바, 이러한 확장된 시세계야말로 전후 분단 시대를 살아온 신경림의 시적 여정이 현실적 삶의 역사적 의미를 궁극에서 확인하는 현장이라 할 수 있다.

이렇게 볼 때 아직 완결되지 않은 신경림의 시적 여정에는 한 가지 반성적 단서가 남는다. 그것은 농촌의 주변적 삶을 묘파한 그의 서정시가 지닌 내면적 고뇌와 긴장감이 민족문학의 커다란 과제와 전망을 탐색해나가는 길에서 과연 어떻게 지양·극복될 것인가의 문제이다. 즉 우리 사회의 총체적 현실의 구조를 진보적인 관점에서 바라보면서 그는 여러 편의 행사시(「어깨로 밀고 나가리라, 아우성으로 밀고 나가리라」, 「하나가 되라, 다시 하나가 되라」, 「아아, 모두들 여기 모였구나」)를 통해 민족적 염원을 대변한 강렬한 외침을 낙관적인 목소리로 보여주기도 한 바, 이러한 낭만적 정신의 분출이 민중예술 양식의 전통을 통해 획득한 시적 리얼리티를 어떻게 발전시킬 수 있는가를 새로운 과제로 제기하고 있다는 것이다. 그러나 시인은 그 대답을 오히려 끊임없이 민중의 노래를 부르겠다는 다음과 같은 담담한 의지의 피력으로 대신할는지도 모른다.

무서리 마르기 전 봇짐 챙겨

민중적 상상력의 양식화와 리얼리즘의 탐구

돌아가리라 새파란 하늘
잔풀 깔린 성벽을 타고
여기 한 개 그림자만 남겼네

내 앵금 이승 떠나는 울음소리
내 젓대 동무해 가는 벌레소리
내 피리 나를 보내는 노랫소리

　　　　　　　　　　　—「가객(歌客)」부분

　　　　　　　　　　　제4부 분단 시대의 현실 인식

민족적 삶의 곡진한 가락, 혹은 서정 언어의 육화(肉化)에 이르는 길

― 송수권론

1. 들어가는 말

송수권 시인은 1975년 『문학사상』으로 등단한 이래 30여 년간 『산문에 기대어』, 『꿈꾸는 섬』, 『아도(啞陶)』로부터 『수저통에 비치는 저녁노을』, 『파천무』에 이르기까지 수많은 시집을 상재하면서 질박한 전라도 토속어의 구사와 남도의 정서를 통해 향토적 자연과 민족정서를 아름답게 형상화하는 동시에 한국적 서정시의 가락과 형태의 전통을 계승·재창조함으로써 현대 서정시사에 뚜렷한 족적을 남긴 시인으로 자리매김되어 있다. 아울러 그는 흔히 만해, 소월, 영랑, 목월로 이어지는 여성지향적인 전통 서정시의 흐름에 대해 상화, 백석, 미당, 육사 등이 보여준 남성적 서정시의 목소리를 이어받고 있다는 점에서 중요한 가치를 부여받기도 하며, 남도 특유의 정서를 감칠맛 나는 입담으로 쏟아냄으로써 겨레말의 새로운 가능성을 보여주는 시인으로 평가되기도 한다.

그러나 소월시문학상과 정지용문학상을 수상하면서 보여준 전통 서정시로서 그의 시세계는 이러한 평가나 수사의 울타리를 넘어서 있음도 사실이다. 송수권 시의 시사적 가치는 말하자면 새롭고도 고유한 서정미학을 지니고 있다는 점에서 찾아야 하는 바, 그것은 대체로 부드럽고 아름답고 풍요로운 '곡선의 상법(想法)'으로 이야기되기도 하며, 소리의 울림과 화음을 감각화하는 '소리의 상법'으로 조명되기도 한다. 또한 시정신의 측면에서 불교정신에 토대한 전통 정서의 형상화에 주목하기도 한다. 어찌되었든 이 모든 평가는 결국 송수권 시의 서정성이 정서와 흥취, 감각과 인식 그 어느 한쪽에도 치우치지 않는 복합성의 시학에 바탕을 두고 있음을 간접적으로 드러내주는 것이라는 점에서 그의 시적 성취를 가늠할 수 있는 의미 있는 틀이 되기에 충분하다.

그럼에도 불구하고 송수권의 시세계는 여전히 우리에게 '전통 서정시란 무엇인가, 혹은 무엇이어야 하는가?'라는 근본적인 물음을 던져준다. 그것은 그만큼 그의 시적 편력이 변하지 않는 내면적 힘을 가지고 이어져왔음을 말하는 것이기도 하며, 그의 시적 삶이 남도의 흙과 역사 속에 함께해왔던 때문이기도 할 것이다.

송수권의 시로 인해 우리는 새삼스럽게도 전통 서정시가 곧 민족적 서정시이며, '민족적'이라는 수사야말로 우리의 산천, 나무와 풀, 이름 모를 들꽃들 속에 편재된 민중들의 삶의 현실과 생활감정으로부터 솟아나는 정신적 가치임을 불현듯 느끼게 된다. 그만큼 그의 시는 '한(恨)'으로 대변되는 전통 서정시의 나약한 정서를 역동적이고도 생산적인 힘으로 변환시키고 있으며, 그 과정에서 시인 나름의 독특한 서정시관을 확립해 보여주고 있는 것이다. 그러면서도 한편으로 시인 스스로는 자신의 시를 고전주의적이라 할 만큼, 격조시(格調詩)에 대한 믿음을 순수하게 지켜온 시인이기도 하다.

그런 의미에서 송수권의 시는 한없는 깊이를 가지고 시의 보편적 이상을 향해 있다. "민족의 식탁이 거덜날까 싶어" 우리의 토속적인 음식문화에 대한 관심을 책으로 엮어내기도 한 시인답게, 송수권 시인은 이러한 시적 경향을 '언어-정신-리듬(가락)'의 삼합론(三合論)으로 요약한 바 있다. 향토 언어의 생래적 가락과 민족 고유의 정신과 역사의지가 조화롭고도 내밀하게 일체화된 시의 경지야말로 이 시대의 새로운 서정시의 길을 단단하게 닦아나가는 송수권 시인의 목소리인 것이다.

2. 전통 서정시의 언어 미학 - 언어

언어학자인 바이스베르거에 의하면 언어는 무엇보다도 세계에 다가가는 정신적 통로를 열어주는 정신의 영원한 활동이며, 모국어는 그 민족 공동체의 정신 형성의 근원적 토대이자 내적 형식으로서 존재한다고 한다. 이런 의미에서 시인이란 끊임없이 세계를 언어에 동화시키고자 하는 길 위에 선 영원한 타인인지도 모른다. 송수권 시인은 이미 자신이 추구하는 시세계 혹은 시정신의 핵심이 모국어로서 언어의 문제에 있음을 피력한 바 있다.

> 나는 어느 지면에서나 늘 고답적으로 말해왔듯이 서정적 울림 위에 서반 시는 가능하다고 믿으며 지금까지도 이 생각에는 변함이 없다. 훌륭한 시, 특히 고전적 성취의 시가 보여주는 것은 첫째로 시의 완결성이 있고, 둘째로 민족 정서가 세련되어 있으며, 셋째로 언어가 조악하지 않고 정련되어 있으며, 넷째로 리듬이 유려하며, 다섯째로 울림의 공간이 증폭되어 속되거나 혐오감이 없다는 점이다. 또 패배감이

민족적 삶의 곡진한 가락, 혹은 서정 언어의 육화(肉化)에 이르는 길

나 무력감으로 떨어지지 않고, 읽는 사람으로 하여금 한없이 성스러운 경지로 끌어올려 준다. 이렇게 될 때 시는 향수자에게 정신의 구원처를 마련해 준다. 여기에서 한 시인의 염결성, 더 나아가서는 민족의 청결성을 보게 된다. 그리고 무엇보다 한 나라의 말, 즉 국어의 아름다움을 충분히 높은 수준의 경지로 이끌어 올린다. 나는 이것을 우리 시가 내장한 미적 고유성이라고 말하고 싶다.

— 「나의 시, 나의 정신」에서

여기서 보듯 그가 추구하는 서정시의 언어 미학이란 민족혼의 깊이를 재는 언어의 발림과 그 심혼의 울림을 구현하는 것으로, 이를 통해 형성되는 민족적 순수성이야말로 '정신의 구원처'로서의 가치를 지닌다. 이렇듯 송수권의 시에서 보이는 우리말에 대한 남다른 애착은 향토적 서정이라든가 질박한 전라도 토속어의 활용이라는 표현상의 문제를 훨씬 뛰어넘어 근본적이고 궁극적인 시정신의 문제로까지 고양되어 나타난다.

감자와 고구마와 같은 낱말을
입안에서 요리조리 굴려보면
아, 구수한 흙 냄새
초가집 감나무 고추잠자리
어쩌면 저마다의 모습에 꼭두 알맞은 이름들일까요.
나무, 나무 천천히 읽어보면 묵직하고 커다란 느낌
친구란 낱말은 어떨까요.
깜깜한 암굴 속에서 조금씩 밝아오는 얼굴
풀잎, 풀잎 하고 부르니까
내 몸에선 온통 풀 냄새가 납니다.
또 잠, 잠 하고 부르니까 정말 잠이 옵니다.

— 「우리말」 부분

'아! 우리말'이라는 감탄사를 터뜨리지 않을 수 없을 만큼 내면 깊이 뼈저리게 울리는 "꼭두 알맞은 이름들"에 대한 시인의 인식에서 우리는 다시금 '민족어'의 의미에 대해 생각하게 된다. 이러한 근원적인 울림의 정감에 대한 확인으로부터 시작되는 시인의 서정적 언어 탐구는 「우리나라 풀이름 외기」와 같은 시에 이르러 '참으로 많은 이 나라 풀들'의 이름을 외는 화자에 의해 그 풀들과 함께 해온 지난한 민족의 삶에 대한 성찰로 심화되어 나타나기도 하며, 「우리나라의 숲과 새들」에서는 우리 국토와 자연물의 언어적 대상화를 통해 그 존재성과 그에 대한 화자의 애착을 전면에 드러내기도 한다.

> 나는 사랑합니다, 소쩍새가 소탱소탱 울면 흉년이 온다든가
> 솔짝솔짝 울면 솔 작다든가 하는 그 흉년과 풍년 사이
> 온도계의 눈금 같은 말까지를, 다 우리들의 타고난 운명을 극복하는
> 말로다 사랑합니다, 숲이 깬 아침은 맑은 국물에 둥둥 떠오르는
> 동치미에서 싹둑싹둑 도마질하는 아내의 흰 손이 보입니다, 그 흰 손이
> 우리나라 무덤을 이루고, 동치미 국물 속에선 바야흐로 쑥독쑥독
> 쑥독새가 우는 아침입니다.
> ──「우리나라의 숲과 새들」 부분

우리 강산의 아름다움과 그에 대한 한없는 애정을 이토록 생생하게 그려낼 수 있다는 것이야말로 시인의 우리 언어에 대한 관점을 고스란히 대변해주고 있거니와, 시 속에 구현된 시어 하나하나는 감각적으로 형상되는 것에 그치지 않고, 형상된 언어로 하여금 의미를 만들어내고 그것을 압축된 현실적 삶의 전체로서 인식할 수 있는 내적 공간을 구성하는 동시에, 그 공간으로 하여금 우리에게 정서적 울림을 전달하도록 해준다. 특

히 '소탱소탱'에서 '쑥독쑥독'까지 이르는 소리의 변조는 우리 민족 구성원이라면 누구나 느낄 수 있는 삶의 현장에서의 지극히 자연스러운 생활 감정과, 그 속에서 무언가 살아 있는 힘을 가지고 감칠맛 나게 움직이는 미세한 정서의 흐름을 우리 눈앞에 고스란히 재현한다. 이러한 시인 특유의 상상력이야말로 순간 형식으로서 서정시의 본질과 맞닿아 있는 것이자, 동시에 시인의 대상에 대한 인식에 생명력을 불어넣는 원동력으로 작용한다.

한편 이러한 사물 인식과 명명의 과정에서 구체화된 토속어에 대한 시인의 탐구는 그의 시가 지닌 서정미학의 본질로서 '그늘의 미학'을 구성하는 원동력으로 작용한다.

> 그늘이란 말 아세요
> 맺고 풀리는 첩첩 열두 소리마당
> 한의 때깔을 벗고 나면
> 그늘을 친다고 하네요
> 개미란 말 아세요
> 좋은 일 궂은 일 모래알로 다 씻기고
> 오늘은 남도 잔치마당 모두들 소반상을 둘러 앉아
> 맛을 즐기며
> 개미가 쏠쏠하다고들 하네요
> …(중략)…
> 시집온 지 사흘 벌써부터 기러기 고기를 먹고 왔는지
> 깜빡깜빡 그릇을 깨기만 하는 이웃집 새댁…
> 사는 재미도 오밀조밀 맛도 아기자기
> 산 굽굽, 물 굽굽 휘어지는 남도 칠백 리
> 다 우리 씀씀이 넉넉한 품새에서

그늘을 치고 온 말들이에요.

— 「그늘」 전문

이 시에 이르러 우리는 비로소 시인이 그토록 우리말에 애착을 기울이는 진정한 이유가 무엇인지를 다시금 짐작하게 된다. 그것은 바로 민족적 삶의 역사와 그 속에 녹아 흐르는 민족정서와 가치관, 생활 태도가 의미화된 것이 우리말이기 때문이며, 그 정신적 본질을 시인은 "그늘을 친다"라는 말의 풀이를 통해 확인하고자 한 것이다. 남도의 판소리 가락처럼 맺고 풀림을 거친 유연한 삶의 인식과 그 경지야말로 송수권 시인이 추구한 언어 탐구의 결실인 것이다.

3. 민족적 역사의식과 땅의 연가 – 정신

전통 서정시로서 송수권 시의 고유한 특성은 민족적 삶의 터전으로서 이 땅의 모든 사물에 대한 애정과 관심을 보여준다는 점에서 찾을 수 있다. 그의 시는 말하자면 일종의 국토 예찬과도 같은 셈인데, 그의 시적 목소리가 단순히 경물의 상찬이나 관념의 투영에 머물지 않고 두 발을 땅에 굳건히 딛고 살아 숨 쉬는 자연의 동반자로서 사람의 숨결을 담아내고 있다는 점이야말로 그의 시가 지닌 서정성의 현실적 의미를 돋보이게 해준다. 살아 움직이는 존재이자 삶의 흔적이 남아 있는 생명체로서 이 산하를 바라보는 시인의 범상치 않은 눈은 이미 「지리산 뻐꾹새」에 담아낸 '뻐꾹새의 울음'으로부터 그 면모를 드러낸 바 있다.

지리산 중
저 연연한 산봉우리들이 다 울고 나서
오래 남은 추스림 끝에
비로소 한 소리 없는 강이 열리는 것을 보았다.
섬진강 섬진강
그 힘센 물줄기가
하동 쪽 남해를 흘러들어
남해군도의 여러 작은 섬을 밀어올리는 것을 보았다.

봄 하룻날 그 눈물 다 슬리어서
지리산 하에서 울던 한 마리 뻐꾹새 울음이
이승이 서러운 맨 마지막 빛깔로 남아
이 세석 철쭉꽃밭을 다 태우는 것을 보았다.
　　　　　　　　　　　　　　　　　　—「지리산 뻐꾹새」 부분

　시인에게 우리의 산하는 곧 우리 민족의 삶이다. 그리고 민중의 슬픔과 한이 굽이굽이 서린 역사의 현장이다. 그러나 그 산하에서 시인은 강이 열리는 것과 그 강이 섬을 밀어올리는 것, 그리고 산이 꽃으로 붉게 타오르는 것을 목격한다. 여기서 시인이 발견하는 국토의 아름다움과 민족적 삶의 힘은 서로 상승작용을 통해 고매한 정신의 세계로 승화된다. 그처럼 국토는 생명력 있는 존재성을 확인시켜주는 또 하나의 인격적 자연이 되는 것이다.

　송수권 시인이 우리의 국토에 쏟는 시적 애착은 특히 수많은 토종들꽃들의 이름붙이기로 구체화되어 왔다. '등꽃', '감꽃', '도라지꽃', '석남꽃', '동백꽃'에서 '며느리밥풀꽃'이나 '저승꽃'에 이르기까지 그의 시가 보여준 다채로운 꽃의 형상들은 모두 우리 강산의 어느 들녘이나 숲속에 그저

　　　　　　　　　　　　　제4부 분단 시대의 현실 인식

조그맣고도 소담스럽게 피어 있는 것이기도 하지만, 그 속에서 우리 민족이 보듬고 온 신산한 삶의 역사가 고스란히 녹아 스며들어 있는 것이기도 하다.

> 도라지 도라지
> 심심산천에 백도라지
> 꽃보리밥 한술 된장국 말아먹고
> 지름댕기 팔랑팔랑 요
> 올해 네 나이 몇 살이더냐
>
> 도래샘도 띠앗집도 다 버리고
> 눈 오는 날 주재소 앞마당 전남반으로
> 너는 열여섯 정신대 머릿수건을 쓰고
> 고목나무 뒤에 붙어 참매미처럼 희게 울더니
> …(중략)…
> 도라지 너를 보면
> 삼한(三韓)적 맑은 하늘
> 이슬 내리는 소리
> 호궁(胡弓) 소리
>
> ─「도라지꽃」 전문

시인은 이렇게 새초롬한 소녀와도 같은 도라지꽃에서 일제 치하 저 남방의 외딴섬에 정신대로 끌려갔던 우리 여인네들의 모습을 읽어내고 있으며, 그 '하얀 눈물'의 이미지는 어언 역사를 거슬러 삼한 시대의 어느 하늘을 스치는 서늘한 소리의 심상으로 변용된다. 이 이미지야말로 송수권 시의 서정미학이 구현하는 '그늘'의 세계가 민족적 삶에 대한 인식과 그 언어적 실체에 담긴 역사성을 현재화할 수 있는 근본적 동력임을 보여준다.

특히 송수권 시에서 역사의식은 전통사회의 공동체적 삶의 문화와 그 생활감정을 통해 구현된다는 점에서 민족적이고도 민중적인 감성과 맞닿아 있다. 그의 시에서 화자는 우리나라의 산천을 두루 답파하는 순례자로서의 성스러운 면모를 가지고 있는 동시에, 그의 발길이 닿는 곳마다의 사람살이를 찬찬히 살피고 들춰내는 역사의 기록자로서, 그리고 때로는 강한 어조로 우리 모두에게 정신적 구원의 목소리를 들려주는 예언자로서 나타난다.

> 이틀이나 사흘쯤 낯선 곳 낯선 풍경을 달리다 보면
> 이리도 흙냄새 그리운 거
> 징검돌 하나라도 이리 마음속에 떠오르는 거
> 아아 문둥이 장돌뱅이처럼 내 가슴에 닳아지는 얼굴들
> ─「정든 땅 언덕 위에」 부분

> 언제부터 사람이 들어와 살았는지는 모르지만 하여튼 산농민의 상놈의 도둑놈의 떠돌이의 반생으로, 동학군이 날개가 잘리면서 어느 안핵사에게 호되게 걸려, 혀를 뽑힌 채, 한패거리들로 숨어와 터를 잡았더라는데 할아버지가 보기는 잘 본 모양이었다.
> 그래서 근동에서는 씨종에다 씨문서를 가진 벙어리 쌍것들로 구매혼인에도 가마에 흰 띠를 못얹혔다지만, 그래도 귀 떨어진 엽전 하나는 꼭꼭 때워 쓰는 착한 사람들이더라는 것이다.
> ─「줄포마을 사람들」 부분

> 보아라, 저 방랑의 검객
> 한 굽이 감돌면서 모래밭을 만들고
> 또 한 굽이 감돌면서 모래밭을 만드는 건

힘이다.
누가 저 유연한 힘의 가락 다시 꺾을 수 있느냐
누가 저 유연한 힘의 노래 다시 부를 수 있느냐

—「강」 부분

위의 시편들에서 보듯 우리의 국토와 강산을 바라보는 화자는 그 어디에서든 정이 물씬 풍기는 흙냄새와 사람들의 모습을 찾아낸다. 여기서 그가 느끼는 정감이란 민중들의 역사적 삶과 토착 정서로부터 우러나온 것이다. 그리고 시인은 그것이 곧 우리의 가슴속에 녹아 흐르는 "뜨거운 핏줄"(「등잔」)임을 읽어내고자 한다. 그러기에 시인의 시야에 들어오는 산천초목들은 모두 생명력을 지닌 것이며, 그 삶의 한복판을 유유히 흐르는 강물처럼 꺾이지 않는 가락으로 노래 불려야 할 고귀한 존재인 것이다.

이런 의미에서 송수권 시인의 모든 작품들은 우리의 땅에 대한 사랑 노래와 다름없다. 그의 발걸음은 남도의 산하에만 머물지 않는다. 바다 건너 제주도의 피 어린 수난사도, 임진강에서 재잘거리는 오리 떼의 소리든지, 백두산 저목장이나 두만강가의 돌멩이도 우리 민족이 살아온 역사의 현장으로서 사랑의 대상이 된다. 그러므로 송수권의 시는 시인이 느끼는 정감의 깊이가 크면 클수록 역사의 현장성은 더욱 시의 전면으로 떠오르게 된다. 이 지점에서 그의 서정미학은 그 누구도 쉽사리 가질 수 없는 시적 리얼리티를 획득하게 되는 것이다.

이러한 시적 태도는 그의 시가 1980년대의 암울한 시대에 실로 민족사 및 민중의 삶에 대한 관심을 그림자처럼 드리운 서늘하고도 아름다운 슬픔의 역설로 형상화하면서 땅의 생명력에 대한 믿음을 굳건히 다져오도록 하는 내적 힘으로 작용한다. 그 어둠을 뚫고 일어서는 힘이야말로 시인이 추구하는 정신의 위대함을 위해 존재한 것이다.

민족적 삶의 곡진한 가락, 혹은 서정 언어의 육화(肉化)에 이르는 길

4. '곡즉전(曲卽全)'의 가락과 남도의 토착 정서 — 가락

송수권 시인의 감각적이면서도 담백한 시적 언어와 자연과 대지의 상상력에 뿌리를 둔 전통적인 시정신이 자아내는 미감은 궁극적으로는 역시 그의 시만이 만들어내는 고유의 가락과 정서로 수렴된다. 그의 시적 언어가 소리로서의 본질을 지니고 있음을 이미 앞에서 살펴본 바 있거니와, 그의 시가 들려주는 소리는 그저 수심가류의 단순한 한풀이나 육자배기조의 외화된 낭만적 분출의 목소리가 아니다. 그 소리는 울림을 가지고 내면으로 파고드는 소리이며, 이런 의미에서 그의 시의 바탕에는 일종의 깊이를 지닌 가락이 배어 있다. 이것을 시인은 그의 시적 출발점에서 이미 부활과 재생, 환생의 가락으로 그려낸 바 있는 것이다.

> 누이야
> 가을산 그리메에 빠진 눈썹 두어 낱을
> 지금도 살아서 보는가
> 정정한 눈물 돌로 눌러 죽이고
> 그 눈물 끝을 따라가면
> 즈믄 밤의 강이 일어서던 것을
> 그 강물 깊이깊이 가라앉은 고뇌의 말씀들
> 돌로 살아서 반짝여오던 것을
> 더러는 물속에서 튀는 물고기같이
> 살아오던 것을
> 그리고 산다화 한 가지 꺾어 스스럼없이
> 건네이던 것을
>
> ─「산문(山門)에 기대어」 부분

이 시에서 우리의 전통시가인 「제망매가(祭亡妹歌)」와 흡사한 모티프나 불교적 상상력을 찾는 것은 당연한 일일 것이나, 이 시의 화자는 극락왕생(極樂往生)의 불교적 발원에만 의지하는 그 옛날 노래의 소극적 목소리를 훨씬 넘어서 있다. 말하자면 이 시는 '고집멸도(苦集滅道)'의 전형적인 사유 구조에 의거한 「제망매가」가 보여주는 소멸과 기다림의 정태적 공간성과는 사뭇 다른 자리에서 그리움과 한을 형상화하고 있다는 것이다. "가을산 그리메"의 깊이와 살아 일어서는 "즈믄 밤의 강"이 불러일으키는 생생한 이미지야말로 시인이 지금까지 일관되게 추구한 '심원한 가락'을 예비한 것임에 틀림없다.

송수권 시에 강력한 힘을 부여해주는 이 가락의 의미를 시인은 '곡즉전(曲卽全)'이란 표현으로 대신한 바 있다. 그에 따르면 이것은 빠름이 아니고 느림이며 속도가 아닌 춤을 가리킨다. 이 곡선 위에 슬픔과 추억, 들숨과 희망, 시간과 공간이 자리 잡도록 하는 것이 자신의 시가 지향하는 고유한 가락이라는 것이다. 그리고 그것은 다시 '그늘의 미학'으로 구상화된다.

대숲마을 해 어스름녘
저 휘어드는 저녁연기 보아라
오래 잊힌 진양조 설움 한 가락
저기 피었구나
시장기에 젖은 남도의 밤 식탁
낯선 거집이 지나는지 동네 개
컹컹 짖고
그새 함박눈도 쌓였구나

— 「남도의 밤 식탁」 부분

남도의 마을마다 질펀히 깔리는 대숲 바람소리 속에는
흰 연기 자욱한 모닥불 끄을음내, 몽당빗자루도 개터럭도 보리숭년
도 땡볕도
얼개빗도 쇠그릇도 문둥이 장타령도
타는 내음…
아 창호지 문발 틈으로 스미는 남도의 대숲 바람소리 속에는
눈 그쳐 뜨는 새벽별의 푸른 숨소리, 청청한 청청한
대닢파리의 맑은 숨소리

—「대숲 바람소리」 부분

해 질 녘 대숲 사이로 스며드는 저녁연기의 정취가 한없이 늘어지는 진양조의 구슬픈 가락과 조화를 이루는 경지야말로 감정이 "한의 때깔을 벗고"(「그늘」) 맺고 풀림의 그늘을 드리우는 심원하고 고양된 순간이다. 여기서 화자의 눈에 비치는 풍경과 사물은 함박눈에 묻힌 개 짖는 소리와 더불어 모두 하나의 아름다운 화음을 이루며, 이때 흐르는 시간이 정지된 공간과 구별되지 않는 '곡즉전' 가락이 구조화되는 것이다.

이처럼 남도의 정서와 가락을 형상화하고자 하는 시인에게 '대숲'은 각별한 의미를 갖는다. 송수권의 시에서 토속적인 가락의 토대를 이루는 자연의 소리와 심상은 '대숲'에서 '황토'로, 그리고 '뻘밭'으로 변화해온 바, 대숲과 그곳을 휘어감는 바람소리의 이미지를 통해 송수권 시의 가락은 비로소 향토적인 육체성을 획득한다. 스미는 바람의 소리 속에서 시인은 남도 마을 민중들의 생생한 삶의 실체와 그 감각적 형상을 발견하고 있기 때문이다. 그리고 그로 인한 토속적인 정감은 모닥불 그을음 내 짙게 풍기는 생활의 냄새와 청신한 새벽 공기의 신성한 숨결이 절묘하게 어우러짐으로써 생명의 가락으로 다시 태어나게 된다. 그렇게 대숲 바람 속에서 시인은 대숲 바람소리만을 찾아낸 것이 아니라 "우리들의 맑디맑은 사랑"

을 감각으로 보여주고 있는 것이다.

이런 의미에서 송수권 시인의 시적 편력은 이제 "가을 그리메"와 "즈믄 밤의 강"에 속살을 깊이 감춘 채 드리워져 있던 삶의 가락을 생명의 힘으로 전환시켜 보여주기에 이르고 있다. 바로 '뻘밭'의 미학이라고도 할 수 있는 생명력의 시세계가 그것이다. 시집『수저통에 비치는 저녁노을』에 이르러 시인은 갯벌의 정신이 살아 숨 쉬는 서해 바다로 상상력의 나침반을 옮겨놓았다.

> 이 질퍽한 뻘내음을 누가 아나요
> 아카시아 맑은 향이 아니라 밤꽃 흐드러진
> 페로몬 냄새 그보다는 문클한
> 이 질퍽한 뻘내음을 누가 아나요
>
> 아카시아 맑은 향이야
> 열 몇 살 가슴 두근거리던 때 이야기지만
> 들찔레 소복이 피어지던 그 언덕에서
> 나는 비로소 살 냄새를 피우기 시작했어요
>
> 여자도 낙지발처럼 앵기는 여자가 좋고
> 그대가 어쩌고 쿡쿡 찌르는 여자가 좋고
> 하여튼 뻘물이 튀지 않는 꽹과리 장고소리보단
> 땅을 메다 치는 징소리가 좋아요
>
> ─「뻘물」부분

시인의 최근 시에 나타나는 이러한 '질퍽한 살냄새'는 얼핏 신선한 변화로 느껴질 수 있다. 그러나 이 '부글부글 끓는 서해바다의 뻘냄새'의 발견이야말로 시인만이 추구한 향토적 서정의 세계가 도달한 시정신의 귀착

점이자, 소리의 언어와 남도의 가락이 획득한 육체성의 정점이라 해도 과언이 아니다. 이 지점에서 송수권 시에 고유한 소리의 미학은 관조와 성찰, 흥취의 세계로부터 행위와 발견, 유희의 세계로 전경화된다.

이 '뻘밭'의 세계가 농익을 대로 농익은 채 제 몸을 스스럼없이 드러내는 둔중하고도 당당한 생명의 세계라고 한다면, 시인은 더 이상 어찌할 수 없는 그 깊이에 즐거이 빠져들고자 한다. 여기서 시인은 지금까지 찾지 못한 진정한 소리, 즉 "땅을 메다 치는 징소리"의 세계를 발견한다. "꽹과리 장고소리"가 남도의 토속적 정취 속에서 만들어낸 심원한 가락과 그늘의 미학을 대변하는 것이라면, '징소리'는 마치 "캄캄하게 저물며 뒤늦게 오는 땅울음"과도 같이 절대적 깊이를 지닌 채 육신을 뒤흔들고 깨우는 소리라는 점에서 보다 육감적이 되지 않을 수 없다.

그러나 이 육감의 세계는 결코 새로운 욕망의 꿈틀거림으로 그치는 것이 아니며, 생명의 신성성을 훼손시키지 않는다는 데 그 고유한 의미가 있다. 시인에게 뻘밭은 또한 "하루에 한 번씩 밀물을 쳐보내는" 비움의 공간이며, 동시에 "해 어스름녘 한 마리 해오라기가 먼 산을 바라보고 서 있는" 적막한 바닷가와도 같은 것이기 때문이다. 시인은 여기서 "으스러지도록 온몸을 태우며/마지막 이 바닷가에서/캄캄하게 저물"(「적막한 바닷가」) 것을 기약한다.

5. 맺는 말

송수권 시인이 지금까지 걸어온 시의 길은 그의 시구처럼 대숲에 스미는 바람 사이로 난 그늘진 오솔길인 듯 보일지 모른다. 그리고 이제 그는 채석강 앞 서해의 낙조를 바라보며 삶의 바람소리를 조용히 음미하는 것은 아닌가 싶기도 하다. 하지만 '곡즉전'의 가락이 말해주듯이 실상 시인의 발은 언제나 남도의 황토흙 한가운데에 자리하고 있었으며, 『산문에 기대어』로부터 『파천무』에 이르는 그의 시적 성취는 우리의 국토와 자연, 그리고 삶이 준 생명의 힘과 아름다움에 대한 끝없는 연가에 다름 아니다.

그런 의미에서 송수권 시야말로 시인의 말처럼 소위 시의 삼합으로서 언어, 정신, 가락이 하나가 되는 견고하고도 고매한 서정의 세계이자, 삶의 곡진한 리얼리티를 내면 깊이 떠안고 있는 생명의 텃밭이라 할 수 있다. 그의 시는 결코 단아한 풍경화가 아니며, 그렇다고 깨달음에만 외곬로 몰두하는 정신주의 시도 아니다. 그의 시에는 사람 냄새와 흙냄새의 가치를 음미할 수 있는 시인의 섬세하고도 깊은 현실 인식과 역사의식이 살아 숨 쉬고 있다. 그가 그려낸 우리의 강산, 대숲과 들꽃, 그리고 그 속에 뿌리를 내리고 터전을 지키며 살아온 민중들의 삶소리야말로 이 땅의 서정시가 가꾸어온 거대한 생명수가 아닌가.

진리에의 명령과 고통의 승화

— 김남주론

1. 머리말

격동의 시대 한복판에서 인간적인 삶의 이상을 지향하는 시작(詩作)의 과정이란 철저한 자기비판과 현실비판을 동시에 수반하는 작업이 되기 마련이다. 현실에 대한 비판이 곧 자기 자신에 대한 비판이 됨을 깨닫는 과정이야말로 현대의 시인이 떠맡은 사명이요 진리에의 명령이라 할 수 있다. 그러므로 시인이 존재의 현실적 근거를 드러내고, 그 가능성을 추구하기 위해서는 대상에 대한 주체의 확연한 부정(否定)의 정신이 요구되지 않을 수 없다. 이것만이 비인간적이고 반이성적인 사회 속에 가려진 진리의 실체를 다시 찾고 주체를 재건할 수 있는 원동력인 것이다. 그리고 그러한 정신성의 폭과 깊이는 현실적 자아로서 시인의 삶의 태도와 윤리 의식을 얼마나 실천적인 형상으로 드러내는가에 의해 결정되며, 시적 진실성은 이때 비로소 획득될 수 있다.

길지 않은 생애에 10여 년간의 투옥 생활이라는 삶의 이력이 말하는 김남주의 시세계는 어쩌면 바로 이러한 시적 진실성을 대신하는 하나의 굳은 신앙일지도 모른다. 『진혼가』(1984), 『나의 칼 나의 피』(1987), 『조국은 하나다』(1988), 『솔직히 말하자』(1989)로 이어진 시작의 실제가 그것의 철저함과 진실함을 민족과 민중의 해방된 인간적 삶에 대한 열망이라는 주제로서 고스란히 보여주기 때문이다. 흔히 그의 문학을 '시대의 문제에 대한 집요하고 강인한 시적 사유'로 요약하고, 그를 '철저하고 순결한 시인'으로 평가하는 것은 이런 의미에서 우리 시에 있어서 소위 '저항시'의 면면한 전통을 동시대에 선명하게 구현시키고 있음을 말해주는 것과도 같다.

필자는 김남주의 작품을 분석하는 글에서 그의 시적 본질을 낭만적 정신으로 요약한 바 있거니와, 그의 시가 지닌 낭만적 정신은 세계와의 조화를 재현하는 자족적이고 긍정적인 사유의 형태도 아니요, 그 반대의 것, 즉 부정적 사유에만 의존하여 세계와의 부조화로 인한 내면적 갈등을 외화(外化)시키는 감상적 형태의 것도 아니라는 데 그 독자성이 있다. 그의 시를 지탱하는 낭만적 정신의 요체로서 그리움과 동경의 정서는 오로지 훼손되고 상실된 진리의 실체를 시적 가상(假像)으로서 회복시키고자 하는 의지의 소산이다. 그러나 그의 시에서 그러한 정신의 중요성이 유독 강조되는 까닭은 진리를 대신하는 시적 가상이 대상을 지향하기보다는 주체를 지향하기 때문이다. 그의 시에서 전면적이고 과감하게 드러나는 주체의 모습이야말로 순수한 시정신의 실체만이 진리를 대신할 수 있다는 믿음을 구현하는 실체인 것이다.

이런 의미에서 1970~80년대의 시적 흐름에서 김남주의 시작 전체는 민족문학 혹은 노동문학이라는 단순한 문학적 이념의 한 축으로서만이 아니라, 그러한 문학적 방향성을 의미화할 수 있는 준거로서 현대시의 시작 태도 및 사유 방식에 새로운 지평을 보여주었다는 점에서 새삼 되돌아볼 필요를 갖는다. 문학이 시대의 소산일지언정 그렇게 생산된 문학 작품의 목소리는 시대를 선도할 수 있기 때문이다.

2. 저항시적 전통의 혁신과 순수의 형태

1970년대 말의 정치적 격동기를 거치면서 뿌리내린 우리 현대시의 저항시적 면모는 민중의 고통받는 현실에 대한 인식과 그들의 인간다운 삶의 회복에 대한 염원을 소위 민중적 상상력의 힘에 의해 형상화함으로써 시의 리얼리즘 문학으로서의 가능성을 열어주었다. 그런데 시가 당대의 현실에 날카롭게 반응하면 할수록 시의 의식은 현실적 정서를 그대로 반영하지 않을 수 없으므로, 1970년대 민중시는 전반적으로 회복에 대한 염원의 이면에 비극적 정서를 짙게 깔고 있었던 것이 사실이다.

이 시기 김지하(金芝河)의 시가 그러한 특성을 잘 보여준다. 「빈 산」과 같은 시는 애끓는 통곡과 처절한 절규의 목소리 뒤에 깊은 허무의 그림자를 드리운 채 비극적 세계상과 그 정서가 일치되는 미학적 경지에까지 이르고 있는 바, 바로 이 점이 일제하 한용운의 숭고한 시세계와도 다르고, 1960년대 신동엽의 낭만적 정서와도 다른 소위 '민중시'의 문학적 본질이라 할 수 있다. 요컨대 낭만적 시정신을 토대로 하고 민중적 현실 인식을 무기로 함으로써 이 시기 민중시는 진실성의 이름으로 시의 현실적 위상을 굳건히 할 수 있었던 것이다.

김남주의 시는 바로 이러한 시적 위상으로부터 출발한다는 점에서 우리 현대시의 저항시적 전통을 고스란히 이어받고 있다. 게다가 남민전(南

民戰) 사건에 연루되어 15년간의 수감생활을 한 그의 시는 애초부터 옥중시(獄中詩)의 모습을 띠고 우리에게 전해지지 않았던가. 그러므로 그의 초기시부터 1980년대 말에 이르는 시까지가 변함없이 하나의 목소리를 내고 있는 것도 전혀 이상할 것이 없는 노릇이다. 그리고 그 핵심은 노동자·농민의 주권을 위한 투쟁의 의지요 민족의 역사와 사회에 대한 비판에 있음도 자명하다.

그러나 그의 시는 1980년대를 거치면서 그만의 새로운 저항시적 세계를 구축해놓았고, 이것이 그의 시로 하여금 저항시의 전통 속에 침잠되어 온 비극적 정서와 낭만적 정신을 새롭게 일깨우고 혁신시키는 계기를 만들었음을 간과할 수 없다. 그것은 말하자면 낙관주의적 전망도 비관주의적 저항도 아닌 오로지 순간에 충실한 비판적 태도만으로 자신의 사유 내용을 표현하는 방식을 가리킨다. 이것이 바로 그의 시가 지닌 순수성과 순결성을 증거해줄 수 있는 요건이 된다.

> 참기로 했다
> 어설픈 나의 양심과 나의
> 미지근한 싸움은 참기로 했다
> 양심의 피를 닮고 싸움의 불을 닮고
> 피와 불이 자유를 닮고
> 자유가 시멘트바닥에 응집된
> 피 같은 불 같은 꽃을 닮고
> 있다는 것을 배울 때까지는
> 응집된 꽃이 죽음을 닮고
> 있다는 것을 알 때까지는
> 만질 수 있을 때까지는
> 온몸으로 죽음을

포옹할 수 있을 때까지는
칼자루를 잡는 행복으로
자유를 잡을 수 있을 때까지는
참기로 했다.

　　　　　　　　　　　　　　—「진혼가」 부분

　김남주의 초기작을 대표하는 이 시에서 눈여겨 볼 수 있는 것은 끈질길 정도로 유지되는 시적 사유의 깊이이다. 비도덕적인 현실에 대항하여 도덕적인 순결성을 지키겠다는 시인의 자기 다짐을 시는 '피'와 '불', '꽃'과 '칼'의 강렬한 투쟁적 심상으로 드러내지만, 그 궁극적 목적으로서 '자유'와 '행복'에 도달하는 시적 사유의 과정은 "시멘트바닥에 응집된" 인내라는 결정체로 나타난다. 이러한 사유의 형상이란 곧 전인격적인 것이며 정신 혹은 영혼의 전체를 내던지는 것이 된다. 온몸으로 쓰는 시가 영혼의 세계에서 우러나오는 시와 혼연일체가 되는 경지, 그것이 바로 김남주 시의 순수성이며, 순결한 주체의 목소리로서 시대 현실을 바라보고 말할 수 있는 원동력이라 할 수 있다.

　그렇다면 민중적 현실에 대한 시적 관심을 이처럼 과감하고도 순연하게 표출하는 주체의 목소리는 어디로부터 유래한 것인가. 본래 허무주의란 단순히 개인적 성향이 아니고 시대적이며 사회문화적인 행동 양태라는 점에서 본다면, 1970년대 민중시의 비극적 정서는 현실의 반영물로서 시적 대응 양태를 보여준 것이라 할 수 있다. 그러나 김남주의 경우는 그의 시가 동반하는 현실 인식의 원천이 오로지 개인적인 것이라는 점에 독자성을 가진다. 그의 옥중시 중 다수가 비록 어머니나 사랑하는 사람에 대한 그리움, 그리고 수감 생활의 사적인 감상을 표출하고 있기는 하지만, 시적 발상의 근본은 반성적이고 비판적인 자기인식에 의한 것이고 보면, 수감의 개인적 현실은 관념적인 형태로나마 현실에 대해 사유하는 주체의 확고한 의식을 강화시킬 수 있는 시적 공간을 마련해준 것이라 할 수 있다. 그러므로 그의 시에서 신념이란 주체적 신념이며, 진리를 향한 갈망이 아니라 주체의 내부에서 꿈틀거리는 진리의 목소리를 발산하고 확인하는 작업 또는 그 힘의 표상에 다름 아닌 것이다.

나는 또한 알고 있다 내가 걷는 이 길의 오늘과 내일을
—「길」 부분

바람에 지는 풀잎으로
오월을 노래하지 말아라
오월은 바람처럼 그렇게
오월은 풀잎처럼 그렇게
서정적으로 오지는 않았다.
—「바람에 지는 풀잎으로 오월을 노래하지 말아라」 부분

이제 분명해졌다 적어도 나에게는
나의 가장 가까운 적은 노동에서 가장 멀리 떨어져 있는 인간이다
—「감을 따면서」 부분

병사여 그대를 믿고 나는 물어본다
그대가 지키고 있는 이 밤은 누구의 밤이냐
—「병사의 밤」 부분

당신은 묻겠는가 이게 사실이냐고

보아다오 파괴된 이 도시를
—「학살 3」 부분

진리에의 명령과 고통의 승화

김남주의 시작 전편에 집요하게 추구되고 있는 방법적 형태가 바로 위의 인용 부분에서 찾을 수 있는 것과 같은 '자각의 형태'이다. 현실의 부정성에 대한 주체의 깨달음은 반성적인 목소리로서 제시되기도 하고 타인과의 의사 교환 형식을 빌린 문제 제기의 목소리로 제시되기도 하지만, 근본적으로 이러한 형태의 직접적 진술이 의도하는 바는 감추어진 현실의 진정한 의미의 드러냄, 그리고 그 확인에 있다. 이러한 의도는 곧 주체로서 시인의 신념을 만인에게 표백하고 전달하는 가운데 그 신념의 진실성을 강화시키는 데 그 고유한 가치가 있다.

이처럼 그의 시가 순수성을 지니고 있다는 것은 비판의 목소리가 선전성(宣傳性)만을 목적으로 하지 않음을 뜻한다. 오히려 목적을 지닌 순수의 형태라는 의미에서 그의 시가 표출하는 주체의 단호한 결의는 이성의 회복과 인간성의 자연스런 경지의 구현을 위한 방법론인 것이다. 김남주의 시로부터 우리 시사는 비로소 낭만주의냐 리얼리즘이냐 하는 사상과 방법의 제한된 영역에서 벗어날 수 있는 공간을 부여받은 셈이다.

3. 고통의 승화와 민중적 세계관

김남주의 시에서 힘을 느낀다는 것은 이런 의미에서 주체의 의지에 의해 현실적 고통을 감내하고 변혁에의 전망을 그의 내면에 구현하고자 하는 태도를 그대로 보여준다는 뜻과 통한다. 그의 시에서 찾아볼 수 있는 실천의 형상들은 현실에서 자유롭고 평등하게 살 권리를 박탈하는 억압적 기제들에 대한 비판과 저항의 결과물들이지만, 그것은 자학적이거나 풍자적이지도 않을뿐더러 오히려 당당하고 의연하게 억압으로부터 스스로 벗어나 진리를 추구하는 능동적이고 긍정적인 실천이라는 점을 주목할 필요가 있다. 그러나 이러한 시적 사유는 물론 초월적인 관조도 아니요 인생을 달관한 정신적 여유의 표상도 아니다. '이것은 아니다'라고 말할 수 있는, 확연한 부정의 차원에까지 도달한 단련된 사유 태도의 결과이며, 고통을 내면에서 승화함으로써 시인은 오히려 반이성적이고 야만적인 사회와 현실에서 투명한 이성과 진실을 회복할 수 있는 정신적 근거를 마련하는 것이다.

> 나는 이제 쓰리라
> 인간의 눈이 닿는 모든 사물 위에
> 조국은 하나다라고
> 눈을 뜨면 아침에 맨 먼저 보게 되는 천정 위에 쓰리라
> 만인의 입으로 들어오는 밥 위에 쓰리라
> 쌀밥 위에도 보리밥 위에도 쓰리라
> 나는 또한 쓰리라
> 인간이 쓰는 모든 말 위에
> 조국은 하나다라고
> 탄생의 말 옹아 위에 쓰리라 갓난아기가
> 어머니로부터 배우는 최초의 말 위에 쓰리라
> 저주의 말 위선의 말 공갈협박의 말……
> 신과 부자들의 말 위에도 쓰리라
> 악마가 남긴 최후의 유언장 위에도 쓰리라
> 조국은 하나다라고
>
> ―「조국은 하나다」 부분

이 시에서 시인은 예언자라기보다는 차라리 만인을 향해 자신의 노래를 한껏 불러대는 음유시인과도 같은 존재라 해야 옳다. 그만큼 자신의

말은 자신이 믿는 진리이며, 이로써 현실은 더 이상 주체의 순결을 짓밟거나 자유에의 열망을 말살시키는 질곡과 억압의 대상이 되지 못한다. 그러므로 김남주의 시에서 표출되는 이념의 실체란 도식적이거나 계급주의적인 것이기 이전에 자유와 정의를 위한 세계관의 표백이라 할 수 있다.

그의 시에 붙여지는 민족적, 민중적이라는 수식도 결국은 자신이 믿는 진리를 형상화한다는 대전제를 실천적 목소리로 보여준 결과에 다름 아니다. 그의 시에서 민족의 역사와 현실에 대한 비판과 사색을 담은 작품들은 모두 단순한 현실의 비인간적, 억압적 측면에 대한 고발에 머물지 않고, 그러한 현실 속에 존재하고 그 현실을 떠안은 주체로서 시인 자신의 깨달음을 직접 제시하고 있다는 점에서 김남주 시의 실천적 의미가 무엇인가를 잘 말해준다.

그러므로 그의 시적 실천, 즉 고통의 내면적 승화가 도달하는 진리의 내용은 물론 만인의 행복, 그 가치명제에 대한 시인의 화해로운 일체감, 동화감의 경지일 터이다. 환상적 염원을 동반한 이 경지는 어쩌면 순정한 시적 상상력의 궁극과도 통할 수 있으며, 따라서 이러한 경지가 자아내는 미적인 가치는 곧 시인의 민중적 세계관이 진실한 형태를 가지게 되는 순간과도 일치한다.

> 천만에! 나는 놓는다
> 토지여, 토지 위에 사는 농부여
> 나는 놓는다 그대가 밟고 가는 모든 길 위에 나는 놓는다
> 바위로 험한 산길 위에
> 고개 너머 평지길 황토길 위에
> 사래 긴 밭의 이랑 위에
> 가르마 같은 논둑길 위에 나는 놓는다

나는 또한 놓는다 그대가 만지는 모든 사물 위에

　　　매일처럼 오르는 그대 밥상 위에

　　　모래 위에 미끄러지는 입술 그대 입맞춤 위에

　　　물결처럼 포개지는 그대 잠자리 위에

　　　투석기의 돌 옛 무기 위에

　　　파헤쳐 그대 가슴 위에 심장 위에 나는 놓는다

　　　나의 칼 나의 피를

　　　오 평등이여 평등의 나무여

　　　　　　　　　　　　　　　　　　　　―「나의 칼 나의 피」 부분

　이 시 역시 김남주 특유의 반복에 의한 단순한 진술 구조를 통해 화자의 주관적 관념성을 강화시키고 있는 바, 이러한 주관성이 낭만적 주체의 신념과 의지를 표출하는 근본적 방법론이라는 점에서 정서적 효과를 극대화할 수 있는 토대를 마련하고 있다. 그것은 바로 정서의 단순성을 의미한다. 이 작품의 단순성이 지닌 시적 의미를 이해하는 데 있어서 시적 주체와 대상 사이의 긴밀한 상호작용을 파악하는 일은 매우 중요하다. '그대'라는 시적 대상이 단순히 화자가 관념상 포착할 수 있는 절대적 존재나 초월적 실체가 아니라, '토지'요 '농민'이며 곧 현실적 존재로서 '민중'인 동시에 '만인'이기 때문이다. 따라서 화자가 평등의 나무를 심고 자신의 칼과 피를 그들 위에 놓음으로써 자신의 의식 속에 민중들의 가치 있는 현실적 삶이 구현될 수 있는 공간을 현재화할 수 있게 되는 것이다.

　요컨대 민중들의 삶의 현실에 토대하기 위해서는 그 어떤 지적 현학이나 감정적 사색도 통하지 않는다는 시인의 태도가 시적 형상의 단순성을 가능케 한 것이며, 그로 인한 정서의 단순성은 곧 민중적 정서의 풍요로움과 직결되는 시적 표현을 얻는다. 시의 반복, 확장되는 수사적 표현들이 모두 침범될 수 없는 민중의 권리와 삶의 가치 내용을 보다 진실되며 신성한 것으로 승화시키고 있음은 곧 시인의 민중적 세계관의 견고함과 깊이를 말해주는 것과 다름없다.

4. 맺음말

김남주의 시는 시인은 사회 변혁의 주체라는 소명감과, 변혁의 현실적 내용을 구성하는 '자유'와 '평등'이라는 진리 명제의 신성성이, 단순화된 낭만적 진술과 결합하여 현실주의적 서정의 새로운 전통을 개진함으로써 1980년대 현실주의 시의 흐름 속에서 가장 대중적이면서도 가장 서정적인 모습으로 그 본령을 드러내고 있다.

김남주 시의 특징은 무엇보다도 산문화된 문장을 통해 항상 변혁에의 의지를 소박하고 솔직담백한 언어로 진술하는 데서 찾아볼 수 있는 바, 이러한 표현력을 가능케하는 창작의 원천은 시란 대중의 것이라는 믿음에서 비롯된 것이다. 그는 자신의 시론집 『시와 혁명』(1991)에서 예술은 대중의 것이며, 시에 있어서 대중성이란 시가 혁명의 편에 서서 대중의 이익을 옹호한다는 뜻임을 명백히 밝히는 한편, 그 표현의 요체는 대중의 생활 현실과 투쟁 의지를 반영하고 고양시키는 데 있음을 지적한 바 있다. 그의 시는 분명 그의 말대로 '무기로서의 시'를 지향하고 있는 것이다. 그러나 그는 현실의 구체성을 담아내기 위한 담론으로서 시가 담당해야 하는 몫의 독자성을 분명히 인식하고 있음도 사실이다. 그는 간접적인 관찰을 통해 민중들의 생활의식이나 일상적인 생활 감정 및 생활상을 반영하는 대신, '생활의 군더더기 살을 뺀', '뼈처럼 단단한' 의지적 인식과 형상을 직접 진술해야 함을 강조함으로써, 개인이지만 역동적인 사회 구조 속에서 살아 숨 쉬는, 고통과 분투를 함께 하는 동적인 개인으로서 시적 주체의 형상을 창출해낼 수 있었던 것이다.

요컨대 그의 시는 우리 서정시의 저항문학적 전통을 그 내면적 형식에서 철저하고 집요하게 추구함으로써, 민족과 민중의 이념이 한낱 구호에 그치지 않는 것, 그리하여 '만인'이 누구나 정직하고 정당하게 누리고 살아가야 하는 길 위에 존재하는 것임을 실천적 목소리로서 표출하고 전달해주는 힘의 시학, 정신의 시학을 구축한다. 이것은 1980년대 노동문학의 한 성과로서 박노해의 시가 보여주는 현실성의 형상적 반영의 측면이나, 백무산 시에 나타난 혁명적 낭만주의의 선전적 목소리가 지닌 실천성의 측면을 넘어서는 보다 시적이고 본질적인 것이라 할 수 있다.

시대의 한복판에 서 있으면서 시적 사유의 가장 깊은 곳까지 파고들어 간 자신만의 목소리를 드러낼 때 비로소 시의 진실성은 그 얼굴을 내민다. 그것은 곧 시가 부정의 정신을 통해 현실의 고통을 고통으로서 승화하는 길이며, 진리에의 명령을 시의 언어라는 이름으로 만인에게 던질 수 있는 굳건한 토대이다.

민족의 역사와 민족시의 역사

— 김규동, 김지하, 이성부의 시

1. 들어가며

　김규동, 김지하, 이성부. 이름만 들어도, 그 이름을 부르면, 혹시 우리는 불현듯 설레는 가슴으로 문학청년의 시절로 되돌아가는 자신의 모습을 발견하고 쑥스러워지지 않는가. 난 적어도 그렇다. 1970년대 말의 어두운 뒷골목 담벼락에 '민주주의'를 쓰던 그 손으로, 혹은 고뇌와 울분에 찬 쓴 소줏잔에 어리던 그 눈길로 마주하던 그들의 시 한 편 한 편들은 그때 그렇게 우리 문청들의 시린 가슴을 때론 달래주고, 때론 다잡아가면서 시대와 삶에 대한 날카로운 비판의 목소리를 '민중시'의 이름으로 새롭게 각인시켜 주었던 것이다.

　한 세기가 바뀌고, 한 세대를 훨씬 건너뛴 이 시점에서 새삼 1970년대 시의 의미를 이야기하려는 것이 이 글의 본 취지는 아니다. 다만 한 세대를 온전히 지나온 지금 이들 세 시인이 서 있는 자리가 우리로 하여금 시인이란 무엇이며, 시가 세상에, 그리고 인간의 사회적 삶에 어떻게 복무

할 수 있는가에 대해 다시 한번 생각할 수 있는 소중한 기회를 제공해주고 있기 때문이다.

그것은 그만큼 현재 우리 시의 상황이 시인의 존재성에 대한 확실한 인식의 부재 혹은 정체성 혼돈의 와중에 있음을 뜻하는 것이기도 하다. 즉 한때 예언자로서 시인의 역할에 대한 절대적 신뢰에 의해 시가 쓰여지고 읽히던 시절이 있었다는 점에서, '나'의 개별적이고 구체적인 내면의 목소리가 모든 이에게 보편적이고 이념화된 정서와 관념을 전달할 수 있다는 서정의 본질적 위의는 자신의 고유한 생명력을 가지고 작가와 독자 사이의 소통 관계를 유지할 수 있었다. 그러나 이제 상황은 한참이나 변해, 대중 시대의 자기만족적 독자와 대중 시대의 자존적 작가만이 서로의 자기의식을 확인하는 정도에서 시 쓰기와 시 읽기의 상호관계는 위험한 줄다리기만을 지속하게 된 것이다. 하지만 이 변화는 오히려 그만큼 서정의 본질을 자의식의 한정된 공간에서 벗어나도록 하는 외연 확대의 긍정적 역할도 수행하고 있음을 부인할 수는 없다. 문제는 바로 이 갈등의 국면에서 시인은 무엇을 쓸 수 있고 써야 하는가 하는 질문에 대한 실천만이 중요할 따름이다.

그런 의미에서 이들 세 시인이 의욕적으로 펴낸 세 권의 시집들은 모두 시류에 영합하지 않고 올곧은 시인의 길을 걸어온 그간의 내적 공력이 집약된 역저이자, 우리가 언제부턴가 잊고 지내왔던 가치 있는 사회적 삶의 본령에 대한 비판적이고 반성적인 눈의 의미를 잔잔하고도 심오한 목소리로 일깨워주고 있다. 그 목소리는 분명 시대와 역사의 목소리이자 한 세대의 격랑을 건너온 큰 시인의 존재 확인에 값하는 것이기도 하다. 그들이 써놓은 분단 시대 한국시사의 한 페이지가 넘어간 뒤, 우리는 그들이 새로 쓰는 이 시대의 민족시사와 역사비평을 한없는 기쁨과 감사의 마음으로 마주하게 되는 것은 너무도 소중한 혜택이다.

2. 김규동, 『느릅나무에게』

　김규동 시인은 고은 시인과 더불어 우리 시단의 가장 앞에 자리하는 분이다. 알다시피 그는 함경북도 종성이 고향으로 한국전쟁 중 월남한 실향민으로, 30년대 모더니스트 김기림에게 시를 배웠으며, 1948년 박인환, 김수영 등과 후반기 동인을 결성하여 1950년대 모더니즘 시의 선두주자로 활동했던 분이다. 그러던 그가 1970년대에 유신독재에 맞서 자유문학실천가협회를 결성하고 사회비판의 시를 쓰면서 가장 대표적인 모더니즘으로부터 리얼리즘에로의 넘어서기를 실천한 것도 우리는 잘 알고 있다.

　김규동 시인이 보여준 이러한 시적 실천의 바탕에는 그의 시적 지향이 머금고 있는 두 가지 내적 동력으로서 출발점적 계기인 사회와 문명비판의 날카로운 시인의 눈과, 분단 조국의 아픔을 몸소 껴안고 있는 시인의 가슴이 그 앞과 뒤에 자리하고 있다. 그리하여 시집 『느릅나무에게』(창작과비평사, 2005)에서 그는 그 시적 실천의 가장 높은 경지를 한국 현대사의 질곡을 헤쳐온 큰 시인의 모습으로, 삶의 역사를 차근차근 마치 하나의 거대한 파노라마처럼 이 시대를 사는 우리에게 되돌려준다.

　왜 우리는 김규동 시인에게 감히 민족시의 역사를 생생하게 보듬고 있는 산 증인이라는 이름을 불러주어야만 하는가. 아마도 그것은 이 시집에 실린 시편들이 모두 그가 걸어온 시인의 길을, 그리고 그 현대사의 질곡과 애환, 소망과 지향들을 고스란히 드러내주고 있기 때문일 것이다. 이 시집은 그렇게 이 큰 시인에게 주어진 두 가지의 소임을 다하고 있는 바,

그 하나는 시인의 과거로부터 현재에까지 이르는 길과 관련된 것이요, 다른 하나는 시인의 현재적 삶으로부터 유래하여 미래로 이어지는 길에 대한 것이다. 전자가 조국해방을 맞은 당대 시인들의 의식과 삶의 풍경을 재현해낸 해방 후 한국 현대시사의 축도에 해당하는 시편들이라면, 후자는 분단과 실향의 아픔을 간직한 채 통일을 염원하는 시인이 북쪽의 어머니에게 바치는 민족적 송가에 해당한다.

> 닭이나 먹는 옥수수를
> 어머니
> 남쪽의 우리들이 보냅니다
> 아들의 불효를 용서하셨듯이
> 어머니
> 형제의 우둔함을 용서하세요
> — 김규동, 「어머니는 다 용서하신다」 전문

시인은 자신의 어머니를 아직 찾지 못하고 있다. 그런 그에게 어머니는 사무치도록 그리운 존재이자 아련히 손을 내미는 아름다운 꿈의 대상이다. 시인은 이 그리움의 정서를 내면적 성찰과 반성적 어조로 담담하면서도 애절하게 그려낸다. 그러므로 시인에게 어머니는 새삼 단절된 개인의 역사를 되살리고, 다시 이어주는 신화와도 같은 매개체이다. 자신의 존재에 생명력을 불어넣어주는 그는 분명 그만의 어머니가 아니라 우리 민족 모두의 어머니인 셈이다.

미래지향적인 통일에의 소망을 말하는 시인에게 역시 고향은 그의 의식 속에 아련히 살아 숨 쉰다. 고향을 이야기하는 순간 시인에게 삶은 역사와 동급이 되며, 그런 의미에서 이 시집의 시편들에 묻어나는 회고적이며 반성적인 목소리는 기존의 내면화된 자의식적 서정시가 보여줄 수 없는 확장되고 시간성을 가진 역사적이고 객관적인 시적 공간을 창출해낸다. 그 한 켠에 시인 자신의 시적 편력이 빛바랜 사진첩처럼 고스란히 재현되어 있음도 물론이다.

한편 시인은 이 시집에서 문인들과 교유하던 "꿈과 열정의 한 시대"(「잃어버린 사진」)를 이야기한다. 그것은 일종의 문단 원로가 일구어내는 삶의 회고록과도 같은 모양새를 하고 있다. 이 시집을 통해 우리는 최서해와 이태준, 이상과 김유정 등 문단의 선배를 위시하여, 김광균과 오장환, 이용악 등 1930년대 후반을 풍미한 시인들과의 일화는 물론, 박인환, 김수영 등과 함께 하던 추억에서 후배 시인 박봉우에 대한 기억들에 이르기까지 해방에서부터 1950년대를 관통하는 그때 그 시절을 담담하게 회상하는 시인의 모습을 만나게 된다.

그러나 이 회상은 단지 한 시인의 개인적인 생애사로 국한시키기에는 너무나 생생하고도 곡진한, 그리고 한국 현대사의 굴레에 대한 비장한 인식을 불러일으켜주는 역사적인 의미를 담고 있다. 이를테면 '어떻게 살 것인가'라는 지극히 당연하고도 본질적인 삶의 질문에 대해 시인은 자신이 걸어온 시인의 길을 통해서 반추하는 일로써 대답을 대신한다. 그 과정으로부터 시인은 다음 구절에서처럼 자신의 현재적 삶에 대한 존재론적이고도 역사적인 의미 규정을 가능케 하고 있는 것이다.

> 사라진 시간 속에서
> 고개를 치켜드는 건
> 언제나
> 가냘픈 존재의 떨림이다.
>
> ─「존재와 말」 부분

제4부 분단 시대의 현실 인식

3. 이성부, 『작은 산이 큰 산을 가린다』

김규동 시인의 시집이 한국 현대시사의 한 단면, 민족시의 역사를 체현해주고 있다면, 이성부 시인의 시집 『작은 산이 큰 산을 가린다』(창작과비평사, 2004)는 한국 현대사 자체에 대한 하나의 시적 보고서이자 이 시대를 살아가는 우리 모두에게 들려주는 민족적 송가라 할 수 있다. 이 시집에 실린 시편들은 모두 「내가 걷는 백두대간」이라는 제명 아래 쓰여진 연작시이자, 시인의 말처럼 시인 스스로 실천한 백두대간 종주의 결과물, 즉 국토에 대한 끝없는 애정의 표시로서 바쳐진 노래들이기 때문이다.

이 시집은 연작시편들의 창작 동기에 걸맞게 온통 산으로 뒤덮여 있다. 시집에 실린 많은 백두대간의 사진들은 그 의의를 더욱 선명하게 해준다. 일종의 답사기와도 같은 시편들이기에 발길 닿는 곳곳에서 시인이 발견하는 국토의 아름다움과 그에 대한 애정, 여정 속에서의 심회와 감상만을 기술하기에도 책 한 권이 벅찰 정도이다. 그만큼 시인은 이 시집 속에서만큼은 행복한 유랑자이다.

그러나 우리는 이 시집의 시편들에서 진정으로 시인이 발견하고 있는 것이 무엇인지를 다시 한번 차분히 들여다볼 필요가 있다. 그것은 왜 시인은 걸어서 백두대간을 종주해야만 했는가에 대한 답변과 통한다. 또한 그것은 시집의 마지막을 장식하고 있는 지도 한 장의 의미에 대한 것과도 관련을 맺는다. 말하자면 시인의 발걸음이 찾고자 한 것은 다름 아닌 우리 민족의 왜곡되지 않은 정통 역사, 그리고 그 민족 구성원들의 삶의 터전이었고 그들의 희로애락이 묻어 있는 이 산하에 살아 숨 쉬는 민족의 전통이었던 것이다. 그 민족사의 숨결을 온몸으로 느끼는 일과 그 숨결에 실려오는 민족사의 현장을 눈에 보는 생생하게 현실의 육체로 구현해내는 일이 이번 시집에서 시인이 담당한 몫임에 틀림없다.

> 우리나라 산골 마을 어디에도
> 육이오 때 숨겨간 억울한 혼령들 없을까마는
> 이 산 아래 거창 땅은
> 오십년이 지난 지금도 가슴이 미어지는
> 누가 들어도 노여운 역사 하나를
> 더 가지고 있어 내 발걸음 잠시 멈추어야 한다
>   —「거창 땅을 내려다보다」 부분

　이처럼 시인은 가까이는 동족상잔의 전쟁터로부터 구한말과 일제 치하 항일의병들의 항쟁 흔적에 이르기까지 민족의 생존을 지켜오던 그 삶의 터전을 하나하나 떠올린다. 그 여정의 기록만큼 역시나 시편들의 말미에 깨알같이 박혀 있는 각주도 결국 시인이 우리에게 민족 자존에 대한 새삼스런 이해를 구하기 위한 하나의 과정에 다름 아니다. 그 과정에서 시인은 "작은 산이 큰 산을 가린다"(「작은 산이 큰 산을 가린다」)는 삶의 진리를 발견하고 놀라움을 금치 못한다. 그만큼 시인의 삶 역시 한국 현대사의 질곡과 함께해왔다는 것이며, 그것은 결코 현재완료형이 아니라, 역시 그의 말대로 "통일이 성취되고 백두산까지 산길이 트일 날도 머지않으리라는 사실"(「시인의 말」)을 가슴 한 켠에 새겨둔 미래진행형의 시인의 길과 통함에 틀림없다.

4. 김지하, 『유목과 은둔』

김지하 시인의 시집 『유목과 은둔』(창작과비평사, 2004)은 위 두 시인들이 보여준 두 가지 큰 시인의 길을 함께 포용하고자 한다. 그리고 그것을 사상의 단단한 육체로만이 아닌 서늘하고도 심오한 울림의 정신과 목소리로 우리에게 전해준다. 특히 김지하 시인의 최근 시편들이 보여준 생명시로서의 면모가 정신의 깊이를 추구하는 데 온전히 바쳐진 데 비해, 이 시집에 실린 작품들은 그 세계를 한 차원 더 넘어선 새로운 경지를 구현하고 있다는 점에서 이 포용의 의지는 자못 심대한 바 있다.

그 두 길이란 것을 먼저 대강 잡아 말하자면 시집의 1부에 집중된 시인의 현재적 삶에 대한 자기표명과, 2부에서 보이는 한국 현대사에 대한 비판적 언명이라 할 수 있다. 그리고 아울러 3부에서 기존의 생명시의 연장선에 있는 작품들이 있으나, 이 역시 생활의 현실에서 만들어내는 실천의 사상을 보여준다는 점에서 주목할 만하다.

그의 시편에서도 김규동 시인의 경우와 같이 시인의 길에 들어서게 된 1960년대의 삶과 의식의 내면 풍경이 현대사의 질곡과 나란히 형상되어 있다. 그러나 김지하 시인의 시편들에서 두드러지는 것은 그 풍경의 현실적 회상이 아니라, 그것을 비현실로 만드는 고유한 이미지를 창출하고 있는 점이다.

> 미미한 보름달의
> 거기
> 그 언덕의 집

나의 열아홉

쌔하얀

어둠

— 김지하, 「열아홉」 부분

시인의 기억 속에 되살아나는 청년 시절의 삶이 4·19혁명의 배음과 함께 "쌔하얀/어둠"으로 기록되는 순간, '흰 어둠'이라는 역설의 세계가 창조된다. 이 경지야말로 시인이 말한 "서늘하고 신령한 내용을 쉽고 허름한 형식에 담아내"는 일과 통한다. 그것은 비극의 초월이라고 말할 수도 있고, 흰빛 이미지가 만들어내는 일체 무(無)의 형식화 과정이라 할 수도 있다.

이렇게 시인 스스로 자신의 삶을 돌아보는 일은 '김지하 옛주소'와 '김지하 현주소'의 대비되는 두 편의 시에서 보다 선명하게 재현된다. "개똥 같은 인생"이나 "죽음의 날"에 대한 깨달음은 모두 단순한 현존재로부터 벗어나 생명 자체의 궁극적 경지를 탐색하는 의식과 행위에 따른 사색의 결과물이다. 그런 의미에서 시인이 "삶은 그냥 오지 않고 허전함으로부터만 온다"고 말하고자 한다('삶')는 것은 허허로운 삶의 자족적 세계를 구축함으로써 시인으로서의 자존을 세우고자 하는 또 다른 존재의 역설이기도 하다.

그러나 시인은 이렇게 자기 안을 들여다보는 일에 만족하지 않는다. 아니 어쩌면 이미 시인의 안에는 세계가 들어앉아 있음에랴. 그렇다면 시인에게 세계란 무엇인가. 이 대목에서 우리는 김지하 시인의 보다 넓고 심오한 역사에 대한 통찰을 대면하게 된다. 그것은 한편으로 민족사의 오랜 전통을 되살리기 위한 인식에의 요구와도 같은 것이며, 다른 한편으로는 민족사의 현재와 미래를 위한 세계사적 의미에 대한 재인식으로 확산되

　　　　　　　　　　　　　제4부 분단 시대의 현실 인식

는 것이기도 하다.

시인의 상상력은 생활의 한복판에서 동아시아의 시공을 넘나들며 우리 민족의 삶의 내력을 탐문하고 재구한다. 그러나 그의 상상력은 결코 찬란한 민족사의 재현에 대한 꿈으로 되돌려져 있는 것이 아니다. 그 거슬러간 시간만큼 그는 민족사의 모든 현장을 지금 여기의 현실적 존재 앞에 고스란히 내려놓고 있는 것이다. 그는 구리를 지나며 고구려의 생명을 생각하지만 또한 연변에 가서 조선족 문인들을 만나면서 중국의 동북공정을 생각한다(「두레마을에 가서」, 「구리를 지나며」, 「윤동주 앞에서」). 일본의 옛 고도 교토에서는 다른 한편으로 동아시아 평화의 그날을 꿈꾸기도 한다(「은각사에서」, 「교오또 1, 2」, 「사까이에서」)

이것이 전부가 아니다. 그는 광화문 한복판 영화관에서 "현란한 팍스 아메리카나"에 대한 비판을 보고 묵화(墨畵)의 세계와 율려(律呂)를 말하기도 하며(「화씨 9/11, 그리고 샤갈」), 방폐장 설치 문제로 뜨거웠던 부안에서는 고부의 동학혁명을 떠올리면서 역사의 반복과 새문명의 개벽을 생각하기도 한다(「부안 1, 2」). 시인은 그 어느 누구보다도 분명하게 민족사의 현실과 진실을 꿰뚫고 있었던 것이다.

5. 나가며

이제 우리는 세 권의 시집을 다 읽고, 다시금 이 시대에 시란 무엇이며, 시인의 존재는 무엇인가에 대해 생각해보게 된다. "노병은 죽지 않는다. 다만 사라질 뿐이다."란 말이 마치 연륜과 권위의 대명사처럼 인용되던 시절이 있었다. 만약 지금도 그것이 유효하다고 믿는다면 그 사람은 한껏

미화된 어떤 제국주의의 망령을 승인하거나, 아니면 삶의 타성과 영원주의의 미명에 사로잡혀 있는 자일 뿐이다.

반대로 생각해본다. 이 백화난만한 민주주의의 시대에 소비자 대중들에게 읽히는 시를 쓰는 일이야말로 가장 현실주의적이고 실천적인 시인의 자세인가. 오히려 현실주의를 가장하여 감성과 이미지의 축제의 불꽃에 뛰어들거나, 자신도 모르는 상상의 숲에서 감정을 소비하고 있지는 않은가.

김규동, 김지하, 이성부. 이들 세 시인이 우리에게 주는 소중한 교훈은 적어도 시인이 지녀야 할 소명 의식과 자존을 잃지 않는다는 것이다. 그들의 글쓰기에는 적어도 삶과 세계에 대한 고뇌와 비판적 인식을 정화해낼 수 있는 생명력이 녹아 있다. 그것을 통해 우리는 삶의 처음과 끝, 시간의 흐름에 대한 감식력을 배운다. 나의 존재와 존재성의 의미에 대해 알게 되는 것이다.

이 땅의 모든 시인들은 지금부터 정체성에 대해 써야 할 때가 되었다. 혹은 서정의 본령에 대해 다시 배워야 할 때가 되었는지도 모른다. 그런 의미에서 김지하 시인의 불교적 상상력은 다음 시에서 불교를 뛰어넘고 있다.

> 작은 꽃 속에
> 큰 하늘이 피어 있어
> 법(法)이라 한다
> 네 작은 담론 안에
> 우주가 요동하는 것
> 사랑이다

깊은
죽음.

— 김지하, 「화엄」 전문

제5부

시인의 초상 – 대담기

환상이란 근본적으로 시적 자아의 뿌리를 확인하는 작업이며, '고백'의 형식을 통해 그 자라남과 열매 맺음

과 어울림의 과정이 적나라하게 드러나게 마련입니다. 환상의 시란 가장 개인적이면서도 가장 역사적인 기록들이라는 점에서

고인(故人)의 유고 시편들이야말로 개인의 자아 인식이 역사 속의 일상적 존재 확인을 통해 진정한 내면적 가치를 지니게 됨을

모더니즘 넘어서기와 분단 시대의 인식
― 김규동 시인과의 대화

때 : 1993년 10월 27일

곳 : 시와시학사 회의실

"현기증 나는 활주로의/최후의 절정에서 흰 나비는/돌진의 방향을 잊어버리고/피 묻은 육체의 파편들을 굽어본다."라고 전쟁의 폐허에서 아픈 상처를 보듬고 지성의 향방을 논하던 김규동 시인. 그는 우리 국토의 북쪽 끝 함북 종성에서 태어나시어 문학과 시를 위해 월남하신 이후, 조국 분단의 아픔을 가슴 한 켠에 묻은 채 35년간을 오로지 창작에만 전념해오신 우리 현대시사의 산 증인이다. 1948년 『예술조선』지를 통해 등단하신 이래 '후반기' 동인으로서 『나비와 광장』(1955), 『현대의 신화』(1958)와 같은 시집을 통해 전후 모더니즘 시 운동의 중추적 역할을 하셨으며, 1960년대 이후 10여 년간의 침묵 과정에서 문학이 삶의 현실을 외면할 수 없다는 새로운 현실관을 체득, 『죽음 속의 영웅』(1977)의 간행을 계기로 현실주의 시로의 자기변혁을 이루어내신 김규동 시인은 그의 작고 야윈 체구에도 불구하고 숨겨진 저력과 불의에 타협하지 않는 고집을 가지신 분이다. 그리고 최소한 그것을 자신의 삶과 시의 길에서 확인해오신 셈이다. 급격한 변혁기를 맞고 있는 오늘의 시의 현실에서도 『오늘밤 기러기 떼는』(1991)

과 『생명의 노래』(1991) 등을 펴냄으로써 식지 않는 창작의 열정을 보이는 그의 문학 세계는 시가 결코 삶을 초월한 것도, 일상에 매몰된 것도 아니어야 함을 비판적 지성의 눈과 목소리로 우리에게 역력히 말해주고 있다. 연로하심에도 불구하고 대담을 위해 오고 가는 길의 불편을 내색하지 않으시는 시인의 모습에서 대담자가 문득 현실의 의미를 되새겨 보게 된 것도 따지고 보면 그의 시정신이 우리에게 말하고 있는 그것과 다르지 않은 것이리라.

박윤우(이하 박)　이번에 원로로서 우리 시단의 한 기둥을 이루고 계신 김규동 시인을 모시고 이야기를 나누게 되어 무척 영광입니다. 날씨가 갑자기 쌀쌀해져서 도심에서는 가을을 맘껏 누릴 기회조차 박탈당하는 것같아 아쉽습니다만, 선생님의 요즘 근황은 어떠신지요, 건강은 좋으십니까?

김규동(이하 김)　제 몸무게가 지금 39㎏입니다. 제 손자들이 저보다 더 나가는 셈이지요. 글을 쓰다 보니 담배도 끊지 못하는 형편이구요. 하지만 항상 소식을 하고 큰병 없이 지내고 있습니다. 강단으로 살아간다고 해야겠지요.

박　자제분들이 모두 장성했을 텐데 생활은 어떻게 하고 계십니까?

김　물론 저희 자식들은 다 분가해서 따로 살고 있고, 저는 조그마한 단독주택에서 아내와 둘이 단출하게 지내고 있습니다. 저야 강단에서서 학생들을 가르치는 일도 없고, 오로지 여기저기 글 써주고 내작품 구상하고 하는 일에만 매달리면 그만이지요. 원고료 수입이란게 뻔한 것이지만 그래도 작년 제 종합소득을 보니 850여만 원이나 되던데요. 어쨌건 글쓰기를 전업으로 하는 이들에게는 자기만의 시간, 집중할 수 있는 공간이 절대적으로 필요합니다. 갈수록 변화가 심해지는 서울의 모습과 세태가 제겐 좀 아쉬울 따름이지요.

박 예, 그러고 보니 선생님께서 문단 활동을 시작하신 지도 벌써 근 반세기가 다 되는군요. 선생님께서는 북에 고향을 두시고 해방 후 월남하셔서 본격적인 문학의 길을 걸어오셨는데, 어떻게 해서 문학에 뜻을 두게 되셨습니까?

김 저는 원래 의학을 공부했었습니다. 아버지께서 의사이셨던 집안 환경도 관계가 되었을는지 모르겠으나 고등학교를 마치고 연변 의대에 입학하여 3학년까지 다녔었습니다. 그러던 제가 의학 공부를 마다하고 평양종합대학, 그러니까 지금으로 치면 김일성대학의 조선어문학과에 편입하여 문학 공부를 해보겠다고 했을 때는 나름대로 문학이 내 자신의 삶에 중요한 가치로 자리잡았기 때문이겠지요. 저로 하여금 문학에 관심을 갖도록 이끌어준 사람은 바로 김기림 선생이셨습니다. 김기림 선생은 당시 조선일보사가 문을 닫자 기자직을 그만두고 고향으로 내려와 계셨었는데 제가 다니던 경성중학교에 영어 교사로 부임하시게 되어 문학적 영향을 받게 되었던 것이지요.

박 그렇다면 결국 김규동 시인께서 초기 문학 활동에서 보여주신 모더니즘 문학론도 따지고 보면 김기림 선생의 생각들을 이해하는 과정에서 배태된 것이라 할 수 있겠네요.

김 그렇다고 할 수 있지요. 그러나 그러한 문학론의 영향이란 것은 사실상 지적인 측면에 불과한 것이고, 대체로 문학청년으로서의 포부나 정신적 영감 같은 것이 오히려 더 중요한 영향의 측면이지 않았나 생각합니다.

박 그러면 일단 대학에서 본격적인 문학 공부를 할 수 있게 된 상황이었는데 왜 월남하실 생각을 하게 되셨습니까? 구상 시인의 경우처럼 이데올로기적인 동기가 있으셨습니까?

김 저의 경우는 이데올로기적인 동기와는 무관합니다. 본래 저는 3년 계획으로 서울로 가서 좀 더 활발하고 진지한 문학 공부를 하려고 했던 것입니다. 당시 북한의 문단이나 문학적 분위기는 생각보다는 비교적 자유로운 것이었습니다. 말하자면 형이상학적 언어가 용납되고 있었다는 것이지요. 저도 재학 시 『평양종합대학학보』나 『청년통일신문』 같은 곳에 작품을 발표하기도 했는데, 그 경향은 대체로 형이상학적인 것이었어요. 그렇지만 대학에서 배우는 문학이라는 것이 동서 고전에 치중해 있어서 폭넓은 문학을 섭취하는 데 장애가 된다는 생각이 들게 되었습니다. 『시경』이나 박지원의 『열하일기』 같은 작품을 대상으로 원전 해석에 치우치는 교과 내용으로는 시에 대한 정신적 영감이나 집중적인 생각의 공간을 만들 수 없었기 때문이지요. 시라는 것이 본래 자유로움을 추구하는 것이고, 또 고립된 가운데서 보편적인 진리를 창조하는 것 아닙니까.

박 결국 선생님의 월남은 순수한 학문적 동기에서 이루어진 셈이군요. 그리고 어느 정도 뜻을 이루신 후에는 다시 고향에 돌아오겠다는 생각을 가지고 내려오셨는데 그 길이 아직도 돌아가지 못하는 길이 된 셈입니다. 구체적으로 언제 어떻게 월남하셨고 월남 후의 생활은 어떻게 하셨습니까?

김 제가 월남한 시기가 1948년 정월이었는데, 물론 그 당시에는 개인적으로 3년이면 통일이 가능하리라는 믿음을 가졌고, 그만큼 당

시 남북의 상황이 38선 철폐를 논하는 등 긍정적이었던 것도 원인
이 되었었지요. 또 한편으로 김기림 선생이 그때 서울에 계시면서
대학에 출강하고 계시던 것도 제게 의지가 되기도 했구요. 그렇기
때문에 당시 월남하면서도 그 사실을 가까운 친구들에게조차 알리
지 않았습니다. 제가 월남한다는 것을 알고 있던 사람은 어머니와
아우 둘뿐이었으니까요. 지금 생각하면 어처구니없는 일이지만 김
일성대학 교복을 그대로 입은 채 아무런 제지도 받지 않고 의정부
까지 내려왔고, 거기서 비로소 남쪽의 경찰들로부터 조사를 받게
되었지만 학생 신분이고 월남의 동기가 학문에 있음을 알고 순순히
풀어주더군요. 물론 내려오면서 제 아우가 몰래 넣어준 상당한 액
수의 돈은 다 빼앗기고 말았지요. 아우는 당시 평양 의대에 다니고
있었는데 서울 생활을 해보았던 관계로 혼란기에는 돈이 제일 필요
하다면서 걱정을 해주었던 것입니다. 지금 와서 생각해볼 때 아우
의 그 말은 삶의 어떤 운명적 슬픔과도 같은 것으로 남아 있습니다.

박　고향에 남았던 가족 소식은 알고 계십니까?

김　글쎄요. 뭐 직접 전해들은 바는 없지만 부모님은 작고하셨을 테고,
아우는 아마도 잘 살고 있을 겝니다. 의사니까요. 어쨌든 아무 대
책이 없는 채 단신 월남한 저는 그 길로 서울에 가서 김기림 선생을
만났습니다. 당시 선생께서는 중앙대에 출강하고 계셨는데, 그 덕
에 저도 지금의 중대부속고등학교 전신인 상공중학교의 교사로 취
직할 수 있었습니다. 생활의 그림자가 항시 저의 의식을 지배했던
시절이었지요.

박　이제 선생님의 〈후반기〉 동인 시절의 이야기를 본격적으로 들어야
할 것 같습니다. 전쟁이 일어난 후 선생님께서도 피난 수도 부산에

서 문단 활동을 하셨을 텐데, 당시 시단의 분위기는 어떠했습니까?

김　6·25는 월남한 제게 전혀 새로운 또 하나의 현실이었습니다. 정
신이 번쩍 나더군요. 당시 문인들이 모여 있던 지역은 대구와 부산
이 중심이었는데, 저는 부산에 내려가 피난 생활을 하게 되었습니
다. 그때 저는 의당 군에 나가야 할 나이였으나 마침 연합신문 기자
로 취직해서 문화면을 맡아 일하게 된 관계로 전선에 나가지 않아
도 되었습니다. 물론 당시 대구와 부산 지역의 문인들은 육·해·
공군별로 종군작가단을 결성해서 전선에 종군들을 했었습니다. 종
군이란 것이 결국 종군기를 써주고 쌀 배급 정도를 받아 생활한 것
에 불과한 것이었고 그때의 생활고란 참으로 감당하기 어려웠지
요. 제가 생활하던 부산의 문단은 남쪽의 문인들 대다수가 모여 있
었던 만큼, 해방 후 우리 문학계의 진로를 새롭게 모색해야 할 과제
를 떠안고 있었던 공간이었습니다. 그러나 사실상 당시 남한의 기
성 시단이란 제가 보기에는 한마디로 허약하기 짝이 없었습니다.
1930~40년대에 중심적인 활동을 하던 시인들의 반수 이상이 북쪽
에 집결해 있던 상황을 고려해볼 때 그렇고, 김기림 선생이나 정지
용 시인과 같은 경우 해방 직후 〈조선문학가동맹〉에 가담했다는 전
력으로 인해 문단의 홀대를 받은 것도 결국 당시 남아 있던 기성 시
인들의 이기적인 태도로 말미암은 것이라고 봅니다. 이런 풍토는
젊은 신진 시인들에게 좋지 않은 영향을 미쳤습니다. 이들이 당시
의 정지용 시인을 두고 "수공 예술의 말로"라고 함부로 매도했던
것이 바로 그 단적인 예입니다. 당시 문단의 발표 지면은 물론 상당
히 한정되어 있었지만 그래도 그중 『문예』지가 문학계를 대변하고
있었는데, 김기림 선생이 한 번 지면을 얻게 된 적이 있습니다. 그

때 쓰신 원고가 「문화의 운명」이라는 아주 깊이 있는 글이었는데, 잡지가 나온 것을 보니 맨 뒷부분에 그것도 다른 글보다 터무니없이 작은 활자로 조그맣게 실어놓았더군요. 그러나 이런 풍토 속에서도 저는 일단 아무런 배경 없이 문학을 하겠다고 혼자 내려온 입장이었기 때문에 당시 문단의 분위기나 성향을 나름대로 이해하려고 무척 노력했습니다. 우선 『문예』를 주관하던 김동리 씨가 자주 들르시던 다방에 나가 사람들을 만나고 김동리 씨의 소설도 열심히 읽었습니다. 그렇지만 결국 내게 남은 인상은 과거 지향적이고 토속적인 것, 말하자면 현실을 직면하지 못하고 내부로 도피하려는 태도만이 드러나는 문학일 뿐이라는 점이었습니다. 그 당시 제가 특별히 관심을 갖고 본 시인들은 김성림과 김수영이었습니다. 이들에게는 현실과 대면하는 그 어떤 날카로운 힘 같은 것이 느껴졌으니까요.

박 그러니까 당시 선생님께서는 나름대로 지향하는 시관이 있으셨던 것 아닙니까. 요컨대 나약한 시를 극복해야 한다는 명제 같은 것이 선생님의 창작에 근본적인 동기를 부여한 것이라고 할 수 있겠군요. 그런 의미에서 〈후반기〉 동인에 가담하게 된 경위는 어떠했고, 동인들의 의식 성향에서 어떤 특징들을 찾아볼 수 있겠습니까?

김 당시 〈후반기〉 동인의 주요 멤버들은 부산에서 살고 있었던 조향을 매개로 해서 이미 1949년 『새로운 도시와 시민들의 합창』이라는 사화집을 간행했던 박인환, 김경린, 김수영 등이 모더니즘 운동에 뜻을 두었고, 여기에 저를 위시해서 김차영, 이봉래 등이 가담하여 형성되었습니다. 김수영은 당시 거제도 수용소에 포로로 수용되어 있었기에 직접 활동을 같이 할 수는 없었지만 정신적으로 일체감을 가지고 있었지요. 저희들의 당시 모더니즘 운동이 추구했던 기본 이념은 한마디로 초현실주의적인 것이었습니다. 그리고 기존 우리 시단의 나약함을 극복하기 위해서는 허위에 맞서 진실을 밝히고자 하는 힘을 보여야 한다고 생각했습니다. 있는 그대로의 현실을 수용할 것이 아니라 그것을 넘어섬으로써 삶의 진실된 모습 드러낼 수 있다는 믿음을 가졌던 것이지요. 사화집 『새로운 도시와 시민들의 합창』은 이러한 생각을 결집하는 데 아주 중요한 계기가 되었지요. 동인들의 시적 경향은 조금씩 달랐지만 그것은 일종의 방법론상의 차이라고 할 수 있을 겁니다. 저희 동인들 중 특히 박인환은 사회 현실에 대한 관심이 유달리 컸습니다. 그는 비록 「목마와 숙녀」 같은 감상적인 시를 쓰기도 했지만 그건 서구 문학을 수용해야 한다는 우리들의 방법론적 필요성을 의식했던 때문이고, 제 생각에 그가 만약 일찍 죽지 않고 지금까지 살았다면 틀림없이 민족 현실에 대해 신랄하게 비판하고 고뇌하는 사실주의 시인이 되었을 겁니다. 이런 것이 참다운 모더니스트의 길이 아닐까요.

박 그 말씀은 제가 느끼기에는 단순한 시의 현실 참여적인 가치보다는 모더니즘이 가지고 있는 진보적인 측면, 즉 사회변혁적인 기능과 관련되는 것 같습니다. 사실 당시의 모더니즘 문학운동은 전후 시문학의 방향성 논의에 있어서 중요한 핵심적 의미를 담고 있다고 보는데, 선생님께서 '초현실주의'라는 말로 압축해주시기는 했지만 당시 모더니즘 시 중에는 허무적이고 실존적인 색깔을 띤 경우도 많지 않았습니까. 그런 의미에서 고은 시인이 『1950년대』에서 기록한 대로 당시 전후의 문학이 허무주의에 침윤될 수밖에 없었다는 견해를 선생님께서는 어떻게 생각하십니까? 제가 이 문제를 새삼 거론하는 까닭은 해방 직후 이데올로기적으로 대립하고 전쟁으로 인해 냉전 체제가 확립되는 시대적 상황 속에서 시의 상황, 즉 시인의 인식적 지평을 확립하는 일이 무척 어려웠을 것으로 생각되기 때문입니다.

김 물론 당시의 현실이 시인들에게 주는 중압감은 결코 외면할 수 없는 것이었습니다. 그러나 그로 인한 허무가 정신적인 것이었던 만큼, 그로부터 나온 명징한 정신세계를 확보하지 못한다면 허무의 체험이란 아무 짝에도 쓸모가 없는 것이 되지 않겠습니까.

박 예, 그렇다면 결국 1950년대에 주창된 모더니즘 문학운동은 현실적 비극을 넘어서자는 적극적 현실 인식의 소산이라는 점에서 새로움을 갖는다는 말씀이 되겠군요. 여기서 좀 더 구체적으로 당시 선생님께서 지향하셨던 모더니즘 시론의 내용과 시대적 의미를 살펴보고 싶습니다. 선생님께서는 1950년대에 국한해볼 때 당시 대표적인 평론가였던 조연현, 백철, 최일수, 이어령과 같은 분들보다 오히려 활발하다고 할 만한 비평 활동을 하셨는데, 제가 확인해본 바에 의하면 이 기간 동안 발표하신 평론이 수십 편에 달하고 그것이 거의 모두 본격적인 '현대시론'에 집중되어 있습니다. 평론집 『새로운 시론』을 통해 집대성하신 이 모더니즘 시론의 요체는 어디에 있습니까?

김 기본적으로 그 당시 저의 이론적 관심은 변화하는 현실에 시가 어떻게 대처할 수 있는가 하는 문제에 집중되어 있었습니다. 그래서 시인에게는 현실을 꿰뚫어 볼 수 있는 통찰력이 필요하며 그것은 지성의 확보를 통해 가능하다는 입장이었지요. 좀 더 현실적으로 이야기하자면 당시 우리 시단의 상황에 비추어볼 때 보수주의는 안

된다는 생각이었어요. 그러니까 소위 '새로운 시'라는 것은 시인이 언어의 세계를 넓혀감으로써 직면한 현실의 생생한 상념을 어떤 형식적 제약 없이 써나갈 때 가능하리라는 것이었습니다. 시에는 반드시 약동하는 생명력이 느껴져야 한다는 것이고 직선적이며 비약과 전진의 심상을 담아야 한다는 것이지요. 아까 '초현실주의'란 말에 대해 약간의 오해가 있었던 것 같은데, 현대시가 기본적으로 초현실주의를 지향해야 한다는 것은 문학정신이 음악이나 철학, 사상 같은 것에 의존해서는 안 된다는 생각을 전제로 합니다. 즉 절박한 현실의 중심에 서서 그러한 현실에 대해 깊이 있는 이해를 하기 위해서는 리듬에 의거한 몽롱한 상징주의나 철학적 인생론, 더 나아가서 편내용주의 및 자연주의적 순수시론 따위는 현대시의 영역에서 배제되어야 한다는 것이지요. 그러므로 현대시의 존재 방식은 순수한 영상의 세계, 즉 시인이 가진 강렬한 자의식의 투명한 반영으로 나타나야 한다는 것입니다. 제가 당시 피력한 이러한 견해는 근본적으로 단순한 문학이론적인 관심에서라기보다는 당시의 사회 현실을 극복하기 위한 문학정신의 방향에 관한 모색에서 나온 것이라 할 수 있겠지요.

박　그러니까 선생님께서 사용하신 '초현실주의'라는 말은 단순한 기법상의 문제가 아닌 문학정신상의 개념으로 이해할 필요가 있겠군요. 저는 개인적으로 시나 시론상으로 조향이나 김경린 시인이 지향하던 바를 초현실주의로 이해하고, 선생님의 경우 일종의 온건한 모더니즘 쪽으로 파악하고 있었는데…….

김　글쎄요, 꼭 그렇게 구별될 수 있는 것만은 아니라고 봅니다. 예컨대 당시의 배인철이나 박인환 같은 시인도 시의 분위기나 내면적인 의식의 면에서는 현실의 본질을 과감히 파헤치려는 정신적 지향을 가지고 있던 경우라 할 수 있습니다. 또 해방기로 거슬러 올라가면 오장환 같은 시인도 아주 강렬한 현실의식을 가진 시인이었는데 그도 본질적으로는 모더니즘 시인이지요. 그런 의미에서 저는 현대의 문학정신이란 그 시대의 가장 강렬하고 대표적인 저항정신이며, 그러한 시는 스스로 비판적이며 즉물적이고 객관적인 형상을 얻을 수 있다고 본 것입니다.

박 예, 모더니즘 시론과 관련한 선생님의 말씀은 일단 1950년대라는 당대의 상황에 대한 하나의 문학적 대응방식이라는 측면에 중점이 놓였던 것 같은데, 사실 당대의 모더니즘 논의는 1930년대와의 관련, 즉 계승 혹은 비판이라는 관점과 외국문학의 수용이라는 관점까지 함께 고려해보아야 할 문제가 아닙니까? 이 문제는 직접 선생님의 시를 가지고 이야기하는 편이 좋을 듯싶습니다. 첫 시집인 『나비와 광장』에서 대표작이라 할 수 있는 「나비와 광장」은 김기림 시인의 「바다와 나비」와 모티브상 어떤 영향 관계가 있습니까?

김 물론 저의 초기 시에서 은사이신 김기림 선생의 영향을 전적으로 배제할 수는 없겠지요. 그러나 김기림 선생의 시가 현대시에 개입하는 지성의 본질이라는 면에 비중을 더 둔 것이라면, 저의 경우는 그러한 지성의 현실적 기능에 초점을 맞추었다고 하면 비교가 될 것입니다. 김기림 선생의 시에서 '바다'는 한마디로 현대문명의 상징이 아닙니까. 그에 대해 제 시에서 '광장'은 바로 황폐한 전후의 현실 그 자체입니다. 그러한 현실에 정면으로 부딪치는 인간의 저항적 정신을 추구해본 것이지요.

박 시 작품 하나에 대한 평가를 가지고 한 시대의 문학론 전반으로 확산시키는 것은 조금 무리일지도 모르지만, 선생님의 말씀으로 미루어 결국 1950년대 모더니즘은 1930년대의 모더니즘을 방법적 기초로 해서 당대의 시대정신을 구현할 수 있는 의식상의 새로움을 확보한 것이라고 할 수 있겠군요.

김 그렇다고 할 수 있지요. 그러나 1930년대에 이상과 같은 시인에게서 나타난 초현실주의적 시도와 1950년대 모더니즘 시인들의 그것은 그 현실적 의미 면에서 다르다고 보아야 하지 않겠습니까.

박 물론입니다. 제가 모더니즘의 방법적 기초라는 문제를 거론했는데, 앞에서 예를 든 두 편의 시가 그렇듯이 김기림 시인의 사상적 기반에 개재된 스펜더의 영향이 선생님의 경우에도 해당되지 않습니까? 당시 선생님의 시관에 미친 외국문학의 영향은 어떤 것입니까?

김 당시 제가 관심을 기울인 서구의 문학사상은 역시 초현실주의의 테두리 안에 있었습니다. 두 가지 방향인데, 하나는 브르통, 아라공 등의 초현실주의 견해들을 탐독했고, 다른 한편으로는 스펜더나 오든과 같은 모더니즘 시인들의 작품을 선호했었습니다. 특히 스펜더의 시에서는 진취감과 속도감에 매력을 느꼈고, 오든의 시에서는 보들레르적인 내면성에 끌렸습니다. 제 시에 이러한 서구적 요소가 필요성을 가지게 된 것은 무엇보다 당시의 현실을 뚫고 나가야겠다는 시의 정신적 새로움 또는 그 창조의 힘이 중요했기 때문이었습니다.

박 예, 모더니즘 문학론에 대한 이야기가 너무 길어졌던 것 같습니다. 이야기 가운데 선생님의 초기시에 대해서 조금씩 언급이 된 셈이니까, 자연스럽게 선생님의 시세계에 대한 본격적인 이야기로 화제를 옮기도록 하겠습니다. 지금까지 걸어오신 선생님의 시세계는 어떤 의미에서는 확연한 시기 구분을 할 수 있게 해주는 것 같습니다. 그러니까 『나비와 광장』, 『현대의 신화』를 간행하신 1950년대가 모더니즘 시를 쓰신 초기에 해당하고, 상당한 공백 뒤에 1970년대 후반에 내신 『죽음 속의 영웅』이 중기의 시적 변화를 보여주신 것이라 할 수 있다면, 또 한 시대가 흐른 1990년대에 『오늘밤 기러기 떼는』과 『생명의 노래』를 통해 후기의 시세계를 보여주시고 있다고 하겠습니다. 먼저 초기시에 관해서는 이미 문학론의 관점에서 많은 이야기가 있었던 관계로 선생님의 '자평'을 듣겠습니다.

김 '자평'을 하라는 것은 미숙할 때의 창작 행위에 대해 자기비판하라는 말로 들리는데요. (웃음) 사실 지금 와서 생각해보면 그때의 시들은 모두 현실을 살아가는 순간순간의 정신적 흔적들이었지요. 『나비와 광장』에 있는 「보일러 사건의 진상」과 「진공회담」 두 편을 빼면 나머지는 다 '연습'에 불과한 것이라 해도 과언이 아닐 겁니다. 이 두 편만이 나름대로 초현실의 정신을 치열하게 탐구하고 언어화한 작품들이 아닌가 생각합니다.

박 그렇다 하더라도 1950년대를 거치면서 확보하신 세계관 혹은 문학관이 이후 창작상의 변화 과정에 일정한 지속력으로 작용할 수 있었을 텐데, 세 번째 시집이 나올 때까지의 근 20년이란 공백은 너무 길었던 것 아닙니까?

김 정확히는 20년이 아니라 12년이지요. 역시 4·19와 5·16으로 시작된 1960년대의 현실은 저로 하여금 보다 바람직한 삶의 조건이라는 문제를 전면에 떠올리게끔 했습니다. 김수영과 신동엽의 시가 그렇게 가치 있게 보일 수가 없었습니다. 그러나 막상 제 자신의 창작에 이러한 현실의 변화와 저의 실감을 적절하게 형상화하기란 쉽지 않았습니다. 그 대신 쉬면서 생각을 정리할 기회를 가진 것이지요. 예컨대 문화인으로서 견지해야 할 지성의 실체가 무엇일까, 시대적 지성이 실천력을 갖질 수 있는 환경이란 어떤 것인가 하는 문제들에 대해 고민한 것입니다. 그러다가 1970년대로 접어들어 군사정권에 대항하는 지식인들의 현실참여적인 활동이 두드러지면서, 문인들 사이에서도 그러한 의식이 확산되었지요. 1974년에 김정한, 김병걸, 고은, 백낙청 등과 함께 '민주회복국민회의'에 참여한 것이 계기가 되어서 이후 문인들의 단체로서 '자유실천문인협의회'를 만들고 참여하게 되었습니다. 그때부터 그들과 가두시위도 했고, 경찰서 유치장 신세도 많이 졌습니다. 항상 형사들이 뒤따라 다니기도 했구요. 이러한 활동을 하면서 얻은 경험들이 자연스럽게 저의 시의 변화에 영향을 끼친 것이라고 할 수 있지요.

박　그러한 의식상의 변화가 시인의 시세계, 즉 시의 방법론적 전환을 가능케 했다는 점에서 1977년 간행하신 『죽음 속의 영웅』이 당시 "한국적 모더니즘과 그 극복"이라는 평가를 받은 것은 선생님 개인의 시작에 있어서 무척 의미 있는 일이었다고 생각합니다. 사실 이 시집에 실린 작품들이 1950년대 말의 모더니즘 작품부터 1970년대 중반 이후 현실적 관심을 드러내게 된 작품까지 망라되어 있기는 하지만, 개인적으로 선생님께서는 '한국적 모더니즘'이란 평가와 '모더니즘의 극복'이라는 문제를 어떻게 생각하십니까?

김　그것은 어떻게 보면 『죽음 속의 영웅』에 모더니즘 시와 리얼리즘 시가 섞여 있다는 이야기로도 해석할 수 있는데, 일단 "한국적 모더니즘과 극복"이라는 평가는 평자의 입장에서 본 견해이고, 제 입장에서는 부분적으로 제가 가지고 있던 실험정신의 그림자가 남아 있었다고 보아야 하겠지요. 단지 '한국적'이란 수식어를 붙여주었다는 것은 자유를 위한 저의 문학적 신념이 우리 현대사의 현실을 외면하지 않으려는 태도로 귀결된 탓이 아닌가 생각해 봅니다.

박 이 시집에서 특히 주목되는 부분이 「빈손으로」, 「어머님 전상서」, 「북에서 온 어머님 편지」와 같이 북쪽에 있는 어머니와 형제들에 대한 애타는 그리움을 표현한 시들인데, '모더니즘의 극복'이라는 평가도 결국 이처럼 시인께서 민족 현실에 대한 폭넓은 관심을 직접 드러내게 된 데 기인하는 것 같습니다. 개인적으로 이 작품들에 대해 어떻게 생각하시는지요? 아울러서 1980년대 이후 리얼리즘 문학으로 전환하시게 되면서 시관의 변동은 없으십니까?

김 삶에서 혈육의 문제 이상 중요한 것이 없을 테니까 의당 절실한 의미가 나타날 수 있었겠지요. 사람들이 이것을 가지고 모더니즘으로부터 벗어나 리얼리즘으로 문학관을 혁신시켰다고 말하는데, 물론 1970년대를 거쳐 오면서 저의 현실관과 문학관에 변화가 있었던 것은 사실입니다. 그러나 그것은 시대적 요구였고 어떤 의미에서는 자연스런 것이었는지도 모릅니다. 단지 앞서 이야기하신 시편들은 문학적으로는 단순 표현에 그친 것들이라는 점이 아쉬울 따름입니다. 제가 소위 재야단체에 가담하고 참여문학의 활동을 적극적으로 하게 된 것은 근본적으로 그때의 현실 상황, 다시 말하면 구체적인 삶의 조건이 한 시인으로서 저를 자유롭게 숨 쉴 수 없게끔 했기 때문입니다. 인간의 고뇌는 바로 환경으로부터 비롯됩니다. 나쁜 환경은 극복해야 하는 것이 인간이 살아가는 원리가 아닐까요. 민주화라는 것도 기실은 좋은 환경 만들기를 추구하는 것입니다. 그리고 저는 단지 시인이지 투사는 못 됩니다. 저는 제가 잘 알아요. 군사정권하에서 저는 참 많은 모임과 대회에 참가를 요구받았는데, 그러한 모임의 공동체적 당위 앞에서는 개인적인 이해를 거론할 수가 없어요. 사실 저는 고은 시인이나 신경림 시인과는 다릅니다. 그 사람들은 처음부터 어려웠고 고생을 참 많이 했어요. 저야 의사 집안에서 태어났고 특별한 어려움을 모르고 성장한 셈이지요. 그런 의미에서 그때의 실천적 활동은 제게 소중한 경험이 되었습니다. 물론 시에 관해서 말하자면 다소 불만은 있습니다. 1970~80년대에 제가 쓴 시들은 거의가 낭송시입니다. 그러니까 단체의 모임에 나가서 그들의 요구에 맞는 구호적인 문체의 단순 표현이 많을 수밖에 없지요. 그러나 그런 활동이 저의 문학관의 변동에 있어서 중요한 역할을 할 수 있었던 측면은 민중문학의 필요성이 저 개인적으로는 보다 큰 의미에서 민족문학적인 가치로 발전할 수 있다는 생각을 가지게 한 점입니다. 이제는 문민정부도 들어섰고 어느 정도 민주화도 진전되지 않았습니까. 그러니까 앞으로는 격렬한 외침보다는 기본적 생활이 유지되는 삶과 문학의 풍토가 더 중요하겠지요.

박　그 말씀을 선생님의 가장 최근 시집인 『생명의 노래』에 실린 시편들에서 받는 느낌과 연결해서 생각해보아도 좋을 것 같습니다. 선생님께서 단순 표현이라고 지적하셨지만 이 시집의 주된 관심사인 분단 극복, 혹은 통일 지향의 주제는 상당히 진솔한 감정이면서도 잔잔하고 담담한 목소리에 의해 구체화되고 있음을 느끼게 되는데, 오히려 이것이 보다 많은 사람들의 공감을 얻을 수 있는 요체가 아닌가 합니다.

김　과분한 이야기입니다. 어쨌건 한 시인에게 있어서 시세계의 변화란 그 시인이 자신의 단점을 극복하고 발전을 위해 도약할 수 있다는 것을 의미하는 한 바람직한 일입니다. 그것이 근본적인 문학관의 변동을 가져온 경우 그때는 시인의 현실에 대한 인식이 얼마나 치열하고 정직했는가를 반성해보아야 할 노릇이지요.

박 그런데 최근 시들을 보면 그러한 근본적인 문학관의 문제가 그리 선명하게 강조되지 못하는 듯한 느낌도 받습니다. 이와 관련해서 최근 시에 대한 선생님의 견해와 앞으로의 시에 대한 전망을 듣고 싶습니다.

김 최근 시들이 이전에 비해 상당히 다양한 경향을 띠고 있다는 말씀인 것 같은데, 저는 그것이 꼭 나쁘다고만은 생각지 않습니다. 다만 시를 위한 새로운 실험이나 모색을 함부로 어떤 이념에 의존하려는 태도는 지양해야 할 것입니다. 요즈음 한창 붐을 일으키는 포스트모더니즘 시가 바로 그렇습니다. 포스트모더니즘을 표방하는 사람들 중에는 그것이 자본주의에 대항하는 하나의 전략이라고 말하는 이들도 있는데, 제가 보기에는 그것이야말로 자본주의 문화론 자체일 뿐이지 본질적으로 그 어떤 현실비판력을 가질 수는 없는 것이라고 생각합니다. 사실 요즈음은 과거에 비해서 생활수준이 보편적으로 나아지지 않았습니까. 말하자면 누구나 부르주아일 수 있고, 또 누구나 일반대중일 수 있는 것이 현실입니다. 그럴진대 이러한 일상적인 삶의 현실과 그 세부에 매몰된 의식을 보여준다는 것이 무슨 비판적 의미가 있겠습니까. 또 현대문명을 부정한다는 태도도 무책임한 것입니다. 시인에게 있어서 문화는 기본적인 삶을 구성하는 환경입니다. 자본주의 문화의 폐해는 개혁함으로써 비판되어야지 부정하는 것은 아무런 의미도 가지지 못합니다. 그런 의미에서 앞으로의 시는 제가 보기에 두 가지 방향에서 모색의 실마리를 찾아야 하지 않을까 생각합니다. 그 하나는 민주화를 진전시키는 방향에서 궁극적으로 통일문학을 지향하는 것이고, 다른 하나는 세계성을 확보하는 일입니다. 이것은 적어도 포스트모더니즘으로는 되지 않습니다. 감동으로부터 현실적 공감대를 확보해야만 가능할 겁니다.

박   선생님의 말씀을 들으면서 시대의 흐름이 문학에 주는 의미가 얼마나 큰가를 새삼 음미하게 됩니다. 시인의 사명이란 곧 시대의 본질을 꿰뚫어 보면서 넓게 끌어안을 수 있는 비판적인 자세에 있지 않은가 생각해봅니다. 마지막으로 앞으로 선생님의 개인적 계획이 있으시다면 듣고 싶습니다.

김   다른 것보다 통일을 위한 장편 서사시를 한 편 써보고 싶은 생각입니다. 보셨겠지만 지난번 중국에서 발견된 우리 고구려 고분벽화 참 아름답지 않습니까. 이런 우리의 민족적 문화유산을 보면서 새삼 통일에 대한 신념을 더 강하게 다지게 되었거든요. 고구려 때를 배경으로 소재를 찾아볼 생각입니다.

박   이렇게 멀리까지 몸소 와주시고 장시간 대담에 응해주셔서 정말 감사합니다. 항상 건강하셔서 왕성한 활동을 보여주시고, 우리 시단의 발전에 큰 힘이 되어주시기 바랍니다. 아울러 통일의 그날을 염원하는 선생님의 그리움과 신념이 우리 민족 모두의 미래로 실현될 것을 바랍니다. 감사합니다.

개인적 삶의 역사화와 일상의 가치

— 윤삼하의 유고시편

1. 영결식 추도 강연

해방된 지 50년을 맞이하는 올해는 민족사적으로 매우 뜻깊은 해임에 틀림이 없습니다. 근대사의 정상적인 발전을 가로막은 일제의 36년간 강점 기간은 우리 민족 구성원 각자의 삶의 궤적에도 어두운 그림자를 드리운 채 지금까지 아물지 않는 생채기를 남겨놓았습니다. 근대시의 행로에 점철되어 나타난 잃어버린 절대적 존재와 아름다운 이상에 대한 그리움과 회복의 의지도 그 밑바닥에는 시인들의 삶에 대한 비극적 전망이 가로놓여 있으며, 따라서 해방은 광복(光復), 즉 '빛의 회복'으로서 개인적 삶과 역사적 삶의 참 가치를 대신하는 동시에, 비관주의의 극복이라는 문학적 과제를 새롭게 던져주었다는 점에서 시인으로 하여금 그 의미를 재확인하도록 하는 것도 당연하다 하겠습니다.

「50년의 해와 바람」이라는 제목으로 『시와 시학』에 게재되었던 고(故) 윤삼하 시인의 유고 시편들은 바로 이처럼 해방의 그날을 기점으로 한 50

년의 개인적 삶의 역사를 돌아본다는 것이 어떤 의미를 가지는가를 느끼게 해주는 작품들로 일관되어 남아 있습니다. 유년 시절에 해방을 맞이한 그 시점으로부터 1950년대, 60년대, 70년대, 80년대를 이어온 시인 자신의 삶의 이력을 고스란히 대변한 일종의 개인사적 기록물과도 같은 이 시편들은 회상의 구조 속에서 시적 자아가 만들어내는 독특한 자기애(自己愛)의 표현을 통해 한국 현대사의 부침(浮沈)을 반성적 인식의 형태로 보여주고 있습니다. 회상이란 근본적으로 시적 자아의 뿌리를 확인하는 작업이며, '고백'의 형식을 통해 그 자라남과 열매 맺음, 상처의 아픔과 아묾의 과정이 적나라하게 드러나게 마련입니다. 회상의 시란 가장 개인적이면서도 가장 역사적인 기록물이라는 점에서 볼 때, 고인(故人)의 유고 시편들이야말로 개인의 자아 인식이 역사 속의 일상적 존재 확인을 통해 진정한 내면적 가치를 지니게 됨을 웅변으로 보여주었다 하겠습니다.

「50년의 해와 바람」은 사실상 연작 장시의 형태를 취하고 있는 작품입니다. 그리고 각 편의 시들은 모두 일정한 역사적 사실과 대응하고 있다는 점에서 연대기적인 연관 관계를 지닙니다. 그 1편인 「뼈를 찾아서」가 해방 50년의 감회를 되새기는 회상 구조의 시작을 알리는 일종의 서사(序詞) 격으로 쓰였으며, 「감동 아침」이 해방 직전 유년 시절 작자의 귀국과 관련되어 있습니다. 6·25를 거친 50년대 청년기의 삶의 기록에 해당하는 「스무 살」이라든지, 4·19혁명으로부터 시작되는 1960년대의 역사를 비추어보도록 한 「오산의 명수」와 「나라 사랑」, 그리고 장년의 사회인이 된 작자의 1970년대 삶을 말하고 있는 「버스를 기다리며」, 1980년대의 사회 변화를 암시해준 「위험 수위」 등에 이르기까지, 시인은 자신의 삶의 내용을 형성하게 된 원천을 시대상의 흐름 위에 놓고 스스로 돌아봄으로써 격동의 사회를 살아온 자신의 존재를 추슬러보고자 한 것입니다.

윤삼하 시인의 유고시편들이 제시하는 삶의 문제에서 특히 주목되는 것은 유년 체험의 회상입니다. 시인은 유년 시절을 일본에서 보내고 1943년 귀국한 독특한 체험을 지니고 있는데, 「뼈를 찾아서」와 「감동 아침」에 나타나 있는 유년기 자아의 시선은 바로 이러한 체험의 회상이 부여하는 그리움과 회한, 그 역사적 아이러니와 비장감이 애틋하고도 직감적으로 드러나 있습니다.

> 실로 50년만에 다시 찾은
> 정든 고향 아닌 그곳
> 내 여덟살과 아홉살의 뼈가 묻힌 곳
> 그곳은 바다 건너 남의 땅
> 일본 나라껜(奈良縣)의 한 작은 마을
> …(중략)…
> 할머니의 유난히도 흰 한복이 부끄러웠고
> 스스로 못나서 원망스러웠던 그 시절
> 내리쬐는 7월의 뙤약볕만큼 뜨거운 기억들
> 50년의 해와 바람에도
> 사그라지지 않는 기억들
>
> ─「뼈를 찾아서」 부분

식민지인으로서 일본인 아이들의 멸시에 상처받은 '부끄러움'의 감정은 고향 아닌 고향의 비정함을 되새기게 해주지만, 그곳이야말로 시인 자신이 유년의 삶을 영위한 터전이며 그 때문에 스스로의 뼈를 묻은 곳으로 인식될 때 비정함은 자기 연민의 정서로 발전합니다. 어린 화자로서 느끼는 처절한 외로움은 바로 화석화된 유년기의 삶이 오히려 "사그라지지 않는 기억"으로 시인의 존재를 각인시키고 있음을 보여주는 것입니다. 「감동 아침」에서 보여준 귀국선을 타고 진정한 고향땅을 밟는 기쁨과 환희의 감정 역시 회상의 구조 속에서 나타날 때 상처의 치유라는 또다른 자기 확인이라는 의미에서 이해할 수 있겠습니다. '조국의 아침 해와 바람'을 "50년이 지난 오늘에도 남아 있는" 감촉으로 지속시켰던 이러한 태도야말로 시인의 지나온 삶에 대한 끈끈한 애착의 소산이 아닐 수 없는 것입니다.

고인(故人)의 유고시편에서 청년기 시인의 삶의 궤적은 다시 한번 '부끄러움'이라는 이름으로 아로새겨지고 있습니다. 그것은 전쟁의 상처를 몸으로 안고 20대를 살아온 청년의 허무와 회의가 4·19라는 현대사의 현장에서 새롭게 변모된 존재의 모습입니다. 자신을 대상화하는 시인의 단호한 시선은 역사의 전면에 의롭게 나서지 못한 부끄러운 삶을 「오산의 명수」에서는 "타도되어야 할 오점"으로 비판하기도 하는데, 이러한 자기비판의 시적 태도는 연민과 그리움을 동반한 원초적 회상의 정서로부터 내적 고뇌와 갈등에 의한 존재의 전면적 확인으로 비약하는 동기를 부여하게 됩니다. "길고 눈먼 어스름 속/매끄러운 피부와 의상"과 같은 구절이나 "닫힌 창밖의 새들의 지저귐"과 같은 표현에서 시인은 고요와 평화, 사랑의 세계를 형상화하고 있는데, 이것이 청년기 허무와 회의의 연장선에 존재하는 세계임을 자각한 시인의 인식이야말로 내성적인 관념의 틀로부터 현실의 세계로 나아갈 수 있는 계기로 작용한 것입니다. 한편 「나라 사랑」에서는 존재 확인의 질문이 대상화된 자아를 향하는 데 그치지 않고 자아의 내면 의식을 외면화, 사회화하는 방식으로 나타남으로써, 존재 인식의 발전을 보여주기도 합니다. 다시 말해서 "내 나라를 사랑하는 것도 죄인가"라는 반문(反問) 속에 시인은 자신의 삶이 사회 속의 삶이라는 의미를 내면화하며, 이를 통해 부끄러움의 존재 인식을 극복하고자 한 것입니다.

장년기에 접어든 시인의 초상은 그럼에도 불구하고 또 다른 의미에서 부끄러움의 존재 인식을 지우지 않고 있습니다. 1970년대와 80년대를 살아온 기성인의 모습은 한편으로는 일상에 매몰된 소시민의 초라한 뒷모습으로 그려지기도 하고, 또 한편으로는 일상인의 삶을 온당하게 누리겠다는 소박한 마음을 정당하게 요구하는 의지를 지닌 사람으로 드러나기도 합니다.

> 오늘 따라 어쩌면
> 하늘이 저리 고운지
> 그 핏덩이 같은 해를 바라보며
> 무엇을 훔쳐보다 들키고 난 듯
> 화끈 얼굴이 달아오른다.
>
> ─「버스를 기다리며」 부분

> 그해 여름 느닷없는 물난리 이래
> 비만 퍼부으면 잠 설치는 버릇이 생겼다.
> 뿐만 아니라 우리 삶의 터전 곳곳에
> 위험수위가 도사려
> 틈만 나면 목을 졸라매곤 한다.
>
> ─「위험수위」 부분

샐러리맨으로서 집안을 책임진 가장의 무거운 어깨를 스스로 지우지 못하는 솔직한 자기 고백은 자본주의 사회에서 삶의 정상성을 지키려는 일의 힘겨움을 역설적으로 드러낸 것이라 보아도 좋겠습니다. 이런 의미에서 이유 없이 달아오른 자신의 얼굴을 느끼는 화자의 부끄러움이야말로 일상인의 의식과 무의식을 동시에 지배하는 현실의 존재 상황에 대한 자각이며, 일상인으로서의 삶이 보여줄 수 있는 정상적 가치에 대한 역설적인 확인인 셈입니다. 「위험수위」에서 표현된 불면증과 목조임의 심리도 결국은 삶의 정상성을 위협하는 현실의 왜곡과 험악함에 대한 일상인의 분노와 비판의 목소리에 다름 아닌 것입니다.

소시집의 마지막 작품으로 쓰인 「해방 50년」에서 시인은 위에서 살펴본 것과 같은 자신의 삶의 궤적을 결산한 바 있습니다. "해바르고 빗발치던 날의 내 노래"라는, 얼핏 보기에 단지 신산한 인생 역정을 압축한 듯한 이 한 구절 속에 시인은 시를 통한 개인사의 회고가 우리 민족의 현대사를 관통하는 삶의 과정과 목표에 덧씌워져 있음을 암묵적으로 알려주었던 것입니다.

> 허기와 불안으로 잠 못 이룬 밤들
> 옆구리 한쪽이 무너져내리는 아픔
> 외팔 외다리로 절름거리며
> 허리 못 쓰는 앉은뱅이 세상
> 언제 다시 온 몸으로 일어나
> 활개쳐 걸을까
> 불타는 바램 하나로 용쓰며 참아온 날들
> 해방 50년
> 나의 50년을 한자락 바람에
> 날려버리지 말아다오
> 한 저녁 노을빛으로 물들이지 말아다오.
>
> ──「해방 50년」 부분

여기서 우리는 다시금 윤삼하 시인이 보여주었던 개인사의 기록이 왜 어색한 '부끄러움'의 몸짓과 목소리로 이어져야만 했는지 되새기게 됩니다. '허기와 불안', '앉은뱅이의 세상'은 그의 존재와 떼려야 뗄 수 없는 빛과 그림자의 교차와도 같은 것이었습니다. 그리고 그 삶의 노래는 항상 상실감과 극복을 위한 갈망으로 점철되어왔다는 뜻입니다. 적어도 자신의 존재를 확인할 수 있는 분명한 이유가 일상의 진실 속에 있다는 믿음이 있다면 그렇다는 것입니다. 조국의 현대사가 덧씌워놓은 깊은 생채기를 안고 '해방 50년'을 헤쳐온 평범한 일상의 개인으로서 시인의 삶과 존재는 그 일상의 정상성을 되찾을 수 있는 길을 새삼 기원하고 있는 것입니다. 그러기에 시인은 그 '50년'을 신산한 바람의 세월로 지워버리기를 원하지 않았고, 찬란한 꽃의 세월로 찬양하기도 바라지 않았던 것이며, 더군다나 지는 해의 노을에 물드는 한갓 회한의 세월만으로 남는 것을 단호히 거부했던 것입니다.

이 자리를 빌려 다시 한번 고인이 병상에서까지 담담하게 갈망했던 자신의 새로운 시적 염원, 그 종교적 귀의의 세계가 성취되는 그날을 이 자리에 참석하신 모든 분들과 함께 기원합니다. 감사합니다.

2. 대담(육성녹음)

박윤우(이하 박)　　건강이 좋지 않으신 모습을 대하게 되어 송구스럽습니다. 이번호 신작 소시집에 '50년의 해와 바람'이라는 제목으로 선생님의 작품을 싣게 되어 기쁩니다. 이 작품은 무엇보다도 연작 장시의 형태를 취한 작품이라는 점과, 해방 50년을 맞는 선생님의 개인적인 감회에서 우러나온 자전적인 작품이라는 점에서 주목됩니다만, 선생님께서 이 작품을 쓰시게 된 특별한 동기가 있다면 어떤 것인지 말해주십시오.

윤삼하(이하 윤)　제가 어렸을 때는 해방보다는 일제 말기 패전의 색이 짙은 어린 시절의 기억이 뚜렷해요. 좀 더 개인적인 차원에서 시대를 살아온 사람의 시대를 바라보는 시선을 반드시 정치적인 것보다도 개인의 삶의 모습을 그려보았습니다. 요사이 자서전적인 시가 많이 나옵니다만 저는 일본에서 학대도 받고 조금 특이합니다.

박　지금 말씀하셨듯이 「뼈를 찾아서」, 유년 시절 선생님의 삶을 그린 것으로 보이는 「외딴섬」, 「큰형」이라든지 「쪽발이」, 「감동 아침」 등에서 그런 느낌을 강하게 받았는데요, 유년 시절의 일본 생활이란 작가로서의 특수한 체험이 아닙니까. 그 기간의 생활이 선생님께서 살아오신 삶에서 차지하는 의미랄까, 지금까지 가지고 계신 구체적인 영상은 어떤 것입니까?

윤　지금까지 살아오면서 한국인으로서의 긍지를 잃지 않았습니다만, 어느 한편엔가 일본이 그리우면서 일본에 대한 의식을 많이 했었습니다. 그리고 우리의 시골에서 자라지 못한 부족감이라든가, 특히 우리말을 제대로 하지 못하는 것에 대한 결핍 의식이 강하게 작용했었고 이런 것들이 복합적으로 제 시창작에 영감을 주었던 것 같습니다.

박　이번 소시집을 쓰시고 난 소감이 있으실 텐데 선생님의 시세계에 어떤 역할을 한 것 같습니까? 작품들을 보면 대체로 포연의 아득함, 굶주림과 상처, 웅크리고 파괴된 젊은 날의 초상 등이 허무주의적인 색채로 다가오는 것 같고, 후반기의 삶의 표정들에서는 부끄러움이라든가, 꿈과 이상의 좌절, 삶의 정직함의 추구 등으로 인해서 한편으로는 소시민 의식을 느끼게 하면서도 사회적 개인으로서 그 갈등의 내면이 잘 드러나는 것 같아서 인상적이었는데요.

윤 시를 쓰면서 저는 지금까지는 막연한 관념이나 감정적인 것을 주로 다루었는데, 이번 소시집을 통해 실제로 자기의 체험, 겪은 것이 가장 확실함을 새삼 확인했습니다. 물론 개인적으로도 그렇습니다만, 저희들이 신춘문예를 통해 문단에 나올 때에는 전쟁과 폐허라는 시 대상을 무시할 수 없었습니다. 그러니까 자연히 시가 개인과 사회, 전쟁과 연관이 되는데 나이가 들면서 사회성이 약화되다가 민주화가 되면서 사회에의 관심이 다시 싹트더군요.

박 최근 생활하시면서는 어떤 문제에 특별히 관심을 기울이고 계십니까?

윤 나이가 드니까 남은 생애를 보다 가치 있게 보내야 하겠다는 생각이 듭디다. 우선 건강이 안 좋아요. 건강 문제하며 종교적 귀의의 문제, 신에 대한 의지 등을 작품에 조금씩 가미시키게 되는 것 같습니다.

박 이번 소시집을 계기로 한 앞으로의 활동 계획은 어떠십니까?

윤 최근 7~8년 동안 썼던 시들을 "돌아오지 않는 길"이라는 제목으로 올해 초에 간행할 예정입니다. 50년의 생을 결산하고 새로운 시의 세계를 위한 출발의 계기로 삼을 작정입니다.

박 쾌유하시고 계속 건강 유지하셔서 더욱 좋은 작품 발표해주시기 바랍니다. 감사합니다.

찾아보기

인명

환경의 재구성

용어

도서 및 작품

환경의 재구성

환경의 재구성

박윤우 朴胤雨

    서경대학교 국어국문학과 교수. 저서로 『현대시와 문화교육』 『한국현대시와 비판정신』 『문학의 이해』(공저) 『문학과 논술, 어떻게 할 것인가』(공저)와 평론집 『서정시와 대화적 상상력』 등이 있다.

환경의 재구성 현대시의 현실주의적 지향과 비판적 기능성

초판 1쇄 인쇄 · 2020년 9월 25일
초판 1쇄 발행 · 2020년 10월 10일

지은이 · 박윤우
펴낸이 · 한봉숙
펴낸곳 · 푸른사상사

주간 · 맹문재 | 편집 · 지순이 | 교정 · 김수란
등록 · 1999년 7월 8일 제2-2876호
주소 · 경기도 파주시 회동길 337-16 푸른사상사
대표전화 · 031) 955-9111(2) | 팩시밀리 · 031) 955-9114
이메일 · prun21c@hanmail.net
홈페이지 · http://www.prun21c.com

ⓒ 박윤우, 2020

ISBN 979-11-308-1707-1 93800
값 28,000원